满城梨花香

MANCHENG LIHUA XIANG

品圣果 观梨城 赏丰姿

邓汉平 ◎ 主编

新疆生产建设兵团出版社

图书在版编目（CIP）数据

满城梨花香 / 邓汉平主编． -- 五家渠：新疆生产建设兵团出版社，2021.12（2024.4重印）
ISBN 978-7-5574-1724-6

Ⅰ．①满… Ⅱ．①邓… Ⅲ．①散文集－中国－当代 Ⅳ．① I267

中国版本图书馆 CIP 数据核字（2021）第 249030 号

满城梨花香

出版发行	新疆生产建设兵团出版社
地　址	新疆五家渠市迎宾路 619 号
邮　编	831300
电　话	0994-5677185
发　行	0994-5677116
传　真	0994-5677519
印　刷	永清县晔盛亚胶印有限公司
开　本	787mm*1092mm　1/16
印　张	16.25
字　数	230 千字
版　次	2021年12月第1版
印　次	2024年 4月第3次印刷
书　号	ISBN 978-7-5574-1724-6
定　价	65.00 元

永远的眺望

杨 东

历史的足音

在那遥远的地方,一条丝绸之路,五彩缤纷,辉煌而过。在这绵长的历史里,在这悠悠驼铃声中,在这厚重的热土上,把这座城市演绎成永远地"眺望"——你看那巍然挺立的霍拉山,始终含着如春天般的微笑,阅读、见证着库尔勒从历史深处一路走来。

据专家考证,远在新石器时代,孔雀河流域就已有人类活动的痕迹。

秦汉时期,库尔勒位居渠犁国境。其范围相当于今库尔勒市境及尉犁县西北、轮台县东南部分。

公元前138年,汉武帝派遣张骞出使西域,沟通了中原与西域、中亚、西亚以至南欧的联系——后人沿着张骞的足迹,走出了誉满全球的"丝绸之路"。

公元前60年,汉宣帝的侍郎官郑吉以超人的智慧和勇武气概使西域诸国臣服于汉朝,建设西域都护府成为渠犁首任西域都护——至此,真正实现了汉王朝控制西域的抱负,为中央政府统治新疆地区,树立了一座不朽的丰碑。此后,班超投笔从戎,来到西域屡建奇功,进一步加强了中央政府对西域的管辖,书写了中华辉煌的一页。

日出日落,春去春来。云卷云舒,风去风来。历史跌宕起伏,曲折迂回,多少个世纪过去,在中央政府的管辖下,这里有林则徐足迹踏遍南疆的艰辛与坚韧;有左宗棠抬棺出征消灭阿古柏,收复新疆的悲壮与豪迈;有刘锦棠力挺新疆建省,担任新疆首任巡抚的慷慨与睿智;有以毛泽东为核心的中国共产党解放大西北决策的英明；有爱国将领陶峙岳和爱国人士包尔汉的深明与大义；有毛泽东亲密战友彭德怀、王震创造性地执行解放大西北战略决策的忠贞与果敢。

长风浩荡，黄沙万里；关山重重，浩波淼淼。库尔勒有文字记载的2000多年历史中，名称几经变更，归属几经变更。变更的背后是朝代的更替和刀光剑影、血雨腥风。每个变更的关键时刻，是英雄们用血肉之躯维护了领土的完整和社会的安定，使生灵最大限度地免遭涂炭；是英雄以超常的意志和坚定的信念，走出人生的辉煌，也走出新疆历史的惊心动魄和不朽；即使是没有成为英雄的普通人，也把足迹留在大地上成为后世的诗篇，或者也留下智慧的宝库，一同为库尔勒的昨天镀上光亮，为库尔勒的今天奠基。

眺望着是美丽的

按照现在通行的说法，"库尔勒"是维吾尔语，翻译成国家通用语言是"眺望"之意。

据专家研究，库尔勒的名字原始出处可能是吐火罗语"KRORAYNA"。在《史记》和《汉书》里，"KRORAYNA"被译为"楼兰"，意思是城市。

在很多的记载中，库尔勒的名称经历了"楼兰""渠梨""坤间""库龙（陇）勒"最后到"库尔勒"的演变。有学者认为从语言学的角度审视，"楼兰""渠梨""坤间""库龙（陇）勒"语音来自上古音、中古音（古回鹘语）。"楼兰"在早期的文献中被记载为"Kroraina"——"克柔然"。其后维吾尔语也将"楼兰"称为"克柔然"，汉语注音为"库龙（陇）勒"，有人认为"库尔勒"就是维吾尔语从"楼兰"——"克柔然"变化到今天的"库尔勒"的。

所有的演变归结为一点：先辈和历史赋予库尔勒太多的期望——让库尔勒在眺望中不负期望！

库尔勒在眺望什么呢？

在眺望前进的方向和目标，眺望发展的天地和机缘，眺望更多美妙名称的代替者。

——机缘总是垂青有准备者。

于是,库尔勒因其盛产香梨被称为"梨城",因其坐落于塔里木盆地北缘,塔里木盆地已成为全国四大气区和六大油田之一,又被称为"油城"。

因其地处新疆中心地带,被确定为新疆南部的中心城市,新疆副中心城市之一。

因其综合经济效益和城市人口、面积,被称为新疆城市"第二"。

因其交通发达,被称之为铁路、公路、航空、管道"四位一体"的国家级综合交通枢纽。

因其"大气、大利、大美"之势,被称为对外开放合作的大通道。

因其做足了水文章,又被称为"水韵梨城"。

因其"城在园中",又被称为"现代生态花园城市"。

因其综合文明程度高,成为西北唯一蝉联"全国文明城市"称号的城市。

因其通信发达、信息现代化,又被称为"智慧城市"。

因其综合实力,成为"全国中小城市综合实力百强县市"。

因其历史的积淀和现实的机遇,它又称为新"丝绸之路经济带"重要支点城市。

因其地缘优势、资源优势,它又称为交通枢纽中心、商贸物流中心、金融服务中心、文化科技中心、医疗服务中心、旅游集散地和目的地。

眺望无边界,追求无止境——库尔勒永远在眺望!

这既是我们的期望,也是库尔勒这座城市固有的品质。

以民为本,高起点规划

库尔勒推进新型城镇化建设,分三步走:第一步,全面提升巴州中心城市功能,建成全州高速发展的增长极,成为南疆首位度更高的中心城市;第二步,凸显其在全疆重要的中心城市地位,争当全疆社会稳定和长治久安的重要支点,建成新疆重要的现代化区域中心城市;第三步,提高在全国中小城市中的综合竞争力,扩大在全国的知名度和影响力,建成中国西部名副其实的"塞外明珠,山水梨城"。突出"一城多极、整体提升,大区分、小综合,政府主导、市场主体,民生优先、群众第一""四大理念";城区总体布局实现"三山三带三组团,六轴六廊六绿心,三核九极六载体";全市实现"两带七组团",最终实现健康的人、健康的环境、健康的社会、健康的经济、健康的生活有机结合可持续发展,使其成为新疆争当建设丝绸之路经济带主力军和排头兵的重要支点城市,尽快进入全国中小城市综合实力50强。

"三山三带三组团"的形成,将充分彰显梨城气势宏大、脉络清秀、山水辉映的魅力。以老城区、南市区、开发区"三大组团"为龙头,以霍拉山、库鲁克山、龙山"三山"为屏障,完善提升孔雀河、杜鹃河、白鹭河"三条滨河休闲风光带",拓展发展空间,提升城市品位。

"六轴六廊六绿心",将让市民的生活环境更加宜人。有机结合主干道网络建设与生态环境改造工程,沿景观大道两侧规划宽20米以上的带状公共绿地,植树成荫,因地造景,建设贯穿城市东西、南北方向的三纵三横"六条交通景观绿轴"。以龙山荒山绿化为主脉,水绿结合、以绿为主、以水为辅,实现城市绿化由城市外围向城区延伸到百姓居住环境中,完善步行系统、带状公园,构筑"六条生态绿化走廊"。在核心城区规划布局6片500亩左右的中心生态绿地,形成"六个绿心",实现由"园在城中"向"城在园中"的转型。

"三个核心功能区"指老城区综合服务中心,南市区商务文化中心和开发区创业服务中心;"九极"指华凌现代物流中心、农副产品集散中心(82号小区)、火车客运站综合枢纽、公路客运中心枢纽(105号小区)、南疆特色产品集散中心(49号小区)、火车东站货运综合枢纽、西尼尔新城服务中心、民航机场综合枢纽、旅游休闲综合发展轴;"六载体"是市民中心、健身中心、文化艺术中心、会展中心、旅游服务中心、展示中心。

"两带七组团"即:314线北部城镇、青新铁路沿线东部城镇两个发展带和老城区、南市区、开发区、塔什店、普惠、库西、尉犁方向七个组团。

简而言之，高起点规划，突出"以绿为主、以水为脉、以文为魂、以人为本"，做足山水文章为突破口，让老百姓望得见山、看得见水、记得住乡愁，达到"三个走在前列""四个上水平"。

望得见山

库尔勒地处天山支脉霍拉山北、库鲁克山西的冲积扇平原，南临塔克拉玛干沙漠70公里，是距离沙漠最近的城市。

长期以来，霍拉山和库鲁克山如臂弯一般守护着库尔勒，但是由于岩石裸露，寸草不生，挡住了北边来的湿气，却挡不住风沙肆虐。1997年起，库尔勒把"让库尔勒绿起来"的大旗插上了库鲁克山，因其最高处如龙头高昂，库尔勒人将绿化后的山命名为"龙山"。

从此，龙山的壮美由栽下的第一棵树开始了连绵无尽地宣示：龙山工程运用现代科技，用了10~15年时间，向南与尉北防风林相连，向西与库尔楚防风林对接，完成宽2~4公里、长80公里的防风林，让库尔勒完全包围在园林中。

积土成山，风雨兴焉。龙山是森林的骨架，森林是龙山的魂魄。山有风采，树有品格。山以高度彰显伟岸雄壮，树连绵彰显辽阔厚稳。树以山为伴，彰显忠诚坚贞；林扎根岩石，彰显坚韧坚毅。山以空间的变化彰显从容、永恒；林以时序的变化彰显丰富、久远。

以龙山主峰为龙头的整个东山绿化带林木幽深，奇巧柔美，不仅形成了一道风韵卓绝、气韵无穷的自然风光，而且还孕育了极其丰富的人文精神。

龙山工程是从认养到全社会共同参与建设的一次壮行，创造了在极度困难地区植树造林成功的典范，显示了科技的发展，诠释人与自然和谐共处之道。

站在龙山顶纵览"梨城"，市区内的绿化又是一番景象：全市各族人民见缝插绿、拆墙透绿，创造了一个又一个的"绿色"奇迹！

截至目前，库尔勒市森林覆盖率达到了 12.95%，城市绿化覆盖率和绿地率分别达到 40.2% 和 39.09%，人均绿地面积为 11.73 平方米，超过国家平均标准。形成了以乡土树种为骨架，以引进外来树种为补充，以花灌草为点缀的多样性旱生植物园林特色。

"荒山变公园、城市变花园、农村变梨园"的战略目标已基本实现；大气、大利、大美的"梨城"个性化格局已经形成，库尔勒正在朝着"建生态花园之都、筑百姓幸福之城"的目标迈进。

看得见水

站在高处俯瞰库尔勒——西部荒漠地带的城市，一湾湾碧水纵横其间，水面平静，蓝幽幽如若绸缎，和谐柔美！

城市新美靓丽，河水潺潺锦上添花，让城市灵动起来。

城市高贵典雅，河岸风景画龙点睛，让城市玲珑起来。

尉犁，维吾尔语原名"昆其"，孔雀河流经尉犁，河从地名，叫昆其河。随左宗棠平叛的湘军秀才将"昆其河"译为"孔雀河"。在过去漫长的岁月里，居民都叫它"臭皮匠河"。据说，因为人们常年把熟好的羊皮运至河边清洗，发出"昆其""昆其"的声音，故得名"昆其河"。

20 世纪 90 年代末，新疆维吾尔自治区提出"北乌南库"战略目标，库尔勒不失时机地改造孔雀河；2013 年，库尔勒市再次提升改善孔雀河，实现了通航行船。

孔雀因极具观赏价值被视为"百鸟之王"，是吉祥、善良、美丽、华贵的象征；在远离孔雀故乡的祖国西部边陲库尔勒，用极富诗意的"孔雀"命名一条河，体现了库尔勒文化的开放和包容，更体现了库尔勒人对美好事物的向往和对理想的追求。此后，库尔勒把从孔雀河上分出来的农业灌溉渠库塔干渠和喀拉苏干渠穿过城市的数公里改造成集生产、休闲、观光、旅游为一体的杜鹃河和白鹭河。

此后，库尔勒打响了"三河贯通棚户区改造工程"战役，建成天鹅河、鸿雁河……至此，横向的天鹅河联通了孔雀河、杜鹃河、白鹭河三条纵向的河流，弥补了纵向有余横向不足的缺陷。孔雀河像人类的一只手臂，硕大的手掌，杜鹃河、白鹭河等像张开的修长、圆润、秀美的手指。库尔勒仿佛一个酷爱鸟的主人，把天底下优秀的"大鸟"全都养到自己家里。

"三河贯通棚户区改造工程"第一阶段，对250万平方米左右的棚户区和城中村进行了改造，让10000户左右的农民和居民住上干净整洁的楼房，同时新建4座人行桥、9座车行桥；修建改造宽宽窄窄、长长短短、等级不同、纵横交错的50多条道路……

做水文章，有河扩河，没河造河——无中生有，有中求优，演绎出新时代新型化城市的神话。

"三河贯通棚户区改造工程"坚持生态优先，坚定不移地走统筹城乡发展之路。坚持规划、建设、管理并重，丰富内涵，提升品质。加快推进新型工业化，大幅提高城乡居民人均收入水平。多极突破，强化城镇产业支撑力。将经营理念贯穿于城市规划、建设、管理的全过程，放开市场的手脚，把政府的有限资金通过现代经营、商业化运作，聚拢市场资金，实现项目投资回报，产生10倍乃至20倍的经济效益。

"三河贯通棚户区改造工程"让库尔勒很自然地分成了"老城区""南市区""开发区"三部分；每个区规划彼此不分上下，城市功能完善，生态没有区别，景观的美化不分彼此，避免了"摊大饼"的弊端，老城区小面积、密人口的压力大大缓解；城乡统筹，均衡发展——经济效益、社会效益、政治效益、生态效益之大，让世人称道，尤其安全感、舒适感、自豪感、认同感的全面提升，让库尔勒成为南疆中心城市、新疆第二大城市、新疆副中心城市之一。

记得住乡愁

一方水土养一方人。

什么是乡愁？

乡愁是每个人开口说话时便表现出来和别人不同的乡音，是被人们认为深藏在骨髓里无法剔除的行为方式和习惯；是形体语言泄露的性格和脾气；是一凝眉一颦笑传递出的温柔和善良品性；是一挥手一投足告诉人们的大气和豪迈。

在外出做工者的眼里，乡愁是无论千山万水，无论跋山涉水，无论乘飞机、坐火车、汽车还是骑摩托、自行车者或步行，也要在除夕夜赶回家中团圆。

在外上大学的学生，乡愁是送行临别时父亲微微弯驼的背影，母亲颠来倒去的叮咛，中学老师坚毅的目光，邻家同学羡慕的眼神。

在异地工作的成功人士，乡愁是吃到妻子的饭菜，就想起家乡美食的甜蜜回忆；是看到这里的一处景色，在脑海叠映出故乡某条胡同的幻影；是听到这里的一则传闻，想起了孩提时一个长辈讲的故事；是在和大家商议某件事时，突然想起的小时候家乡一个智者对你说过的哲言；是近乡情怯的温馨；是扑到故乡怀中时眼眶不由自主潮湿的冲动。

在专家的眼里，乡愁是中国造园艺术的最大特点之一，是人类顺从自然、保护自然、相互协调的模山范水。

在当今城市决策者眼里，乡愁是"维护群众利益高于一切、关心群众疾苦重于一切、解决群众困难先于一切"的拳拳之心，是尊重自然、顺应自然、天人合一的理念，是依托现有山水脉络的独特风光，让城市融入大自然，建设新型城镇化工作的重点与内涵。

在市民的眼里，乡愁是去除了雾霾漫天、污水横流、土壤污染、垃圾围城等问题的困扰和忧虑后的欣喜、愉悦。

库尔勒的乡愁是什么？

是在推进新型城镇化建设中"健康、幸福、宜居、宜业、特色"的核心理念和"环保优先、生态立市"的扎实行动。

是坚持继承、发展、创新的信念，是"思路决定出路、实干决定成败、实力决定一切"的意识，是"立足实际不等靠、埋头苦干不张扬、勇于开拓不守旧"的气魄。

是孔雀河、杜鹃河、白鹭河、天鹅河和鸿雁河染绿的街道，洗净的蓝天，浸润的空气。

是每个公园、广场建设的大度、开放的大气、特色的独一、秀美的舒适……

是矗立于城市夺目位置艺术地诉说的城市雕像;是散布于街道、林带里集天地之灵气、凝岁月之精英、展现库尔勒人的风采和追求的石头;是承载沧海桑田、宣示"天人合一"让你感受到库尔勒人的细腻周密、高雅脱俗的各式桥梁……

是那一个个奋不顾身、舍己救人的市民;是租住在大杂院里,从点点滴滴的小事做起,倾力维护民族团结的外来户;是坚信生命奇迹会发生,一个人代养20个脑瘫孩子的母亲;是笑在春风里给自己看的交警和环卫工人;是创建爱心协会谁有难帮谁的退休妇女;是闲不住成天在社区转悠维护治安的老党员;是拾金不昧的公交司机;是为138个离去老人送终的"养老院长";是应总理之约圆"游北京梦"的中学生;是不辞辛苦争创"全国文明城市"三连冠的志愿者……他们身份普通,但境界崇高;他们收入微薄,但爱心博大;他们事迹平凡,但思想清纯;他们不计名利,但内心强大;他们是世俗小人物,却诠释了人性至善至美;他们是普通市民,却竖起了令人敬仰的道德丰碑。在库尔勒寻找城市名片构建精神家园的过程中,他们清晰地标示出库尔勒市的道德高度;如蜡烛一般,燃烧自己照亮他人书写着"美好""智慧""信仰",这构成库尔勒新时代的乡愁。

奋进中的库尔勒

党中央历来重视新疆工作,进入新世纪后的历次中央新疆工作座谈会以来,对新疆投入了空前的关注和支持。

作为新疆副中心城市之一、南疆中心城市、巴州首府,库尔勒同样得到了来自党中央、全国和自治区的关注支持,对巴州和库尔勒寄予厚望:巴州"聚焦新疆工作总目标"在新型工业化方面、新型城镇化方面、扶贫攻坚方面走在前列。这既是对库尔勒在"农牧业现代化、新型工业化、新型城镇化、信息化、基础设施现代化"的建设中大胆先行、积极探索取得成就的充分肯定,又是对库尔勒确保"社会稳定和长治久安"再上一层楼的鞭策；也是对库尔勒敢于担当，大胆试，率先做，成为排头兵，成为榜样和模范的褒奖。

这是一个充满热望和激情的时代，是一个呼唤并造就无私无畏先行者探索者的时代。

曾经在很长的岁月里，库尔勒的基础条件和新疆其他城市差不多，比起南方沿海城市，显然要差很多。改革开放40多年以来，库尔勒像一匹黑马突飞猛进，走在了新疆的前列，这不能不令人惊叹：在西部干旱地区也能建成水韵绿洲，在沙漠边缘也可以打造出生态明珠；荒山可以披绿，戈壁可以变花园；在偏远地区，怎样变资源优势为经济优势，变地缘劣势为区位优势，实现农牧业现代化、新型工业化、新型城镇化、信息化、基础设施现代化、社会长治久安——库尔勒创造了可借鉴的模式，提供了好学易做的经验。新疆多几个库尔勒，西部多几个库尔勒，全国多几个库尔勒——这是我们共同的期望。

目 录

永远的眺望　　　　　　　　　　　　　　　杨　东

第一辑　品圣果

库尔勒香梨赋　　　　　　　　　　　　道·李加拉 /003
香梨：瀚海的果实　　　　　　　　　　　　沈　苇 /006
香　梨　　　　　　　　　　　　　　　　　王　族 /015
昔日东方圣果　今朝香飘四海　　　　　　　陈耀民 /018
香梨　香梨　绿洲的圣果　　　　　　　　　郝贵平 /026
追赶河流的果实　　　　　　　　　　　　　李佩红 /031
曲水飘香去不归　梨花落尽成秋苑　　　　　梅家胜 /037
库尔勒的香梨王国　　　　　　　　　　　　张　靖 /043
库尔勒的那个梨　　　　　　　　　　　　　张永江 /056
香梨情缘　　　　　　　　　　　　　　　　石春燕 /060
因为一个梨　向往那座城　　　　　　　　　林宏伟 /064
香梨香　香梨甜　　　　　　　　　　　　　方承铸 /068
看得见的山不会太远　　　　　　　　　　　马道光 /078

第二辑 观梨城

梨城赋	穆选选 /085
三河贯通　五鸟齐飞	天　然 /087
凝固的音乐在天鹅河畔展示库尔勒的城市品位	杨　东 /093
库尔勒"范儿"（外二篇）	陈耀民 /098
梦里云锦飘落孔雀河畔（外二篇）	郝贵平 /105
三色库尔勒	支　禄 /117
一座城市四十年的时光影像	刘　渊 /122
一座城市的味道	李佩红 /130
不夜梨城	冯忠文 /133
在枝头眺望远方的果实	杨继超 /136
神奇的地方	艾买提江·木海买提 /139
一座城和它脚下的路（外一篇）	胡　岚 /143
印象·梨城	郑梅玲 /158
择一城终老　我选择库尔勒	兰天智 /164
库尔勒的光阴和往事	石春燕 /167
塞外明珠　大美梨城	毛成玲 /170
赋彩库尔勒	方　刚 /174
库尔勒日新月异　魅力四射	李　戈 /177

第三辑 赏丰姿

库尔勒风姿	郝贵平 /183
座座金桥通往无限光明的未来	天　然 /185
城雕——艺术地诉说	易　然 /190
葵花桥往事（外一篇）	陈耀民 /201
绿洲城佩戴一条翡翠项链（外二篇）	郝贵平 /205
狮子桥上观风景	刘　渊 /214
库尔勒随笔	冯忠文 /216
梨城的石头	张　靖 /225
万顷梨花　一颗红心	石春燕 /232
香梨花开满城香	方承铸 /235
梨花盛开	兰天智 /238
梨　花	胡　岚 /240

第一辑　品圣果

库尔勒香梨赋

道·李加拉

祖国之大西北,有沙漠之明珠。实名为库尔勒,美誉为"梨城"。位于铁门关西南,大漠之东北隅。系巴州之首府。有纯净而甘甜之天山雪水,汇聚成国内最大内陆淡水湖。扬出清凉而潺潺之清渠。浇灌着下游百万亩良田果树。

香梨维吾尔语谓奶西姆提,俗名谓蜜父①。于是乎!成盛宴之上品,金盘之甘露。正孟春时节,孔河岸景色美,千树万树梨花开。因千家万户之园圃,由农桑户自栽,玉蝶吻蕊落,金蜂采蜜来。入市夺魁,创名牌。因盛产优质香梨,然而得名于"梨城"。梨乡圣果,成圃于鸟啼户。惠利于果农,创汇以众商贾。

若夫!叩问苍茫,述说瀚海之广袤;库尔勒之香梨缘何优良。然则追根溯源,彰显历史之绵长。丝绸路上,驼铃叮当。汉唐客商,结交天笃,西域圣果②名扬。更有艾丽曼姑娘,骑驴赶赴东方。走访99邦,带回99棵树,移植于库尔楚与赛东一带家乡③。于是乎!已嫁接99棵,只坐果一棵,乃一株梨树,且百里喷香。嗟乎可恨矣!巴依砍掉梨树,姑娘遭殃。但其冰魂玉魄,圣洁如霜。犹化作圣果,靓妆孔雀河畔村庄。

悠悠哉!铁关、长河、胡杨,历经沧桑。有古昔《大唐西域记》云:"阿耆尼国(今焉耆)引水为田,土宜糜、麦、香枣、葡萄、梨、柰诸果"。近代清朝萧雄有诗云:"果树成林万颗垂,瑶池分种最相宜。焉耆城外梨千树,不让哀家独擅奇……"。唯一种略小而长,皮薄肉丰,心细,甜而多液,入口消融以余生事所食者,当品为第一④。

妙哉！西域圣果，瘠土沙壤生长。曾当贡品，历代大王共享，滋味清爽。伊萨拜初尝，夸赞为果中之王。乃此果药力强，既能祛痰止咳，又可润嗓。

食客叹赏，曰：此果真棒。

造化天姿奇哉！这库尔勒香梨。独具表格，个头小而肉肥。表皮黄而腮绛，甘甜欲滴而芳菲。雄雌有别，形状呈奇。自然授粉，粉蝶做媒。适特定之气候，乃硕果亦累累。扎根于大漠之边缘，将日照转化为能量。身显赫于市场，名远传于五洋。竞争于万国博览会，被誉为"世界梨后"而获银奖。乃昆明世博会荣获金奖⑤。

尔今大漠以北，规模栽植；科学管理，合理密植，春华秋实。品质上档次稳登增值。于此盛产圣果之农户，笑迎丰收之金秋。梨城之繁华，添光彩于巴州。

于是诗翁命笔而作赋曰：仰苒苒中秋过，飒飒惠风和祥。望南飞霜鸿去迟迟，库尔勒香梨分外香。啊呵嗨，啊呵嗨，余寄幽怀，谱写梨园之华章。又把酒临风，邀君做客于梨乡。莫耻笑两鬓华，乃句拙情长也。

注：

①蜜父：香梨之别名：蜜父、水梨、山橘、玉露、快果、果宗、玉乳。

②库尔勒香梨在汉唐时期就通过"丝绸之路"传入印度，被誉为"西域圣果"。

③关于库尔勒香梨。相传，古代库尔勒有一个叫艾丽曼的聪明而漂亮的姑娘，为了让瀚海边沿的父老乡亲们吃上梨子，她不畏艰险，骑着毛驴向东方翻越许多座大山，到过许多地方，骑死许多头毛驴，引进许多株梨树，在当地栽植。艾丽曼将这些梨树与本地野梨嫁接，只有一株嫁接成功。那梨树上的梨子成熟时，香气扑鼻而来，随风荡漾，人们高兴地称它为"奶西姆提"。

④见《大唐西域记》和清萧雄《西疆杂述诗》。

⑤关于品牌：1924年举行的法国万国博览会上，在参展的1432种梨品中，仅次于法国白梨被评为银奖，被誉为"世界梨后"。从1950年起，库尔勒香梨曾多次在全国果品评比中夺冠，1957年在全国梨业生产会议上被评为第一名，1985年又被评为全国优质水果。在1999年昆明世界园艺博览会上，库尔勒香梨获得金奖。自1987年以来进入国际市场以来，畅销不衰。

香梨：瀚海的果实

沈 苇

> 女士们先生们，请尝尝青涩的香梨
> 这也是生活重要的滋味。
> ——旧作《巴音郭楞》

香梨是彻头彻尾的恋乡者。即便最高明的"植物猎人"，也无法使它远走他乡。"植物猎人"们曾将甘蔗、棉花、茶叶、橡胶、烟草以及众多奇花异草在世界范围内广泛移植、传播，这些植物改变了世界，也改变了人类的生活。然而面对香梨，"植物猎人"却无能为力。

在新疆，香梨的分布区大致限于以库尔勒为中心向西向南250平方公里的孔雀河三角形内，超过这一地界，梨的品质和风味就大大降低了。可以说，它们不再是"库尔勒香梨"了。曾有国内的"植物猎人"将香梨移植到华北平原，结果梨的形状变了，吃起来有酸涩味，果渣多得令人难于下咽。焉耆和轮台离库尔勒只有几十公里，但那里的香梨就无法与库尔勒出产的香梨相提并论。

香梨就像是顽固的自闭症患者，对外面的世界无甚兴趣——它似乎在反对"生活在别处"，也好像是领悟了诗人所说的"所谓远方就是遥远的一无所有"。它的扎根意识、它的乡土观念，恰恰体现了果实的稀有性和珍贵性。

峡谷中的梨园

库尔勒铁门关是香梨的原始产地。

孔雀河,流水的弯刀,切割出长达15公里的大峡谷,两山夹峙,石壁巍峨。"两岸如斧削,其口有门,色如铁,番人号为铁门关。"(《明史·西域传》)岑参诗云:"铁关天西涯,极目少行客。关门一小吏,终日对石壁。桥跨千仞危,路盘两崖窄。试登西楼望,一望头欲白。"(《题铁门关楼》)登上铁门关,望断天涯路,岑参的幽思中包含着异域的孤寂和苍凉。作为丝绸之路三十六关之一,铁门关是出焉耆去龟兹的必经之地。

铁色峡谷中不乏上百年的古柳树、老榆树。傍依着河道,有四五座小型梨园。1949年植物普查时,库尔勒只有74亩香梨,主要分布在铁门关,还有沙依东、英下等地。那时,香梨树已是一种濒临灭绝的果树。现在,库尔勒和巴州50多万亩香梨都是从这74亩母本园发展而来的。

如今已找不到半个多世纪前的"母本"园了,这些小型梨园多是近一二十年新栽的,然而它们身上,无疑保留了瀚海梨古老的遗传基因。法国经济学家谢松说,按一个世纪有三代人计算,我们每个人血管里至少有生活于公元1000年时的2000万人的血液。那么,一棵铁门关的梨树身上,不知流淌着多少香梨祖先的血液呢?

铁门关离市区不到10公里,是库尔勒人郊游的好去处。年轻人尤其喜欢来这里玩。结伴而行,离开城市的喧闹,享受峡谷中的清静、野炊和优质空气,做一名暂时的逍遥自在者。峡谷中也会留下他们的爱情印迹。在一座凉棚的木柱上,写着"艾尼,我爱你!"几个字。在山梁的一块石头上,刻着一幅天使图:天使之箭射中的两颗红心。像这样的"岩画"还有不少。

库尔勒的几位朋友带我去一户梨园人家做客。

梨园主人叫张昌吉,今年83岁。去他家要经过一座摇摇晃晃的斜拉木桥,它是老人花了几个月的时间亲手建造的。过了木桥,就是一大片人工丛林,老人的家就在这绿树浓荫中。3棵有年头的桑树,3亩梨园,以及桃、杏、枣、葡萄、银杏、樱桃、苹果、白杨、柳树等,都是老人陆续种下的。他把一大片荒地改造成植物园了。他还挖了鱼塘,还在梨园里养鸡。

"退休后我就喜欢种树,闲不住。"老人说,"我老了,活不了几年了。瞧这些树,长得多好,看到它们,就像看到自己的子子孙孙一样。人会倒下,树却站着,比人站得更直、更长久。瞧这3棵桑树,都站了100多年了……"

老人腰板硬朗,笑声爽朗。我祝他长命百岁,他却有点不好意思的样子,好像长寿是一件令人惭愧的事。他从梨园捉来一只鸡,给我们做大盘鸡。鸡肉是在户外土灶的大铁锅里爆炒的,同行的一位女士往锅里扔了一大把蒜粒,另一位则撒了许多干辣椒,真是味道独特、大俗大雅的大盘鸡啊!我们享用了一顿难忘的梨园午餐。

登上附近的山冈,谷底风光尽收眼中。峡谷像一个大音箱,放大了流水声、羊叫声、中学生户外联欢会上的歌声,形成一种混合的峡谷音乐,飘浮上来,经久不散。

库尔勒的资深"驴友"小王指着远处一条羊肠小道说,那就是玄奘大师走过的路。几个月前,他曾带一位83岁的老人来过这里。此人就是著名红学家、中国人民大学国学院院长冯其庸教授。冯先生在83岁高龄时发誓要重走"玄奘之路",并认为未经亲历和体验的知识不能称之为自己的知识。他告诉小王,玄奘从焉耆去龟兹,走的就是铁门关。

我想,玄奘在铁门关的艰难跋涉中,一定是见过这里的梨园,说不定还在哪棵梨树下休息过呢。他经过的梨园,就是此时此刻梨树们的先祖和来源。

梨园养蜂人

"勿要喷药了,勿要喷药了!蜜蜂死了!!蜜蜂要死光了!!!"在沙依东园艺场,来自江苏的养蜂人王振伟和他的哥哥王振海大呼小叫着,跑来跑去,阻止果农们往梨树上喷洒农药。在他们的300个蜂箱旁,死去的蜜蜂躺了一地,密密麻麻,惨不忍睹。

"蜜蜂挺脆弱的,只要采了喷了农药的梨花,必死无疑。即使闻到空气里飘来的农药,也活不长久。"王振伟说:"现在正是蜜蜂的繁育期,蜜蜂的寿命是28天,如今往往活不过20天;从前蜜蜂中的强群能飞到15公里外采蜜,现如今蜜蜂已飞不了这么远了。"

但不喷药是不行的,梨园里虫子越来越多,天敌越来越少。王振伟一口气说出了一大堆香梨害虫的名字:梨木虱、叶螨、蚧壳虫、苹果蠹蛾、梨优斑螟、春尺蠖、梨茎蜂、蚜虫……

几年前,园艺场给梨树做过"手术"。香梨有公梨和母梨之分,人们普遍认为,母梨的口感和味道要比公梨好得多。他们使用一种叫PP3的药物,使公梨母梨化。然而这是一种危险的尝试,公梨的确纷纷变成母梨了,但梨树却未老先衰,提前死亡了。

对于"手术"这样的荒唐做法,维吾尔族果农是不以为然的。他们说,男人吃母梨,女人吃公梨,身体好。公梨全变成母梨了,女人吃啥呢?

一些传统的做法正在恢复并发扬光大,譬如在梨园里放蜂、授粉,可以明显提高香梨的结果率。像王振伟兄弟这样的养蜂人就是园艺场专门请来的,一个花季的使用,要付给每个蜂箱20元租赁费。

王振伟在给他的蜜蜂喂白砂糖。香梨花上蜜源很少,蜜蜂吃不饱,必须用白砂糖来补充饲料。在梨园放蜂,主要是繁殖蜂群。再过10多天,吐鲁番的沙枣花开了,他要带着这300只蜂箱和200多万只蜜蜂去东疆。

"养蜂人就是这样,哪里花开了就往哪里跑。"他对北疆的葵花赞不绝口,葵花蜜源丰富,"还有那漫山遍野的野花,简直是蜜蜂的天堂!"在北疆,王振伟兄弟放蜂一直要到9月初,这些蜜蜂能产12吨蜂蜜和500公斤花粉,是一笔不菲的收入。

沙依东——"纳凉的高坡",拥有3万多亩梨园,年产香梨1.5万吨,其中70%左右出口到国外,这是沙依东人引以为荣的。

梨花开始谢了,纷纷扬扬,像在下雪一样。梨花谢了,意味着离收获的季节靠近了一步。每株梨树都在"下雪",每株梨树都有一片自己的天空。

树王之死和穆沙的哀悼

穆沙·阿西木留着两撇翘翘的胡子,谈吐诙谐,如果再穿上袷袢,骑一头毛驴,活脱脱是一个阿凡提了。他给我讲了一个阿凡提与香梨的故事:一天夜里,阿凡提梦见自己提着一篮香梨,在巴扎上叫卖。一位顾客走过来,问:"阿凡提,这篮香梨卖多少钱呀?"

"这篮香梨嘛,是我五块钱买来的,我想卖六块,它本身值七块,如果你想要的话,给我八块就行了。"阿凡提说。

"五块卖不卖?""不卖!""六块卖不卖?""不卖!""那么,七块卖吗?""也不卖!"……

就这样,两人开始讨价还价,讲到八块时,阿凡提突然醒了过来,发现自己是在做梦。他赶紧闭上眼睛,笑容满面地说:"我的好伙计,咱们交个朋友吧,这篮香梨就四块钱卖给你了!"

《巴音郭楞风物志》记载,英下乡其兰巴克村穆沙·阿西木的果园里有一棵香梨树王,按年轮测定,2000年已138岁了,当年还产香梨500多公斤。

"不是1棵树王,而是5棵树王!不过5年前都死了……"说到这里,穆沙脸上露出悲戚的表情,好像揭开了内心的一块伤疤,如同在谈论死去的几位亲人。这5棵梨树在新疆和平解放前属于一位名叫谢姆夏尔的巴依老爷。30年前,穆沙承包了从前巴依老爷的果园,与百岁梨树相处了那么多年,感情深了。

树王死了,留下了一块空地。穆沙觉得果园一下子空旷了,变得让人心慌、不踏实。曾经是树王挺立的地方,如今留下了无法填补的空白,这个空白在穆沙心里一天天变大。为了改变这种情况,穆沙在那里修建了几间平房,干脆搞起了牛羊育肥。

他的果园不大,有一片年轻的梨树林;十几株酸枣树,据说已有320岁。春天早已光临他的果园,枣树还迟迟不肯发芽展叶,像一群黑影子严肃地站在那里,如同生铁铸就一般。其兰巴克这个地方有许多古老的枣树,维吾尔名称的意思就是"红枣园子"。酸枣不酸,大如花生米,味道却不亚于大枣。

为了保住年轻的梨树林，穆沙正请人在打井。已挖到 30 米，还不见一滴水。"10 年前我也打过一口井，挖到 18 米就出水了。"他说。

果园里养着几只鸡，一群鸽子在天空盘旋，有时降到枣树上梳理羽毛。穆沙说，养鸡是捉虫子，养鸽子是为了听音乐——他认为鸽子咕噜咕噜的叫声是最好听的乡村音乐。

在穆沙果园不远处，是穆合塔·阿来的梨园。那里有两棵香梨树，树龄为 120 年左右，树心已空，木质呈枯炭状，看样子已是弥留之际。香梨树的寿命不长，一般很难活过 100 岁。

梨城话语

"几天前的那场沙尘暴太可怕了，砸烂了东疆火车的玻璃，掀翻了托克逊的大卡车，据说风力已超过 12 级。还好，沙尘暴到库尔勒时，风力大大减弱了，否则香梨可要遭殃了——梨树正在开花呢。"库尔勒的青年诗人 K 见到我时这样说。

"绿色的善，绿色的善"，狄兰·托马斯在诗中是这样描述乡村的春天的。但春天不仅仅是绿色的善，春天还有它的狂怒、暴戾与惩罚。"有人说沙尘暴是春天的冲锋号，对于脆弱的梨花来说，这样的冲锋号还是少吹为好。"

持续数日令人窒息的沙尘天气已经过去，眼前的库尔勒阳光明媚，天空湛蓝，孔雀河在我们身边静静流淌。库尔勒倒映在孔雀河中，就是"眺望"倒映在"流逝"中。那么，库尔勒就像是一只在枝头眺望的香梨了。而此时此刻，却是一朵洁白的梨花。

"我常在这里散步，有时在心里自言自语。我对孔雀河太熟悉了，她就是我的一个亲人。"我曾把孔雀河比作南疆的塞纳河，有左岸和右岸、酒吧和餐厅、富人区和穷人区，却没有红磨坊，没有"马拉美的星期五"。在库尔勒，K 没有一个诗友，我理解 K 无人对话和诉说的孤独。

从狮子桥到建设桥是 2.6 公里，从建设桥到狮子桥也是 2.6 公里，这是K经常走的路。"我对孔雀河太熟悉了,她在一天中的性格、速度、颜色都是不同的。中午,河水流得最为欢畅,像在唱一首优美的歌,河水绿中透蓝,蓝得让人心疼。到了黄昏,流水慢了,变得凝重、庄严,像一种缓慢流动的灰色的铅。孔雀河在一天中就经历了从青年到老年的过程。"

狮子桥头有一片不小的梨园,看上去有10来亩的样子,是20世纪50年代驻扎在这里的士兵栽种的。梨园内繁花怒放,洁白、素雅,如同温暖的雪花保留在春天的枝头。两个孩子在遛狗,一位老人坐在长椅上读《巴音郭楞日报》。人们沿孔雀河散步来到这里,自然要流连忘返一番。

"梨花、流水、时间,在孔雀河边,我真切地感受到:逝者如斯,不舍昼夜。梨花开了又谢了,流水来了又走了,这就是时间的隐喻。只有当我写下一首诗的时候,才暂时摆脱了时间的困扰,似乎时间走远了,走得比楼兰还要远……"

"从理论上讲,一只狮子桥头的香梨掉进孔雀河中,可以一直漂啊漂,漂到罗布泊,漂到楼兰。"我想,即使是一朵小小的梨花落到沙漠里,沙漠也被不露声色地改变了。

诗人K说:"从前库尔勒城里有很多梨树,梨乡路、人民路、萨依巴格街上都有。到了4月中旬,全城的梨花开了,煞是好看,人们就像过节一样。几年前,由于城区改造,梨树几乎被砍光了。现在,只在流经市区的孔雀河两岸还有一些。"

"梨花是库尔勒的市花,但人们在城里已很难找到梨树了。这是一个讽刺。按照我的想法,应该在库尔勒大街小巷都种上梨树,这才是名副其实的'梨城'啊。然后,每年举办一次梨花节……"

我接着K的话说,除了梨树,还可以种白杨、沙枣、无花果、葡萄、玫瑰,总之把中亚地区的特色植物都种到城里来,这样,你们的城市就漂亮了,有个性了。我这样说着,K开始兴奋起来,好像他的梦想已经实现了一半。

梨的隐喻

采摘香梨是一个郑重的仪式,需小心翼翼从枝头摘下,如同捧了宝贝一般,纺锤形的香梨就像可爱的胖娃娃。香梨采下后,要放在树荫下发汗、散热,过一夜,第二天才能装箱入库。香梨皮薄肉脆,入口即化,熟透的梨子一落地,就变成了一小堆果酱。

香梨的这些特征令人想起《西游记》中闻一闻活360岁、吃一个活47000年的人参果。唐僧之所以拒绝吃五庄观的人参果,是因为认定它们是三朝未满的孩童,虽经主人百般解释,还是不敢相信树上会结出人来。人参果与五行相克,"遇金而落,遇木而枯,遇水而化,遇火而焦,遇土而入。"尤其是遇土而入,一落地就碎了、消失了,就更接近香梨的特点了。

因此有人认为,《西游记》中的人参果就是现在的香梨。吴承恩很可能通过史籍中记载的"瀚海梨",找到了人参果的原型。

《西游记》中描写的福地灵区,花果总是必不可少的。祥云瑞光中的梨树,往往是仙境的一大标志。"兔头梨子鸡心枣,消渴除烦更解醒。"(第一回)"紫李红桃梅杏熟,甜梨酸枣木樨花。"(第九回)"碧藕水桃为按酒,交梨火枣寿千秋。"(第二十五回)总之,梨树是绝对不会出现在妖洞魔窟附近的。

古人称梨为快果、果宗、玉乳、蜜父。认为它是水果的父亲和祖宗。"梨有治风热、润肺、凉心、清痰、降火、解毒之功也。"(李时珍《本草纲目》)梨者,离也。因此,按照中国人的习惯,家人朋友之间,尤其是恋人之间,是不能分食一只梨子的,否则会带来情感的分离和关系的破裂。当然还有不同的解释,"梨者,利也,其性下行流利也。"(宋罗愿《尔雅翼》)这是指梨子能带来吉利和好运。

在中世纪德国的一则寓言中,梨树是夏娃的化身,梨子就是她的后代。梨子成熟了,有的落在荆棘丛中,有的掉在水里。唯有落在草丛中的,才能摆脱了"原罪",因为青草代表了忏悔和新生。而流落到别处的梨子,在不可饶恕的罪恶中失去乐土,慢慢腐烂。

诗人史蒂文斯有一只田纳西的坛子,还有两只课堂上的梨子。"黄色的形体／由曲线构成／鼓向梨顶／泛着红光""它们不是平面／而有着弯曲的轮廓／它们是圆的／渐渐细向梨柄""黄色闪耀／各种黄色闪耀着／柠檬色、橘红色和绿色闪耀着／在梨皮盛开"(《两只梨的研究》)诗人认为,观察者并没有像他想象的那样,看见梨子。他只是看见了绿布上的湿痕:梨子的阴影。在极端的植物学观察中,史蒂文斯创造了"最高虚构"——一门"梨的形而上学"。

[植物小百科]

香梨(库尔勒香梨),维吾尔语称它为"奶西姆提",蒙古语叫"开地姆",印度语为"支那罗弗罗明",含有"东方圣果""水果王子"等意思。

最早提到香梨的古籍是晋代吴钧的《西京杂记》有:"瀚海梨,出瀚海北,耐寒不枯。"瀚海梨就是香梨。《大唐西域记》上说:"阿耆尼国(今焉耆)引水为田,土宜糜、麦、香枣、葡萄、梨、柰诸果。"唐代的阿耆尼国是指现在的库尔勒、焉耆一带。有人认为,《西游记》中孙悟空偷吃的人参果就是香梨。

形如纺锤,果皮黄绿,阳面有红晕,这是香梨的植物学特征。皮薄肉细、汁多渣少、香脆甘甜、入口消融,这是香梨有别于其他梨子的独特品质。含水量达到87％,含糖量达到10％~14％,入口的感觉,就像嘴里含了冰糖。

香梨有公、母之分。梨树长势强,花萼脱落晚,果实花萼部分凸出的,是公梨;梨树长势弱,花萼脱落早,果实花萼部分凹进的,就是母梨。母梨肉细汁多,比公梨口感好、品质佳。

库尔勒香梨已出口到美国、加拿大、阿根廷、新加坡、港澳台等10多个国家和地区,为库尔勒赢得了荣誉,成为库尔勒的一大文化符号。1924年,在法国万国博览会参展的1432种梨中,仅次于法国白梨,获得银奖。1957年,在全国梨业生产会议上获第一名。1999年,在昆明世界园艺博览会上荣获金奖,同年被中国果品流通协会评为"中华名果"。

香 梨

王 族

中午路过一水果摊,见有鲜嫩的库尔勒香梨在卖,从成色和果肉饱满程度上看,确实保存得不错,在这个季节犹如刚刚从树上摘下的一样。

库尔勒香梨果皮脆薄,咬一口可带来入口即化的惊喜,而且出乎意料的甜,吃一口犹如蜂蜜浸入口腔,味蕾立即被浓浓的甜蜜包裹。再者,香梨果肉多汁,一口咬下去便可品尝到浓浓的汁液,让人觉得不是在吃梨,而是喝到了奇异佳酿。

香梨一般栽下四五年后才开花结果,萌花期在三月下旬,开花期在四月中上旬,果熟期在九月中旬。香梨因为只产于库尔勒,所以又被人们称之为"库尔勒香梨"。

库尔勒位于南天山和北天山之间,加之又处于塔里木河流域,同时还有博斯腾湖的浸润,便形成独特的盆地气候,同时孕育出只产于库尔勒一地的香梨。关于香梨的具体说法是,塔里木盆地合适的湿度利于梨树的生长结果,且能保证其水分充足,而掺杂其中的沙漠气候又促成了其甜度,并且让果肉酥软脆香。

如此得天独厚的条件,是老天爷所赐,别处无论怎样眼红或努力都无济于事。

我曾在南疆另一县见过当地产的梨,不但形状大如拳头,而且皮粗肉糙,吃起来还略带酸味,看一眼便不想再吃第二口。吃惯了库尔勒香梨,便很难接受别的梨子,所以除了库尔勒外,新疆的其他地州从不做梨子的文章。

香梨的历史说来颇为悠久，清朝时封疆大吏们给皇上进贡香梨，要用近10层东西包裹，然后用草在外面再包一层，放入箱中由马驮运向北京。据说进贡的马队在入秋摘下第一批香梨后出发，在路上耗时三四个月，在大雪飘飞时才能抵京。驮运香梨的马队走的也是丝绸之路，这条路被德国人李希霍芬在19世纪末命名为"丝绸之路"前，曾被称为"皮毛之路""玉石之路""珠宝之路""香料之路"等，香梨无比隆重地穿行在这条路上时，因缺少宣传，错失了被称为"香梨之路"的叫法。那时的香梨名字中还没有一个"香"字，乾隆吃过后因为对其甜美味道喜爱不已，便赏了"香梨"二字，也有人说乾隆当时还称其为"西域圣果"。说起来，乾隆是一个对味道格外敏感的人，他娶了一位叫伊帕尔汗的西域女子，因她身上散发沙枣花香味，便封她为"香妃"。

香梨因为甜得出奇，其自身便必然会发生奇特之事。有一年五月库尔勒下了一场大雪，气温降低到了零下，人们以为正在开花的香梨会受到影响，不料它们的花瓣在雪后迎着太阳伸展开来，并很快从花蒂处冒出了果实。

香梨分公梨和母梨。从形状上而言，公梨的果端为凸起形，母梨的果端为凹进形。不仅如此，二者的味道也不同，母梨要比公梨甜很多，新疆人买梨时会说：我要那种屁股圆的梨。香梨的存放时间长，从摘果的九月可一直放到来年七八月。新疆人都选择在冬天吃香梨，因为入冬的香梨都是当年的新鲜货，而五一前后乃至七八月份的香梨都是存货，新疆人都不怎么吃。

近年来香梨的价格一路飙升，一般卖到一公斤三四十元，商场里经过包装和保鲜处理的一公斤可卖到四五十元。因其受欢迎程度骤增，包装便演变成一个包装袋仅包一个香梨，其慎重程度已几近于清朝的贡品。

我买过的最贵的香梨是在北京甘家口的新疆办事处，一公斤整整100元，朋友的女儿吃了后喜欢得不得了，当晚闹着让她爸爸妈妈给她找香梨，我听到消息后将剩余的几公斤香梨给小家伙送了过去，她捧着香梨这才破涕为笑。过了几天又见到她，她对我说她昨天去新疆吃香梨了。

我细问之下才知道她妈妈带她去了甘家口的新疆办事处，小姑娘以为有香梨的地方就是新疆。

有一年，我应一位朋友的邀请去库尔勒的一个香梨果园玩耍，每人吃了四五个香梨后便吃不动了，朋友说他天天看着香梨，哪怕再好的也不想吃。他见大家不解，便又说树上的香梨在你们眼里是香梨，但在他眼里就是钱，他不吃香梨，但是天天把它们当钱看的感觉还是不错。

我的战友李复楼从部队退役后，在库尔勒承包了100余亩香梨，他一边忙碌地里的事，一边帮助出版一位战友的遗作，我念及大家曾经同在部队待过的缘分，帮李复楼运作出版事宜。刚开始的几年因为梨树尚未挂果，李复楼说再过几年请我去库尔勒吃香梨，后来他那位战友的两本遗作都顺利出版了，却再也没有见到他，忽一日有人在电话中说李复楼得病去世了，从发现病情到去世仅数月，我一时惊得不知该说什么。现在回忆他生前最后的日子，操心战友遗作应比香梨果园耗费时间更多。

当然，香梨树下也发生有传奇故事。有一人在沙漠里迷了路，起初用刀子割开胡杨树皮，捅出一个洞让其流出树汁，把嘴凑近喝下解渴，后因无法忍受饥饿便挣扎着往前走，走了两天一夜，也不知是走出了困境，还是迷失得更加遥远。就在他几近于崩溃时，一棵香梨树出现于不远处，他飞奔过去摘下香梨饱吃一顿，一鼓作气走出了沙漠。

为何那个地方独有一棵香梨树，至今无解。

昔日东方圣果　今朝香飘四海

——库尔勒香梨的故事

陈耀民

在中国,没有任何一座城市能像库尔勒一样,因为香梨诞生了一个城市的别称,因为香梨打造了一个城市的名片,因为香梨提升了一个城市的形象,因为香梨赋予了一个城市的魂魄。库尔勒,因为香梨而驰名中外,香梨,因为库尔勒而声名远播。

——作者题记

也许是上苍的造化,抑或是老天的公平,在自然和生态环境都极其恶劣的塔克拉玛干大沙漠的边缘,却生长着一种神奇的果中珍品——库尔勒香梨。

据晋代葛洪撰《西京杂记》记载:"瀚海梨,出瀚海北,耐寒不枯"。这里的"瀚海"指的是塔里木盆地,"梨"指的就是库尔勒香梨。这是史书中最早对库尔勒香梨的描述。

库尔勒香梨原产中国中原地区,据历史学家考证,是当年西汉张骞通西域时,由中原地区带到新疆种植的,距今已有2000多年的历史。另外,《大唐西域记》中也记载道:"阿耆尼国(今焉耆)引水为田,土宜糜、麦、香枣、葡萄、梨、柰诸果"。清西征将领张曜的幕僚萧雄在《西疆杂述诗》中赞扬库尔勒香梨"果树成林万颗垂,瑶池分种最相宜;焉耆城外梨千树,不让哀家独擅奇"。库尔勒古时候为焉耆国属地,所以这首诗中的"焉耆城外梨千树"，其实指的就是现在的库尔勒。萧雄在这首诗的自注中对库尔勒香梨推崇备至："唯一种略小而长，皮薄肉丰，心细，甜而多液，入口消融……以余生事所食者，当品为第一。"他称赞库尔勒香梨可与中国历史上最负盛名的"哀家梨"媲美，给予极高的评价。

库尔勒香梨因具有色泽悦目、味甜爽滑、香气浓郁、皮薄肉细、酥脆爽口、汁多渣少、耐久贮藏、营养丰富、落地即碎、入口即化等特点，被誉为"梨中珍品""果中王子"，驰名中外，享有盛誉。因为库尔勒香梨在经济发展和社会生活中具有的独特地位和重要影响，库尔勒又被当地人引以为豪地称为"梨城"。

说到库尔勒香梨，就不能不说梨花。每年的四月初，从冬眠中苏醒过来的库尔勒绿洲上，铺天盖地般开满了盛开的梨花，广袤的田野上仿佛下了一场大雪，放眼望去纷纷扬扬、无边无际。千树万树玉树临风，十里百里花香蜂鸣。初春的梨花，已经成为库尔勒一道亮丽的风景，不仅使梨城人流连忘返、爱不释手，还吸引了大量的外地游客前来观赏留影。

美丽传说凄婉悱恻

美丽传说之一： 古代有一个叫艾丽曼的维吾尔族姑娘，为了让乡亲们吃上梨子，她不畏艰难，朝东翻越99座山，到过99个地方，骑死99头毛驴，引进99株梨树在当地栽植。最后，只有一株梨树与本地的野梨树嫁接成功。当梨树上结的梨子成熟时，香气浓郁、随风飘散，乡亲们高兴地称它为"奶西姆提"，意思是喷香的梨子。

美丽传说之二： 在很久以前，铁门关附近的易卜拉音国王，在富饶的铁干里克建起了华丽的皇宫。皇宫园林里长满了桃树、杏树、苹果树，唯独没有梨树。国王的马倌依明历尽艰辛，找来了50棵梨树苗种在园林。随着梨树发芽、开花、结果，依明与国王美丽、善良的妹妹康巴尔罕的爱情也渐渐成熟。就在他们憧憬未来幸福生活的时候，依明被口蜜腹剑的霍加用毒箭射死。伤心欲绝的康巴尔罕哭死在和依明亲手栽种的大梨树下。痛失亲人的易卜拉音国王，为避免睹物思人，也离开了这个伤心之地。按照康巴尔罕的遗愿,他和宫女们一路走,一路撒下梨种,把象征着爱情的梨种一直播撒到了库尔勒。

美丽传说之三:很久以前,古焉耆国王在铁门关建了一座美丽的行宫,并培植了一座果园,内有酸梨树。一天,国王的女儿左赫拉做了一个梦,梦见沙漠里生长着一种"瀚海梨",非常香甜。梦醒后,她非常想得到这种梨树。国王说:"谁如果能找来公主左赫拉要的梨树,我就赏给他500个金币!"大臣的儿子塔依尔早就迷上了貌美绝伦的左赫拉公主,心想这可是个好机会。为了找到梨树,塔依尔冒险闯入了大沙漠。在沙漠中,塔依尔跋涉了很久,快要走不动时,一股香气扑鼻而来,就这样,塔依尔找到了公主左赫拉梦见的"瀚海梨"。国王说:"塔依尔,你很能干。现在你去领500个金币吧!""尊敬的国王",塔依尔却说:"我不要金币。让我管理您的果园吧!我要亲手把这些小梨树栽活,让它结出甜美的果实。"

公主左赫拉很关心这些小梨树,她经常到果园里帮助塔依尔给小梨树浇水、锄草、捉虫子。随着小梨树一天天长大,左赫拉和塔依尔的感情日益加深。最后,随着香梨的成熟,他们的爱情也成熟了。可是,不幸的事情还是发生了。原来,"瀚海梨"生长在瀚海(即塔克拉玛干沙漠)中一个游牧部落的领地内,此部落的酋长知道这件事后非常恼怒,派人埋伏在铁门关的峡谷里,杀死了回家准备婚事的塔依尔,将他的尸首扔进了河里。

公主左赫拉知道后,痛不欲生,决心以身殉情,毅然从铁门关的山崖上跳了下去,河里腾空飞出一对孔雀,在天空中盘旋了一圈后向东南方飞走了。左赫拉死后,国王把她和塔依尔的遗物埋在铁门关的山崖上,并将左赫拉殉情的那条河称为孔雀河。不久,国王发兵南下征讨,杀死了那个酋长及部落里的所有人。随着这个部落的灭亡,瀚海梨也在原产地消亡了。因此,后人在品尝库尔勒香梨时,从不将它切开,因为库尔勒香梨正是左赫拉公主和塔依尔忠贞爱情的象征。

铁门雄关世外梨园

在印度,香梨被称为"支那罗弗罗明",意思是"中国王子",其珍贵由此可见一斑。那么,库尔勒香梨的发源地究竟在哪儿?目前,比较公认的说法是在距库尔勒市东北9公里处的铁门关:

铁关天西涯,极目少行客。
关门一小吏,终日对石壁。
桥跨千仞危,路盘两崖窄。
试登西楼望,一望头欲白。

这是唐代著名边塞诗人岑参(公元715—770年)的诗《题铁门关楼》。铁门关是丝绸之路三十六关之一,是丝绸之路中道出焉耆去龟兹(今库车)的必经之地。铁门关两山夹峙,石壁巍峨,石壁高数十米,长约15公里,一线中通,是孔雀河河道切割形成的峡谷。铁门关地处库尔勒远郊崇山峻岭中土地肥沃的孔雀河岸上,这里梨树高大、枝繁叶茂,四面环山、气候宜人,被称为"世外梨园",是库尔勒香梨的原始产地。

清朝光绪初年,曾为左宗棠幕僚的施补华在题为《库尔勒旧城纪游》一诗中写道:

黄君哀我万里行,
拉我晓过尉犁城。
半城流水一城树,
水边树下开园亭。
夭桃才红柳初绿,
梨花照水明如玉。
窥人娇鸟绕花飞,
留客回人煎茗熟。
一髯闲静能胡琴,

抱琴独坐林之阴。
三十五弦猛挑拨,
平地飞出波涛音。
一鼜悲歌歌屡变,
掩抑苍凉泪如霰。
不通其语揣其声,
知含万古无穷怨。
胡儿六岁能胡舞,
两鼜欣然助钲鼓。
舞终旋转忽如风,
惊落林花不胜数。
林花林花春可怜,
远来吐秀戎荒间。
嫣红姹紫空自好,
安得此客长留连。
吁嗟乎江南三月征歌舞,
处处花前有管弦。

民国6年(1917年)9月,《新疆游记》的作者谢彬路过铁门关时曾写道:"对岸梨树成林,梨实味甘,所谓库尔勒香梨是也"。由此可见,此时的库尔勒香梨早已闻名遐迩。

大漠瀚海果中奇珍

库尔勒香梨属于双子叶植物纲,蔷薇科,梨亚属,梨属白梨系统,香梨品种。库尔勒香梨幼树直立,呈尖塔形,成年树冠呈圆锥形或半圆形。果实中等大,平均重110克,果形不规则,一般为圆卵形或纺锤形,因管理水平及环境不同,常有较大变化。果面光滑,或有纵向浅沟,蜡质较厚,成熟后果面底色黄绿,部分果实阳面有红色晕或纵向宽条纹,果皮较薄,果肉白色、质细嫩酥脆、汁液极多、味甜、近果心处微酸,有芳香。

据科学化验分析,库尔勒香梨营养价值高,含糖、氨基酸、维生素、各种碳水化合物达14%,水汁为86%。其中含糖量10%,酸0.03%,灰分0.12%,每100克香梨含维生素C约4.3毫克,含有葡萄糖、果酸及多种微量元素,可食部分达83.6%。库尔勒香梨不仅可以生食,而且可以做梨酒、梨膏等相关食品,并有"润肺、凉心、消痰、消炎、止咳、解疮毒酒毒"等医疗作用,维吾尔医、蒙医中常把它作为食疗佳品。

库尔勒香梨选择生长在天山高山上的野杜梨籽育苗作砧木,具有抗寒、抗旱、抗病虫害的优势。杜梨成活后第二年或第三年嫁接,5年后挂果,10年后进入盛果期,盛果期可维持50年左右,一般盛果期树单株年产香梨100~150公斤,果实商品率可达80%以上,100年生树仍有一定产量。库尔勒香梨幼树生长势强,成年树中强,40年老树更新后可抽发新枝,利于更新复壮。一般树成三层,高不过3米,树龄可达百年以上。

如何识别正宗的库尔勒香梨呢?第一标志是库尔勒香梨个头较小。因为库尔勒香梨原产于塔克拉玛干沙漠中,由于缺水的缘故,个头比其他品种的梨子要小,无"分梨"之必要;第二标志是库尔勒香梨的表皮略带红色,主要原因是日照时间长、光合作用较强;第三标志是库尔勒香梨汁多无渣、果味香浓,肉酥爽喉,果脆润口,清甜多汁,是甜美爱情的象征。有趣的是库尔勒香梨还有一个独有的特征,那就是有公母之分,母梨尾部凹陷,形成圆窝状;公梨尾部外凸,形成突出状,肉粗核大。母梨比公梨肉质更细、皮更薄、汁更多、口感更好。

"橘生淮南则为橘,生于淮北则为枳,叶徒相似,其实味不同。所以然者何?水土异也。"《晏子春秋·杂下之十》上记载的这句话,对库尔勒香梨来说,无疑是颠扑不破的真理。库尔勒香梨具有特有的品质和极强的地域性,离开了当地的地理、气候、水质、土壤等生态环境条件,是无法种植出原汁原味的库尔勒香梨的。曾经有许多外地人将库尔勒香梨树苗带回家乡种植,结果种出来的香梨外形怪异、果实坚硬、梨渣粗大、糖分及其他营养成分也很低,口感极差、品质低劣,与真正的库尔勒香梨差之千里。中华人民共和国成立后,国内各地曾多次引种栽培,均因生长结果不良、品质大幅下降而终告失败。一方水土养一方物,不争的事实充分证明:只有在库尔勒这片谜一样神奇的沃土上,才能种出地道的库尔勒香梨。

库尔勒香梨还有一个独特的优势就是非常耐储存,在不同的冷藏方式下可以贮藏8~12个月仍新鲜如初,不变色、不失水、不皱皮、不黑心、不变味、不发绵,而且变得色泽金黄如杏,更加香气浓郁、甜蜜多汁。因此,库尔勒香梨可以实现全年销售,一年四季都能吃到。

越洋过海香飘世界

库尔勒香梨在汉唐时期就通过"丝绸之路"传入印度,被誉为"西域圣果"。在1924年举行的法国万国博览会上,在参展的1432种梨中,仅次于法国白梨被评为银奖,被誉为"世界梨后"。从20世纪50年代起,库尔勒香梨曾多次在全国果品评比中夺冠,1957年全国梨业生产会议上被评为第一名,1985年又被评为全国优质水果。在1999年昆明世界园艺博览会上,库尔勒香梨获得金奖。自1987年以来进入国际市场以来,畅销不衰。

随着时代的变化,库尔勒香梨这个老品牌也重新焕发出了新生命。近年来,库尔勒市通过狠抓香梨的科学化、标准化、规范化管理,持续提升香梨品质、不断扩大种植面积、大力拓宽销售渠道,做优做精香梨生产,已形成集香梨生产、加工、贮藏、保鲜、运输为一体的产业化发展格局,实现了从传统种植到产业化经营的"三级跳",打赢了"果中王子"保牌提质增收"攻坚战"。

从2007年起,香梨成为库尔勒市农民增收的第一产业,种植面积以每年5万亩的速度快速递增。2016年,库尔勒市香梨种植面积达到43.20万亩,年产量32.10万吨,年产值达10.7亿元。库尔勒市域内储藏保鲜能力达60万吨,实现了一年四季全年销售。截至2016年,建成库尔勒香梨标准化生产基地7万亩,出口注册果园2.75万亩,产量达2.5

万吨。目前,已远销美国、加拿大、澳大利亚、欧盟、东南亚等10多个国家和地区,跻身世界零售业连锁巨头沃尔玛和欧尚旗下各大超市,成功地实现了从果园到餐桌的飞跃。

  远去了鼓角争鸣、消逝了金戈铁马,曾经的边塞烽烟早已消失在历史的烟尘中。时光穿越了2000年,库尔勒香梨这种古老的"西域圣果",仍然像一名风韵犹存的"资深美女",散发着神秘而诱人的色彩,依然惠泽着生活在这片沙漠绿洲上的芸芸众生,不能不说是一个令人惊叹的奇迹!荣耀因香梨而生,辉煌因香梨而起。库尔勒香梨不仅属于历史,而且属于未来;库尔勒香梨不仅属于新疆、属于中国,而且属于世界。我们坚定地相信,站在历史遗珍和现代文明的交汇点上,库尔勒香梨必将永续传承并发扬光大、四海传扬、五洲飘香。

香梨　香梨　绿洲的圣果

郝贵平

  纺锤形的一疙瘩碧翠，一侧氤氲着些微的紫红。不是翠玉，不是玛瑙，却是甜透肺腑的地产果品——库尔勒香梨。咬一口，满嘴脆、甜、酥、绵，才知道那并不怎么细密的翠绿色果皮，也薄嫩得脆生生的。外形平朴，内质优佳，这是香梨超凡的品性。餐桌上一盘、两盘，会议厅的圆桌上十盘、八盘——香梨，让家庭来客倍感尊贵，使公务接待顿显氛围的香浓，是独有的地产，是当地的骄傲呢！

  人们喜欢用水、用山来象征某一个特殊地理意义的地方，也喜欢用花、用果来标志某一个城市、某一块地域的特征。库尔勒绿洲便被称为香梨之洲，库尔勒这座年轻的城市也就有了"梨城"的美称。在库尔勒绿洲，每年最瞩目、最有兴味的林果风景线，当属具有特产意义的梨树、梨园了。

  清明过后，就是梨花盛开的时节。梨树上，阳春暖气沐浴后的花蕾丰满得鼓囊囊的，一两天、两三天之间就像雪团一样绽放开来，满枝满杈地罩满了树冠，开得那么洁白，那么清雅。展开不久的新鲜嫩叶成了繁密梨花的陪衬。住宅小区的道路旁，维吾尔族人家的宅院内、宅院之间的果林里，到处都是一行行、一片片漫白，白得简直像晴朗的云团飘浮眼前。至于几百几千，甚至上万亩面积的颇有规模的梨园，梨花繁盛的景象就更加令人惊心动魄了，白得漫天遍地，厚厚实实，真是一处处梨花的海洋了。远远望去，绿盖四野的大地上，冰雕玉砌般的梨花阵势，美得神话境界一般，令人醉心醉意，无限神往。

如此美丽的景观，情意浓浓地宣示着香梨之州和梨城的独有特色。踏春的人们格外珍惜这段美妙的时光，莫不到梨园去尽情观赏，留影作念。作为背景的梨花洁净繁茂，衬托着人们五颜六色的着装，咔嚓一声，留存下的照片就春意盎然，诗画兼得。

香梨的成熟是以白露为界。在这个节气里，梨农们便着手采摘香梨了。熟透了的香梨一嘟噜一嘟噜垂弯枝条，梨园的林地间飘散着甜腻的梨香。一副副架梯撑在枝干之间，男男女女臂挽条筐，踏上架梯，喜滋滋地采摘一只只绿生生的果实。梨子皮薄如纸，是千万碰不得的，一碰极容易伤烂，采摘的时候就得格外小心翼翼，轻摘轻放。摘满一筐，就在林间的空地上集中堆放，一个一个码排成规规整整的立方，码放的时候同样必须小心仔细。农户的私家梨园，往往数亩、数十亩，需要连续采摘数天；以香梨为主的专业化园艺场，梨树林子则广大得如汪洋一般，数千名职工家属像进行一场重大的战役，闹闹腾腾地酣战十天半月，方能"颗粒归仓"。然后就是装箱，就被千万里之外的客商销运其他省份甚至国外。库尔勒香梨独具佳誉，名满天下。作为香梨生产基地的专业化园艺场，主要是库尔楚园艺场、沙依东园艺场和农二师团场的大梨园，栽植总面积都达数万亩之多。

相传唐代一位仙老漫游铁门关时，在幽静的山水间驻足休息，食用自带的仙梨解渴，无意间遗留了仙梨的果核。后来，风尘掩埋的果核在孔雀河畔湿润的地气中，萌发长芽，发育成熟，开出棉团似的花朵，结出扁卵形的甜脆梨子。农人颇以为奇，又广为培植，遂成遐迩闻名的名果。传说当然属于对此地特产的神话般的美丽赞誉，透露出的实在意义则是香梨起源的悠久。

西汉或者晋代留存下来的著作《西京杂记》有这样的记载："有瀚海梨，出瀚海北，耐寒不枯。"瀚海当指塔里木盆地的沙漠戈壁。《西京杂记》有此专句，足见"瀚海梨"的历史久远和品质独异。《大唐西域记》图也有"阿耆尼国（今焉耆）引水为田，土宜糜、麦、香枣、葡萄、梨、柰诸果"的记叙。专家考证，中国梨与西洋梨的杂交培育，就是库尔勒香梨的起源。

发源古老,中西嫁接的栽培史,都说明优质特异的库尔勒香梨,从梨树种系中合理培育,脱颖而出的不凡。

我在库尔勒生活了10多个年头,隔行如隔山的原因,当初只觉得香梨特别好吃,却并不了解香梨的栽培耕作多费功夫。梨园选址对地下水位、土层深厚、有机质含量的高低和灌溉排水的方便与否,都有较高的要求;如何采用杜梨做嫁接砧木培育优良品种就大有讲究;采用砀山梨作为授粉树的试验研究,就进行了好多年;土壤的耕作培肥、定植的最佳密度、灌溉的科学规律、整枝修剪的技术要领,以及灾情病害的防治、优良品系的选育,还有收获的香梨如何包装、如何储藏、如何保鲜等等,都是一门系列性的学问。

前些年,一则梨树技术革命的消息风传库尔勒绿洲。恰尔巴克乡的维吾尔族农民吐尔地·艾白,把自家梨园的一棵梨树从一米多高的地方拦腰锯断,截断的树干上长出了新芽,新芽长成了横枝,横枝上结出了梨子,梨子又稠又沉,重得让树枝直往下坠。这棵梨树活了80多年,活力大减,老气横秋,结的梨子稀稀拉拉,梨子的味道也明显淡寡。吐尔地·艾白将它拦腰一锯,竟然锯出了"返老还童"的奇迹。

吐尔地·艾白把自家梨园的树都这样锯了,新结的梨子都是又大又密。他喜不自胜。他只读过初中,跟农艺、技术并不沾边。但成功的事实里头自有理论。他没有按照定型的传统技术,顺着梨树的长势,分三层在修剪树枝上做文章,而是这样想:树枝历来都是向上长的,但是梨树的树枝就不能改头换面,让它横向长吗?有专家评判吐尔地·艾白是成功在逆向思维上,敢于突破传统观念,往新处想。

技术层面之外,这件十分典型的成功事例,让我知道,香梨的培植学问,天地多么广阔!平时,自家需要香梨,只知道香梨来自集市水果市场,从梨园的梨树上摘来,却忽略了它精细的培植过程,更不甚了解它的培育、进化历史。我曾经拜访农科所的农艺专家,曾经到香梨园艺场参观访问,我对香梨更多的认知,就是从农艺专家和园艺场辛勤的农工那里得到的。培植香梨竟有那么多的学问内涵,给予我的同是一种生活的哲理。

　　清代诗人萧雄在《西疆杂述诗》中这样描述库尔勒地产香梨："果树成林万棵垂,瑶池分种最相宜。焉耆城外梨千树,不让哀家独擅奇。""哀家"指的是名产"哀家梨"。诗后还有评说香梨"皮薄、肉丰、心细,甜而多汁,入口消融……当品为第一"的注释。清代《西域竹枝词》中还有吟诵库尔勒香梨的另一首七言诗存今:"垒苛堆盘手自擎,色香与味过柑橙。齿牙脆嚼无渣滓,错认波梨是永平。""波梨"即今谓库尔勒香梨,"永平"也是一种名产梨。今人吟咏香梨的诗作也常常见诸报刊。一首吟咏铁门关的诗中就有这样的句子:"民族协和伟业兴,汉唐陈迹换新颜。绿洲万顷梨千树,头白岑参刮目看。"另一首题为《铁门关之春》的自由体诗写:"在原野芬芳的色彩里／来自铁门关的历史之音／铿然鸣响在今日的春光中／每天都将传奇写入黎明／摄入梨花飞雪的季节"。还有一位楹联家拟出"雄关漫道真如铁,一湾流水,万树梨花"的下联,另一楹联家应征对出"丝路行来尽是诗,深夜驼铃,几声朔雁"的上联。我曾经也不吝粗陋,拙墨笨笔涂鸦一首咏颂库尔勒香梨的小诗:"四海驰名果中仙,地产香梨倍甘甜。天子一口不舍味,百姓千筐易贾钱。春头剪枝夏末肥,清明绽苞中秋啖。林园青碧荫万亩,新品幼树叶茂繁。"从这些香梨诗的品味中,我感悟到,生活在香梨特产地的库尔勒绿洲,最近距离直接享受到的,不只是香梨的酥脆甜蜜,还有一种香梨文化的浓汁蜜味。

　　一方水土养育一方圣杰。香梨,就是库尔勒大绿洲的水土地气培育的杰产圣果。孔雀河流域因为土壤、气候和光照的特殊条件,是最适宜香梨培植和生产的地区,这是香梨栽培农艺书上的定论,也是栽培实践验证了的结论。孔雀河是养育绿洲的母乳,自然也是香梨圣果的母乳。库尔勒绿洲的特殊地气,时时刻刻都浸润着孔雀河水的爱恋;库尔勒绿洲的特殊气候,日日夜夜都弥漫着孔雀河的水汽;库尔勒绿洲的阳光,丝丝缕缕都依偎着孔雀河水汽的温存。孔雀河,母性的孔雀河,你的馨香的甜乳,与香梨这绿洲名贵特产的皮薄、质细、肉丰、汁满的品性,脆、甜、酥、绵的口感,入口即融、沁喉浸肺的神奇,是那么奇妙地化为一体!难道这纺锤形的一疙瘩碧翠,一侧氤氲着些微紫红的果品,真是携带着那位唐代仙老的仙气吗?

追赶河流的果实

李佩红

孔雀河,醉倒在香风里的汉子
在天山和塔克拉玛干沙漠之间
一条走了又走的路
千年,或更长
东方和西方,两粒沙相逢
执子之手。
漠风的背后
你热衷收藏阳光、盐碱和雪水
白露为霜的秋
你伫立河岸
挑起一枚枚灯盏
照亮一座城
一座城的人把你嫁出去
你征服谁,谁就会记住
你带香味儿的名字
——香梨

我劝你,千万别在新疆人面前赞美哪里的水果甜。

下一秒,也许你会被新疆人眼里的不屑伤害。但请你相信他们不是有心的。如果你想在万千人之中辨认新疆人,很容易,拿出当地水果让他品尝,就像安徒生童话里放在厚褥下测试谁是真正公主的豆子。如果是地道的新疆人,只需一口,肯定大呼小叫,这也叫甜,比我们新疆的差远了。

我再劝你,听到这样的话,千万别争辩。新疆人的身体里含了太多的糖分,性格是胆汁质的,热情豪爽直率,他们会为家乡的骄傲据理力争,绝不是虚张声势。

新疆水果的甜美的确世界无双。如果新疆人不以此为傲,那他热爱新疆的诚意便令人怀疑。

假如秋天是挎着篮子的丰收女神,那么中原的篮里装的是麦子;南方是稻米;东北是大豆、高粱、玉米;新疆则是装满了瓜果,红黄绿紫,挣脱了时间和空间的束缚,形态饱满丰富到无与伦比、色彩烈艳到超凡脱俗、甜蜜馥郁到啖食难忘。

新疆地处干旱地区,这里太阳辐射强,日照时间长,昼夜温差大,是这里瓜果特别甜的主要原因。"吐鲁番的葡萄、哈密瓜,库尔勒的香梨没有渣。"假如把新疆的瓜果写成一首散文诗,让阿肯弹唱,三天三夜也唱不完。现在是中秋,白露过,寒蝉未鸣,夜风清凉,天干地燥,这个季节最适合吃梨。那就让我单说说香梨好吧。

一

香梨,顾名思义是有香味儿的梨子。香梨,香妃,茴香,这些缀以香字的名称似乎都与西域有关。如果把众多的梨美人聚齐君前,香梨一曲胡旋舞,六宫粉黛无颜色。香梨饱满多汁儿,绿色的皮儿脆薄如纸,朝阳的一面染上阳光的颜色,淡淡的红晕,美人含羞,惹人怜爱。一枚梨是水的露珠,一弹即破,放在显微镜下看,当牙齿咬破皮的瞬间,似跳水运动员从10米跳台钻入水中,嘴角四周溅起层层水花。等你吃完一整只香梨,便能体会到王者的尊严感和满足感,唇齿间的清香暗度陈仓,身体各个层面的细胞欢天喜地地开门迎接。

库尔勒背靠南天山,比邻塔克拉玛干沙漠,是划分南北疆的地标性城市，自古以来一直是贯通南北疆的必经之路。如果乘汽车北疆抵达库尔勒，一线中通的感觉尤为强烈。汽车出塔什店向上攀爬至天山尾闾一座不高的岭，向南俯瞰，绿浪层层叠叠簇拥着林立的楼群，雾霭轻笼，库尔勒城若隐若现如梦似幻，仿佛海市蜃楼。深入城市的中心，你即刻会被这座城的大气磅礴，端庄秀丽而又刚柔相济的气质深深吸引，城市既有水的妖娆灵活，又有山的崔嵬嵯峨、雌雄同体、匠心独运。孔雀河穿城而过，含有丰富矿物质的天山雪水潺潺流下，滋润着这里的一草一木。孔雀河在库尔勒人眼里还是一条神奇的河流，库尔勒香梨就是沿着这条河流，从铁门关峡谷一直追赶到铁干里克，直至孔雀河消失的地方。仙袂飘飘的孔雀河像天山下凡的仙女，而迤逦孔雀河两岸的香梨树是她的亲密爱人，从不离其左右。香梨独爱孔雀河浇灌的土地，为此情愿生生世世追随。孔雀河水意志坚定，向着无垠的塔克拉玛干沙漠，香梨一路收集河水遗留在大地上的诗词和记忆，创作一曲经久不衰缠绵悱恻的爱情长歌，点亮满树的灯笼，为一条河的归途壮行。

　　凭果农多年的经验，他们说沿孔雀河两岸15公里地的范围内生长的香梨，最为与众不同，而在此范围内，沙依东园艺场和铁门关一带的香梨更是极品中的极品。香梨掉地粉碎，这是世界上迄今为止，所有的梨类中独一无二的，除此范围以外的香梨，虽说也叫库尔勒香梨，品质却大相径庭，皮厚核大，东施效颦，外地人真假难辨，只有吃过多年香梨的当地人能够区分。香梨的糖分含量高，梨汁粘手，我住的小区路两边全是香梨树，小区梨树和其他的花木一样，不为求其果实，主要是春季赏其花。站在路边的香梨树每到秋季，照样结它的果。香梨多了也没人稀罕，行人来来往往，熟透的香梨时而"啪"的一声掉在地上，粉身碎骨。路面上，一团一团香梨落地成为甜泥，踩着粘脚。

　　香梨是库尔勒乃至新疆和全国难以复制的特色产品，是库尔勒仅次于石油的支柱产业，种植面积近百万亩。香梨是一位真正意义上的皇家贵族，农业、土地开发、水利、劳务、储存、保鲜、运输、娱乐等行业的20多万人为它服务，他们的今世的命运幸福和这颗小小的果实紧密联系在一起。库尔勒市兴建的数百家保险冷库,就是香梨产业兴盛的见证和标志。香梨,带来了丰厚的经济效益,使库尔勒一派繁荣景象。每到秋季,垛满了成箱的香梨,一辆一辆车满载着香梨驶出城市,每一枚香梨都是库尔勒的形象大使和代言人,是一个最贴近世俗需求的文化符号,这里的阳光、河流、土壤、盐碱、草木、白云、蓝天及淡淡的沙尘,被一枚枚香梨带到远方及远方的远方,每一位食客都感觉到来自西域的香甜,这种香甜不同凡响,他们似乎能感觉到树叶、根系、淡淡的花朵和梨的生长,呼吸着树汁的清香,身不由己对这些追赶河流的果实心生爱恋。

二

玄奘所著《大唐西域记》开篇所述阿耆尼国(旧时焉耆)"东西六百余里,南北四百余里。国大都城周六七里。四面据山,道险易守。泉流交带,引水为田。土宜糜、黍、麦、香枣、葡萄、梨、柰诸果。"焉耆居孔雀河上游,由此证明,香梨的种植历史至少已有1300多年了。相传,古代有一个叫艾丽曼的姑娘,为了让乡亲们吃上梨子,她不畏艰难,朝东翻越99座山,到过99个地方,骑死99头毛驴,引进99株梨树,在当地栽植。其中只有一株梨树与本地的野梨树嫁接成功。当梨树上结的梨子成熟时,香气浓郁,随风飘散,乡亲高兴地称它为"奶西姆提",意思是喷香的梨子。千年的时光里,梨树经过了多少双手的抚摸,游走了多少人家,甜了多少人的肚腹,已成为扑朔迷离的历史残片,人类很难确定香梨的具体种植时间,但香梨是西洋梨和东方梨嫁接、驯化而成则是不争的事实。香梨可以说是东西方文明在古老的丝绸之路上交融并蓄最甜美的例证。五六十年代以前,库尔勒香梨种植面积很少,散见维吾尔族人的庭院里,50年代末,沙依东园艺场成立,在位于新疆库尔勒市西郊10公里处的孔雀河畔,采用现代嫁接栽培技术,大范围种植香梨,这是香梨走向世界的发端。周边的农民随效仿之,他们放弃种植棉花、玉米、小麦等农作物,改植香梨树,把新的生活希望系于小小的果实之中。"恰尔巴格",维吾尔语是四个花园的意思,这里是库尔勒市的香梨主产区之一,60年代中期,香梨园二三十亩，改革开放之后开始成规模地种植，如今，已发展到几十万亩。在这里，最早的梨树已经有100多年，绝大多数的梨园生长了二三十年，正进入结果的旺年。尽管今年风灾严重，且遇病害，香梨减产，壮年期的香梨园仍然硕果累累。在上户乡的卡拉苏村，有幸得见50年前种植的香梨园。几十棵梨树，主干粗壮低矮，要两人围搂合抱，枝干似条条虬龙，苍劲有力，形如绿塔，宝塔层层悬挂一枚枚香梨，像一个个银铃。树下，铺着爱德莱斯绸的长桌，摆着西瓜葡萄香梨和热气腾腾的茶，村民们环桌而坐，弹琴唱歌，男女老幼跳着欢快的麦西热甫，凉风徐徐，传递着丰收的诗意。如果你恰巧三月底四月初来到"梨城"库尔勒，建议你顺着孔雀河一直往下走，你会看到千树万树梨花开，雪白的梨花如云似雾，铺展在广阔的大地之上，那是花的海洋。清气过，枝摇曳，万顷花浪翻涌，美出了浩荡之势，空前绝后。人在花下走，云在天上飘，香气袭人。如果你有足够的时间，可以细细观察梨花，一枝独秀，或相互簇拥，婀娜多姿。每朵花有五个圆满的花瓣儿，围着中间的花蕊，每个花蕊头顶褐色的点点，像宣纸上的几点墨，点缀着梨花更加娇俏。

梨花堆雪压枝低，
游人徜徉醉迷离，
梨城三月芳菲暖；
清风明月共欢喜。

置身花海怎么能不欢喜，人间的不如意十有八九，烦事缠身，短暂脱离事外，心的外壳一点一点被花香融化。噢！原来，这就是活在人间所爱的精髓。

三

世界上但凡稀有的物种，无不娇贵，动植物同源。香梨被誉为果中圣品，它的娇贵不亚于大熊猫。从春到秋，从出生到结果，时间有多漫长香梨树有深刻的体会。排除各种意外，一棵梨树要长七八年之久才挂果，15年方进入盛世，太不容易。说起香梨树的金贵，可不比南方插一根棍子都能长成大树。香梨树不是靠种子植活，也不能扦插，果农们要把每一株精心挑选的梨枝下嫁给其他梨树，在梨与梨的交融、叶与叶的磨合中成熟。香梨开花和挂果的季节，也是库尔勒的风沙季。风沙发动一场一场"特洛伊战争"，为一睹梨花的美貌。好在果农们早有准备，安排香梨园周边杨树高大伟岸的身躯阻挡风沙。香梨的皮儿娇嫩，哪怕树叶轻轻扫一下，也会在它嫩如婴儿的皮肤上留下褐色斑点，卖价就不好了。果农们每年要精心修剪香梨树，使每一棵梨树学会低调，错落避让，尽量贴近地面，减少风对花和果的影响，让每一个树枝和果实充分接受阳光的照抚。

　　香梨园里，我发现几棵梨树中夹杂着的砀山梨、苹果梨和酸梨。九月中旬，香梨已采摘完毕，而这些杂梨成熟的果实仍挂在枝上，树下掉落一地，竟无人理睬。它们是香梨树的丫鬟，专为香梨花授粉服务，因为香梨花的花期短、梨花授粉能力差。砀山梨个头大，像小孩的脑袋，吃一个能管饱。尝过之后，觉得这些梨子也挺好吃。香梨树下杂草丛生，我以为可散养些鸡，鸡吃草，香梨长，互不影响。果农们笑了，笑我无知。这些杂草并非可有可无，它们是梨树的护卫，这种草是虫儿的美味，有了草，它们就没有必要爬那么高的梨树，香梨树便减少虫害，少打药，冬天落雪，匍匐的草给树根多加一层棉被。采摘香梨得戴手套，包一层软纸，再套上泡沫袋，轻拿轻放，不敢有半点马虎。储藏更讲究，温度控制上下偏差不能超过0.2℃，每一步都得小心伺候，不可掉以轻心。否则，香梨很快腐烂变质。在香梨园里巧遇从加拿大请来的土壤专家，他挥舞铁锹，挖开一棵树根，诊断树的发育健康情况，之后要对土壤进行分析，配方营养，提高梨树的免疫力，也就是说，梨树的健康从梨树发育健康时抓起。为提高库尔勒香梨的天然品质，如此大费周折非常有必要。一枚香梨众星捧月，千呼万唤始出来，使现实中的香梨，更接近于理想主义。

曲水飘香去不归　梨花落尽成秋苑

梅家胜

一

开都河从天山深处流来，仿佛从远古流来，流出一路生命，流出一路绿色，也流出了一路神秘；它在经过610公里艰难跋涉，冲破叠嶂山峦重重险阻后，到达了博斯腾湖。只是短暂的小憩，孔雀河承担了接力的使命，又一路奔腾踏向新的征途，朝着那个浩瀚的罗布泊进发。

出博斯腾湖，孔雀河在一个叫库尔勒的地方留恋地拐了一个弯，然后掉头一路向东。就是这样一个不经意转身，成就了库尔勒名扬天下的机会。河水使得库尔勒水草丰美土地肥沃，各种植物旺盛地生长。

又是一个偶然机会，一棵梨树在此生根、开花、结果。但是梨子又苦又涩，人们渴望这棵梨树能结出香甜的梨子。于是这棵偶然生成的梨树，最先演绎出一个美丽的故事来：

传说很久以前，一位叫艾丽曼的姑娘受乡亲们的委托，到一个遥远的地方寻找香甜的梨子与这棵梨树嫁接。艾丽曼不畏艰难，攀雪山走戈壁，翻越99座山，走过99个地方，骑死99条毛驴，找到了99枝梨树苗。为了不让树苗枯死，艾丽曼将一个南瓜掏空，把树苗放进去保湿。然而回到库尔勒后，99枝梨树苗98枝都干死了，只剩下一枝活着。这枝活着的梨树苗终于嫁接成功，结出的梨子又香又甜。

善良的艾丽曼想把这棵梨树的枝条分给乡亲们嫁接，当地的巴依卡比匐知道了，想独霸这棵梨树，要强行挖走这棵梨树。艾丽曼和乡亲们奋力保护这棵梨树，使得巴依图谋未能得逞。但巴依并不甘心，在一个风雨交加的夜晚,巴依派人偷偷溜进艾丽曼家的院子,举起斧头砍向梨树。艾丽曼被砍树的声音惊醒了,她勇敢地冲上去与巴依的人搏斗,不幸惨死在巴依的斧头下。

冬去春来,被砍倒的梨树桩上发出了99根嫩绿的枝条,乡亲们为纪念艾丽曼,将99根梨树枝条嫁接到库尔勒的梨树上,结出了又香又甜的库尔勒香梨来。

二

传说来源于现实生活。库尔勒香梨真正的成因,与传说中的故事一脉相承,那就是由野生梨树经过人工嫁接而成。据考证,新疆库尔勒香梨至今有2000多年的栽培历史。有历史学家考证,是在公元前138年张骞出使西域,从中原带到新疆的。最早记载库尔勒梨的,是晋代《西京杂记》中"瀚海梨,出瀚海北,耐寒不枯"的记述。这里的"瀚海"指的就是新疆的塔克拉玛干沙漠,"梨"指的就是库尔勒香梨。

对库尔勒香梨描述最详尽最精彩的是清代,如清乾隆年间的《回疆志》中有这样的描述:"梨亦回疆之佳果也,唯一种着实小而头长者,皮薄肉厚,味极甜而多水。留置春间食之,诚不逊奉天之香水,永平之波梨也。"更有同治年间驻新疆将领张曜的幕宾萧雄赋诗赞曰:

果树成林万颗垂,
瑶池分种最适宜。
焉耆城外梨千树,
不让哀家独擅奇。

从诗的语境可以看出,当时的库尔勒,只是焉耆的一个庄园,或是一个专门从事香梨种植的地方。可见150多年前的库尔勒犁,已经享誉全国了。

左宗棠的幕僚施补华在他的《库尔勒旧城纪游》一诗中写道:

黄军哀我万里行，
拉我晓过尉犁城。
半城流水一城树，
水边树下开园亭。
天桃才红柳初绿，
梨花照水明如玉。
……

至于"库尔勒香梨"这一品牌的称谓，始见于1917年谢彬的《新疆游记》，作者行至库尔勒孔雀河铁门关时写道："对岸梨树成林，梨实味甘，所谓库尔勒香梨是也。"那时的库尔勒香梨就已经远近闻名了。1955年自治区首次全区域果树资源普查，在库尔勒铁门关发现了一棵200余年的香梨古树，树径两人合抱不拢；在阿克苏阿瓦提县拜什力克乡发现180年古梨树一棵。这些都证明库尔勒香梨久远的历史传承。

三

一方水土养一方人。对于果木来说同样如此，而且具有很强的地域特性。新疆日照时间长，早晚温差大，碱性土壤，由昆仑山天山雪水灌溉。这些特定地域气候环境只有新疆具备，因而成就了新疆瓜果高糖分的优良品质。

库尔勒香梨的精华产地，也有着严格的地域限制，以孔雀河两岸各向外延伸15公里为界，即孔雀河两岸30公里范围内，是库尔勒梨品质最好的产地。大自然的神奇馈赠，严格地遵守着自然法则，超越了这个范围，就得不到好的品质。

库尔勒香梨近代规模化栽培发展，是在1949年新疆和平解放后，1950年库尔勒地区农村庭院栽培梨树，20世纪60年代社队集体经济大发展，开始大面积栽培库尔勒梨树。那时库尔勒梨1公斤卖5角钱，

1981年1元,到了1983年3元,比种粮食划算。于是社队开始了大面积种植梨树。

库尔勒梨挂果期一般在5~10年之间,周期长。库尔勒市上户镇上户村,在1965年实验性栽培了100亩梨树,到1975年才开花结果,其周期达到10年。如今这100亩梨园正处在瓜果旺盛期,硕果累累;上户村6000亩土地,其中4700亩是梨园,农民的收入每年都在增加。20世纪60年代的上户村老书记买伯说:现在党的政策好了,我们的钱也多了。1965年一年才挣2000元,现在一年几十万;过去是毛驴车,现在有钱,想买什么车就买什么车!

正值库尔勒梨采摘季节,在阿瓦提镇的梨园里,采摘工人正在紧张有序地采摘、分级、包装、装箱。虽然今年受到严重风灾影响库尔勒梨大面积减产,但物以稀为贵,库尔勒梨的价格也大幅度上升,在一定程度上弥补了歉收的损失。

随着人们对水果品质越来越高的要求,库尔勒梨也与时俱进,不断用科学的手段提高库尔勒梨的品质。果树和人一样,也会生病,也需要有医生医治。在一处果园里,由库尔勒市人民政府聘请来的加拿大栽培专家正在给果园会诊。专家指着一棵梨树说:这棵梨树病了,它的根系已经腐烂,必须挖掉,不然会传染给周围的好树。待挖出树根,果然看到这棵梨树的根已经发黑,而且无法医治,只能连根挖掉。

生物防治病虫害,减少农药的使用,是库尔勒梨生产的新路子。在过去,梨园里是不允许有野草存在的,如今的梨园满园杂草丛生。陪同的干部解释说:杂草可以给果园里的各种益虫提供一个良好的生存环境,益虫多了,害虫就会减少,农药就会少用和不用,库尔勒梨的品质就会进一步提高。

对梨园的土壤进行科学化验分析,是科学种植的重要一环。通过对梨园土壤成分分析,可以准确知道这块梨园的土壤缺少哪一种营养成分和什么元素,及时有针对性补充,使得库尔勒梨品质得到保证。

四

孔雀河,正如它美丽的名字一样,用它滋润万物的河水哺育了这块美丽的土地;也一如它美丽的名字一样,在它庇护下生活在这块土地上的人们勤劳而善良。"上善若水,水利万物而不争"。世上万物,皆向上生长,树木向上生长,相互争夺生存空间和资源,唯独水向下流淌,不与万物争夺任何资源与空间"而利万物"。因此"上善若水",人应像水那样高尚而利于他人,利于社会。生活在孔雀河两岸的各族人民,正是具备了水的品质。

在盛产库尔勒香梨的阿瓦提镇,有一位叫阿不拉洪的退休大队书记。听名字,你一定认为他是一位维吾尔族人;听说话,流利地说着地道的维吾尔语。其实,他是一位地地道道的河南汉族人,他的真名叫赵云诚。1966年,因在河南老家吃不饱饭,投亲来到库尔勒阿瓦提。这里的维吾尔族兄弟慷慨地接纳了他,有人送来了粮食,有人送来了锅碗瓢勺,在维吾尔族群众的帮助下,他在这里安下了家。

从此,赵云诚成了阿瓦提公社三大队的一名社员,凭借着他壮实的身体,在队上拼命地干活,以报答维吾尔族乡亲们收留之恩。他给自己起了个维吾尔族名字——阿布拉洪。

今年73岁的大队老书记热合曼·巴乌东见证了赵云诚在阿瓦提的成长过程,两人在共同建设家园生活生产活动中结为最亲密的兄弟。人说滴水之恩当涌泉相报,赵云诚凭着他的吃苦耐劳精神,很快在农业生产中发家致富,第一个在队上买了一台四轮拖拉机,成了全大队唯一的机械。每年春耕播种,赵云诚的这台拖拉机就派上大用场,维吾尔族群众纷纷请赵云诚帮自家耕地,赵云诚开着他的拖拉机几乎天天在田地里劳作。说起报酬,赵云诚从来不在乎,许多的维吾尔族群众家里不富裕,拿不出钱来使用拖拉机,赵云诚便分文不取,维吾尔族兄弟不好意思,赵云诚总是憨厚地一笑:不就是烧一点柴油嘛!这么多年粗略地一算,足有10万元的油费让利给了阿瓦提的维吾尔族兄弟。

后来其他省份来新疆库尔勒谋生的汉族人越来越多,三大队容纳不下,老队长热合曼·巴乌东说,新组建一个汉族队吧。于是成立了一个汉族四队,赵云诚出任四队队长。

如今无论三大队四大队,两个民族彼此还是一家人,无论哪个大队有什么困难,都会主动前去支援。在库尔勒香梨科学管理和栽培方面,四大队汉族懂技术的人多,就主动帮助三大队;三大队劳动力充裕,农忙时节,就主动帮助四大队。在共同建设美好家园的生产活动中,维吾尔族兄弟说:汉族队出技术,维吾尔族队出人力。生活越来越美好。

如今,阿瓦提的汉族与维吾尔族亲如一家,维吾尔族兄弟依然亲切地叫赵云诚的维吾尔族名字——阿不拉洪。

库尔勒的香梨王国

张 靖

浩瀚漠北，雄浑苍茫，打开西域这片辽阔的版图，库尔勒犹如西部一颗璀璨夺目的明珠，屹立在一片荒原的中央，聚焦世人的目光。

有一座城的名字叫"梨城"

库尔勒，维吾尔语意是"眺望"。地处欧亚大陆和新疆腹心地带，塔里木盆地东北边缘，北倚天山支脉库鲁克山和霍拉山，南距"死亡之海"世界第二大沙——塔克拉玛干沙漠直线距离仅70公里。库尔勒，永远的眺望，富有哲理的寓意，让一座城从此有了思想的深度和精神的高度。

作为新疆第二大城市的库尔勒，又称之为"梨城"，因盛产"库尔勒香梨"而闻名遐迩、驰名中外。这里曾是古丝绸之路中道的咽喉之地和西域文化的发源地之一，是巴州政治、经济、文化中心，连接南、北疆的重要枢纽和物资集散地。

每当秋季梨香飘荡，人们总能听到这个温馨浪漫名字——"梨城"，用一种最直白的方式给世人一个解释。

迈过滚滚的沙尘，梨城越发清晰地走进人们的视野。这里有"一夫当关，万夫莫开"的铁门关，烟波浩渺的博斯腾湖，广袤迷人的巴音布鲁克草原，幽雅神奇的天鹅湖，举世闻名的罗布泊，松涛林海的巩乃斯，峰岭险峻、山势挺拔的大峡谷，风光秀丽的塔里木河，雄伟壮观的天山石林，千姿百态的"雅丹奇观"……奇特的地貌、多姿多彩的民俗、色彩斑斓的画面，强烈地冲击着人们的视野。

地域的力量如此神奇而博大，但凡去过梨城的旅人都会出其不意地爱上了这座城。多美的一座梨城啊！草木葱茏、碧水环绕、亭台楼阁、花团锦簇、怪石嶙峋，人称"塞北小江南"。仰望一望无际的蓝天，背靠绵延的天山，时代的气息与审美的情趣在这里完美体现。

站在高处眺望梨城，只见山水辉映、景色宜人、华灯璀璨、林园清雅，在一片香梨的世界中，安静内敛、恢宏大气，城市面积达40多平方公里，汉、维吾尔、蒙古、回族等23个民族共居一城，城域内驻有兵团第二师、塔里木油田公司和南疆铁路办事处等中央、自治区单位。

在一片茫茫戈壁中，这是一个独立自我的世界，既有塞外江南的水韵，又有西北大漠的豪放，多个省市人口的杂居、多民族的共同生活，多姿多彩的民俗民风、语言文字、风土人情，多元素的复杂文化，让这片土地充满了神秘的气息。

这是一座时尚大气的城市，记录着几代人艰苦奋斗的历程。

政治家们往往运筹帷幄之中，决胜于千里之外。三河贯通、改造荒山、石油开采，一项项大手笔、大谋略、大思路，既有政治家的伟略，又有思想家的智慧。关注社会、关注民生、关注发展，切合时代发展的主题。打造物流园，提升城市地位、凸显中心城市功能、提高了梨城综合竞争实力。

他们高瞻远瞩、放眼于未来，运用集体智慧，让库尔勒经济空前繁荣、产业优势明显、城市功能完善、现代物流发达，使梨城一跃成为西部名城。有力的科教支撑、优良的生态环境、和谐稳定的社会面貌，吸引了众多外来人口的栖居；注重生活质感，维护生态和谐，建立人文精神，形成梨城独特的风格与魅力。

这是一座与香梨有关的城市，香梨更是一处无所不在的地域文化和魂灵。

将香梨文化植入城市，形成梨城独特的审美。行走于天鹅河畔，喀拉苏桥与田园桥之间，一个巨大的香梨雕塑巍然耸立，伟岸、壮观，高达十几米，底座由大理石堆砌而成，与河道交相辉映、金光闪闪，在一片盎然绿意中，形态清丽、气势昂扬。

以香梨命名的梨香园，梨树丛生、河水淙淙、百花争艳、鸟语花香，成为市民、游人赏花舒心、踏青游玩的圣地。傍晚时分,梨香园更是各族人民交往、交融的好地方,踏着麦西热甫的乐曲,不同民族的人们俯身相邀,共同翩翩起舞,水乳交融中勾勒出一幅和谐美满的人间仙境。

梨香湖景色迷人、天水一色,湖静似镜、高楼巍峨、草木互衬,倒影栩栩如生,一幅幅绚丽斑斓的秋景,仿佛浓重的油彩泼洒出来的油画,令人沉醉。

以香梨命名的香梨大道,集娱乐、美食为一体,长长的街道成为人们品尝各种美味的最好去处。梨乡路在库尔勒市中心最繁华地段,东西连接一条马路,沿途商铺、宾馆、超市应有尽有。香梨宾馆、梨乡宾馆,那些与梨有关的馆名温馨雅致,让疲惫的旅人枕着梨香进入梦乡。香梨股份,一家以经营香梨为主业的上市公司,在商海的搏击中潮起潮落。

有了香梨,就有了展翅腾飞的梦想;有了香梨,梨城人安居乐业、幸福安康。

九鼎水果批发市场,一家南疆最大的综合蔬菜水果为一体的批发市场,仅香梨批发商铺就近百家,这里云集南北疆众多的香梨商户,来来往往的车辆,川流不息的人流加快了城市发展的速度。各大超市、水果店,总有香梨的一席之地。

在"梨城",香梨是美好、甜蜜、富裕的象征,是"梨城"人民精神的内核,是梨城人民奋进的动力。在"梨城",天更蓝、树更绿、水更清、气更洁、景更美、人更和。

美丽富饶的"梨城",不光看得见山,望得见水,留得住乡愁,更闻得见梨香,遇得见未来!

天山脚下的香梨王子

沿着天山脚下的孔雀河行走,一条蜿蜒浩荡的绿色长河无限延伸,一个巨大的香梨王国展现在世人眼前。

这是一片属于香梨的世界,抬眼望去,千万个梨园纵横四野、横贯东西,只要有土地的地方就能看见它们的存在,总面积高达100多万亩,60

多万亩的挂果盛年树，40多万亩尚未挂果的幼树，这是一组多么庞大的数据啊！

打开西域的史料，总会有一些惊人的发现。香梨在汉唐时期通过"丝绸之路"传入印度，被誉为"西域圣果"。另外，《大唐西域记》中也记载道："阿耆尼国（今焉耆）引水为田，土宜糜、麦、香枣、葡萄、梨、柰诸果"。清西征将领张曜的幕僚萧雄在《西疆杂述诗》中赞扬库尔勒香梨"果树成林万颗垂，瑶池分种最相宜；焉耆城外梨千树，不让哀家独擅奇"。库尔勒古时候为焉耆国属地，所以这首诗中的"焉耆城外梨千树"，其实指的就是现在的库尔勒香梨。萧雄在这首诗的自注中对库尔勒香梨推崇备至："唯一种略小而长，皮薄肉丰，心细，甜而多液，入口消融……以余生事所食者，当品为第一。"他称赞库尔勒香梨可与中国历史上最负盛名的"哀家梨"媲美，给予极高评价。在1924年举行的法国万国博览会上，在参展的1432种梨中，仅次于法国白梨被评为银奖，被誉为"世界梨后"。

受特殊地理气候的影响，经天山雪水的浇灌，汁甜、味香，令世人喜爱。从1950年起，库尔勒香梨曾多次在全国果品评比中夺冠，1957年全国梨业生产会议上被评为第一名，1985年又被评为全国优质水果。在1999年昆明世界园艺博览会上，库尔勒香梨获得金奖。自1987年进入国际市场以来，畅销不衰。

从最早1000多年前新疆梨果的种植，到200多年前的库尔勒香梨，这个优秀的物种早已形成，而且日渐成熟，在它的背后更隐藏着巨大的商机。为此，"库尔勒香梨"由新疆巴音郭楞蒙古自治州香梨协会申请注册为当地的地理标志。

一个物种的开发竟让一片土地变得如此深远辽阔，不得不说是人类创造的奇迹。找准产业发展之路，香梨的扩张几乎铺天盖地而来，它们沿着孔雀河流域、塔里木河流域、塔克拉玛干沙漠以北边缘一路西行。80年代后期，人们将它的种植领地无限制扩大，大到向南疆更深的区域延伸，在巴州的库尔勒市、尉犁县、轮台县、阿克苏地区的库车县、沙雅县、新和县、阿克苏市、阿瓦提县，开始了大面积种植。然而，最好的香梨在库尔勒，品质最优良的香梨在孔雀河沿岸30公里处。

"果品王子""果中珍品"，绝非夸大其词。吃过香梨的人都知道，香梨皮薄肉脆，汁多爽口，味甘清香、香味浓郁。香梨的生成是一个周而复始的过程，三月萌芽、四月开花、五月结果、八月成熟、九月采摘。树体抗逆性极强，能耐下零22℃的低温，耐干旱，抗盐碱。据说，在一次国家农产品博览会上，众目睽睽之下，演示者手持香梨，站在近两米高的位置让香梨自由落地，奇迹出现，地面仅一汪水而几乎不见任何固形物，由此证明，库尔勒香梨渣少、果嫩、汁多。

如此皮薄汁多的果品竟然极耐贮藏，令人匪夷所思。最初，果农将大量采收的果品置于无人居住的房间或土窖中，到了第二年春季不霉不烂，不绵不糠，而且依然金黄诱人、香气浓郁。即便在贮藏条件极为落后的情况下，香梨也可存放到翌年四至五月份。如今，随着冷藏技术的日益提高和运输条件的逐步完善，库尔勒香梨早已实现了全年新鲜如初、鲜甜可口、水润芳香，不仅季产年销，还可全年供应。拥有这样的储存优势，香梨的发展前景更是不可估量，在一股势不可挡的力量推波助澜下，库尔勒香梨从此有了走出国门，驰骋万里的志向。

一枚成熟的果实并非简单形成，从梨树的栽种到结果，却是一个漫长毫无收获的过程：幼树种植五年后才开花结果，8~12年才出产量，12~15年达到丰年期。多么漫长艰辛的过程，几乎长达8年毫无收获的投入和辛勤的劳作，如若不是一个果农，谁能体会其中的辛苦与煎熬？

据说，最长寿的香梨树能活300年。人们在库尔勒铁门关发现了具有200多年历史的香梨古树，在上户镇的上户村，作家团在艾拜·热木吐拉的果园里，竟然遇见了满院子50多年的香梨树。蓝天白云下，它们棵棵强健粗壮、苍劲有力、树干如腰、树冠如伞，茂密的枝叶下无数的香梨闪烁其间，露出绯红的果面。村庄、院落、草地、老人，这是一片多么令人向往的田园风光啊！

梨城的四季更是美得惊心动魄！

春季的库尔勒，一场雪崩似的梨花漫山遍野地盛开，真可谓梨花绽放满城白。千朵万朵白清如雪,靓艳含香,整个梨城被装扮得清素淡雅、宛若仙子。"梨花淡白柳深青,柳絮飞时花满城。"是苏东坡的诗句,用来形容梨花的盛大和美丽,令人遗憾的是他一定没有来过库尔勒,否则肯定会留下更加恢宏壮丽的诗篇,那一城如云的梨花啊,摇曳在春风中暗香浮动、蜂歌蝶舞,恍如人间仙境。

夏季,梨树是一片绿色的海洋,场面壮观、声势浩大,似一张巨大的绿网将整个库尔勒团团围住。当六月的斜风细雨迎面扑来,葱绿的梨树带着泥土的芬芳,让整个梨城陷入一片烟光迷蒙中,陷入绿海般的水墨丹青之中。

秋季是大地收获的季节,整个梨城车水马龙、人声鼎沸,只见香梨绿中泛红,个个丰盈诱人。累累硕果漫天铺展、浓香飘四溢,一片金黄恍如赤霞在大地翻腾漫卷。

冬季,严霜将叶片吹落,削去素妆的梨树古朴苍劲,它们裸露的躯干有的独臂向天、有的如雄鹰展翅、更多如同张开的巨掌,静默在冬日里神似沉思的哲人。它们由人工精心修剪而成,远远望去,相同的树龄竟如一个模子铸出一般。每棵树上下分三个层次,其间相隔六七十公分,树形修剪疏密有致、层次分明。不同层次的间隔,让梨与梨之间、梨与枝叶之间最大限度地减少摩擦与刮碰,从而确保果形优美、果面光滑。雪中梨树自有一番清韵与诗意,"满身劲带雾凇霜,一身铠甲飒英姿",雄壮威武、令人敬畏。

香梨所含的营养价值远远超乎人类想象。它含有丰富的维生素B,能保护人类心脏,减轻疲劳,增强心肌活力,降低血压;梨中所含的苷糖体及鞣酸等成分,能祛痰止咳,对咽喉有养护作用;梨有较多的糖类物质和多种维生素,易被人体吸收,增进食欲,对肝脏具有保护作用;梨性清凉、能清热镇静,常食能使血压恢复正常,改善头晕目眩等症状;食梨能防止动脉粥样硬化,抑制致癌物质亚硝胺的形成,从而防癌抗癌;梨中的果胶含量很高,有助于消化。梨味甘微酸、性凉,入肺、胃经。具有生津润燥、清热化痰、解酒排毒的功效。主治热病伤阴或阴虚所致的干咳、口渴、便秘等症，也可用于内热所致的烦渴、咳喘。

营养多么丰富的一种水果呀！人们对它的热爱远远不止于食用这样简单，它更像人类一位无微不至的医生与朋友。

谈到对香梨的热爱，我蓦然想起18岁时的一段经历。年少的我第一次一个人行走他乡，火车上，当我拿出父亲给我备好解渴的香梨时，竟招来一整车厢人的围观。抵挡不住人们的好奇，我把所有的香梨拿出来一一分给每个人，令我奇怪的是他们竟然没人去咬上一口。望着我不解的表情他们说：这么好的果实怎么舍得吃下去呢，闻闻它的味道已经足够，这样的水果一定要带回家去，让全家人都闻一闻，让他们都知道世间还有如此美妙的一种水果。说这话的时候，他们半闭眼睛，表情陶醉。

我顿时两眼浮泪，因为香梨，第一次我为自己的家乡感到无比自豪；因为一席话，站在异乡的土地上，一种浓浓的乡愁浮上心头。

香梨衍生的产业链

调整产业结构，以香梨促增收、促脱贫致富，短短几年，在巴音郭楞大地上刮起了一场香梨风暴。大面积的荒地被开垦、众多的土地重新分配，"库尔勒香梨"犹如一个水果巨人迅速崛起，这场狂潮很快席卷了整个城市乡村、团场连队，乃至整个巴州大地。阿瓦提乡、和什力克乡、沙依东、农二师各个团场，英下乡、铁克其乡、上户镇、阳霞……一次史无前例的香梨种植呼啸而来，田间地头、乡野沟壑，乃至家家户户的房前屋后，几乎有土地的地方就有梨树无边际的蔓延，香梨也由此最大限度地实现了自己的生命价值。

这是一场多么熬人的对峙啊，2000多个日日夜夜，在漫长的种植等待、无休止地投入、颗粒无收地劳作中，人们被一种不可思议的力量支撑着，默默等待开花、结果。这对一个个普通的家庭、连队、村庄，是一次多么有胆识的冒险行动啊！然而，在这次重大抉择中，库尔勒民众以超乎寻常的信心和毅力，打赢了这场持久战，创造了一个又一个奇迹！

今天的库尔勒香梨，是一方区域的支柱产业，一股强大的经济发展动力,一个城市居民生活的源泉与依托。

商人有商人的商道,农户有农户的坦诚。每当金秋来临之际,满城叠翠流金,梨香飘荡。闻着梨香,全国各路客商从四面八方云集梨城,寻找果园、商谈价格、联系采摘工人、订购冷库,他们果断地将敏锐的触角伸向这片土地。

从此,一种水果成为连接库尔勒与国内其他省份的纽带,一种水果让西域与国内其他省份的血脉畅通,一种水果将库尔勒的风景向世界开放。

香梨由新疆走向国内其他省份,由此带来的经济贸易、劳务用工、商业往来,让两地之间的联系更加密切起来。多少年从未谋面的疆二代、疆三代重新回到了亲人的怀抱;国内其他省份人来到新疆寻亲,那些曾被地域割断的亲情被人们重新连接起来。人们突然发现,新疆与国内其他省份的连接原来如此亲密、如此贴近,不可分割。

一系列产业链铺天盖地而来,那些与香梨衍生的各种产业从此在这里陌路相逢。英雄不问来路,包装业、冷藏业、运输业,它们迈着雄赳赳、气昂昂的脚步,迎着漠风大踏步走进西部绿洲。之前毫无征兆,一切以迅雷不及掩耳之势,一切又顺理成章,创业者把辽阔的西部作为自己驰骋的疆场,把城乡作为路线图,打开一扇通往财富的大门。

一夜之间,纸箱厂、网套厂、冷库,如雨后春笋般覆盖了这座优雅的边城:冠农包装厂、福利包装厂、天鹅包装厂、希伯来包装厂、和静包装厂、金鑫包装厂,各大包装厂齐足并驱、机声隆隆,飞旋的车轮将库尔勒包装业推向一个新时代。更多的商人把目光投向这里,投资小、以单面机为首的纸箱厂在库尔勒这片乐土上遍地开花。一时间,香梨牵动了全国的目光,无数资金雄厚的商人纷纷挤进梨城,投资果园、定购水果,商标的注册五花八门。"2+8香梨""盛牌香梨""柒牌香梨""王牌香梨",各种注册商标不计其数,而最后全部回归于"库尔勒香梨"商标旗下而告终;为了区分不同的商家和客户,商人们机敏地将自己的头像作为标志放在包装版面的最右上角,这种以"肖像权不得侵犯"为理由的巧妙维权,不得不感叹商人的机智和聪明。

由香梨引发的一场包装革命正紧锣密鼓地进行着。各路商人重出江湖，他们不远万里纷纷踏上西行的火车，带着设备、人才、先进技术来到这片陌生的土地。黄板纸生产线、彩箱生产线、彩色印刷业、发泡网生产线，一时间，全国包装领域所有先进设备、先进技术、先进理念，都一一在这里呈现。印刷业、纸业由此兴旺发达，各种彩色包装、彩色礼品盒层出不穷。二色印刷机、四色印刷机、覆膜机、上光机、热熔胶机，大批具有一定科技含量的彩色印刷技术及设备，开始进军库尔勒市场。包装业的繁荣引发了纸业的蓬勃生机，博湖苇业以天然芦苇为材料，让巴州的芦苇产生了更大的使用价值；张掖高台的高强瓦楞纸，米泉普瓦、天津面板纸……国内其他省份的、新疆的，各种纸材坐上了大吨位重载汽车来到库尔勒寻找它们的生存之地。

发展速度之迅猛令人始料不及。从事冷藏行业的商人迅速找到了他们新的创业起点。源兴冷库、冠农冷库、沙依东冷库、二十九团冷库、旺安冷库、北方冷库……国营的、私人的，只要有香梨的地方，就能望见它们庞大的身影。由此带来的冷藏技术也日益完善，保鲜冷库、气调库，它们以各自的优势为库尔勒的果品储存创造了最有利的储存时间和空间。

围绕香梨做文章，将香梨产业做大做强，产品系列化的研发打开了果业市场的大门，果脯、果汁、罐头、香料、果酒等，它们在一定程度上实现香梨的增值，进一步推动了产业链的向外延伸。一时间，整个飒飒漠北、千里西域，到处飘荡着梨香。

"我们永远在路上！"大批的民工斗志昂扬地扛着行李走入西部。他们沿着四川、河南、甘肃等路线出发，很快在这个叫"梨城"的地方找到立足之地。这里几乎是他们挣钱的天堂，无论春夏秋冬，大大小小的梨园里需要数不清劳作的工人；各大包装厂、网套厂，他们急切地需要成批的熟练工来完成各种看似简单却含有一定技术含量的工作；不同方位的冷库，一年四季需要大批的人手来完成各种翻箱倒筐、装卸工作。一开始，他们经由亲戚、熟人介绍而来，很快他们形成一支气势磅礴、规模宏大的队伍，他们神气十足地以主人的身份行走于梨城的大街小巷、连队村庄。

机遇和挑战,是整座城池赋予客人的最好礼物,它敞开怀抱热情地拥抱每一位栖息者,给他们提供最公平、公正、合理的机会。短短十几年,那些当初身无分文的民工,他们发了财、买了楼、当了老板,他们接着转过身去回到家乡,率领更多的人一起加入这支庞大的作业群体。他们少则一天100多元,多则一天300多元,这种由香梨产业带来的可观收入,给他们的生活和未来带来了天翻地覆的改变。

无论你是富贵还是贫穷,无论你是孤独的流浪者还是精神的巨人,只要来到这里,库尔勒都会让每一位城池的进入者,重新寻找到一片属于自己的精神乐土。

"全国文明城市""魅力城市""园林城市",一系列赞誉接踵而至,城市的富庶与繁华足以让全国震惊,政治、历史、乡土、文化的集体浮现,让库尔勒一跃成为西部一座名城。

永远的绿色,永恒的甘甜,至简至朴,至醇至厚。库尔勒以开放、包容的姿态去迎接一个新时代的到来。

梨城人民的梦,在香梨园里启航

一个城市的崛起,竟然由一种水果带着民众冲出城围,文化和精神的意义不可言喻。

90年代,异军突起,一支浩浩荡荡的队伍正向中原和南方沿海发达城市挺进。

他们行色匆匆、步履坚定,背负着家乡与当地政府的使命,码头港湾、仓库货场、大街小巷,他们卷起的尘土令人肃然起敬。上海、广东、深圳,各大城市都有他们踩踏过的痕迹。即便是第一次远走他乡,他们陌生中心怀忐忑,迷茫中倔强坚持,即便面临着不可预知的风险,他们的步履依然坚定无比。这是一条充满荆棘的路,也许明天可能露宿街头,也许后天腰缠万贯,在看不清任何未来前景的情况下,他们还是选择义无反顾地背井离乡,走向未知的远方。他们中有男有女,经历着常人无法想象的煎熬与磨难,正是那些风尘仆仆的背影,为香梨的未来铺垫了一条绝无仅有的康庄大道。他们是一群有胆有谋的勇士,踏着一条父辈从未走过、充满艰辛之路,来完成了一次将家乡的果品推向全国、推向世界的英勇壮举。

这种集体行为带来的经济效益无法估量,一时间,整个中国被一种叫"库尔勒香梨"的水果呼啸席卷,打开国内其他省份的大门,商机如此巨大、前景如此广阔。正是这一个个了不起的产品推介,一次次大胆的尝试与实践,为库尔勒经济的发展竖起了一座不朽的丰碑。

香梨,维吾尔语叫"奶西姆提",意思是喷香的梨子。关于库尔勒香梨,在当地流传许多神奇的传说,沙依东的传说、神果的传说、"奶西姆提"的传说、长生果的传说、艾丽曼的传说,各种传说为香梨披上一件玄幻的外衣,传说充满智慧,寄托着梨城人民美好的心愿,将库尔勒香梨发扬光大,让更多的百姓吃上香梨,吃上好香梨。香梨事业是一项漫长的、贴近民心、为百姓谋福的工程。

科学的管理从果品的种植开始,正向着规模种植、集约化管理、分工精细化、信息化服务的方向发展。一路走来,做优、做精香梨,梨城人民从未停止过前进和探索的脚步。一直以来,库尔勒市狠抓香梨的科学化、标准化、规范化管理,不断提升果品品质。2003年,一整套《库尔勒香梨标准体系》编纂完成。该标准从库尔勒香梨的品种——苗木——管理——包装——检验,一一进行了详细规定,经过多次专家考察和科学论证,成为一整套宝贵的技术资料。令我自豪的是,我作为《预包装库尔勒香梨包装与标识》的主要起草人之一,为库尔勒香梨包装提供了一整套完整的参照标准。

持续提升香梨品质、不断扩大种植面积、大力拓宽销售渠道,一系列产业化发展格局已经明确,从采收、加工、贮藏、保鲜到运输的科学管理,库尔勒香梨打赢了这场"果中王子"保牌增值的攻坚战。

纵观产业发展,库尔勒香梨以飞快的速度走入全国乃至世界。20世纪70年代末,香梨首次出现在香港、澳门。进入90年代,库尔勒香梨的出口量迅速猛增。21世纪,香梨已占据美国、加拿大、澳大利亚、新西兰等在内的20多个国家。香梨的国际市场越来越大,出口创汇量不断再创新高。实行香梨"出口注册果园标准化",加快出口基地建设步伐,库尔勒香梨以更高、更严、更优的标准,向着国际市场挺进。

对于中国来说,库尔勒香梨是独一无二的品牌,对于世界来说,库尔勒香梨是一张通往世界的名片,是一方政府长期发展的战略目光。

任何植物的种植都是一个奇妙的过程,香梨也不例外。人们经过长期的实践活动,往往选择生存力、抗病虫害力极强的杜梨树苗为砧木,通过香梨枝条的嫁接,来完成一棵完整的香梨树。香梨的修剪每年分冬修和夏修两季,成熟的果品按照不同的品质进行分级;特级梨、一级梨、二级梨,根据果品大小、果面的光洁度、果品的形状来区分,以此判断市场行情,确定价格。在长期的种植过程中,种植采收技术已日渐成熟。在阿瓦提乡的果园里,我们看到了来自加拿大的专家,他们以改变香梨的生存环境为起点,从土壤着手,从根本上提高香梨的品质和价值。如今,仅靠香梨实现创收是远远不够的,改善香梨的生存环境,永远保持库尔勒香梨王者地位才是王道。

从昔日《西游记》中的人参果到今日人们口中的东方圣果,库尔勒香梨历经了漫长的历史发展过程,而今早已名扬天下。每年秋季,众多中外客商带着资金、带着诚意、带着香梨往返于库尔勒与其他省份、新疆与欧美国家之间,这种由产业建立起了同盟与信任,为当地创造出巨大的经济效益,不仅让库尔勒拥有强大的经济实力,同时让当地百姓过上了富足安逸的日子。人类就是这样,从起点出发,一路历经曲折磨难,而最终走向理想的坦途。

香梨,作为库尔勒的龙头产业,正率领着孔雀河两岸的民众共同走向幸福之路,谁能说这不是一种民众集体的智慧和时代的进步?

前所未有的强大与富庶,成为众人聚会的福地,一场重大的人口迁徙正悄无声息地进行着,众多的民工扛上行李、拖家带口,让这条西域走廊再次变得热闹起来。他们仰望星空、俯身大地,用辛勤劳动成为这座城市一支不可替代的生力军。"筑巢引凤栖,花开蝶自来",大量资金、项目的入驻,短短的二十多年来,库尔勒的人口猛增,各族人民和睦相处,社会和谐稳定、百姓幸福安康。

昔有丝绸之路,今有一带一路。

在南疆发展的路途中,将库尔勒打造成一带一路的物流"中枢"宏伟蓝图已经绘就,一带一路、南疆发展带来了前所未有的发展机遇。在"互联网＋物流"浪潮席卷而至的大背景下,顺应新疆维吾尔自治区建设商贸物流中心和将库尔勒市打造为南疆门户、全疆重要的综合交通枢纽的时代需求,库尔勒"一带一路"国际物流园将积极构建信息化平台,实现全程电子机械化搬运,全力推动电子商务和智慧仓储业发展。

让世人走进"梨城",让"梨城"融进世界,绝不是一时的沽名钓誉,是"梨城"走进21世纪跨时代的主题。

因为香梨,"梨城"与世界越走越近,因为香梨,让一方百姓产生了一种幸福感和满足感。谈到幸福感,上户乡香梨园里的艾拜·热木吐拉和另一位老人告诉我们,20世纪70年代,每公斤香梨仅五角钱,80年代每公斤香梨已涨到一元钱,即便这毫不起眼的一元钱,也给当年的家庭带来巨大的收入,全村人集体投入到果园栽种中去,仅上户乡6000亩土地中就有4700亩地种植香梨树。老人提起梨园无限感慨,20世纪60年代里,一家只有一辆毛驴车,全家一年的收入不到2000元,而今想要啥有啥。多么牛气的阐述,多么有底气的对白!

当问到老人有什么愿望时,老人的回答却出人意料,他们说现在吃得好、穿得好,什么都不缺、什么困难也没有,就想活得长一点,想看看习近平总书记提出的中国梦。从老人开心的表情,我们看到了老人无忧无虑的好日子。

列夫·托尔斯泰说:"我们不但是今天生活在这块土地上,而且过去生活在,并且还要永远生活在那里,在整体之中"。是啊,这里有我们世世代代生活下去的土地,这里有我们永远热爱的香梨。

阳光灿烂、前程似锦,中国梦,"梨城"人民的梦,就在一片香梨园里启航!

库尔勒的那个梨

张永江

生长在北疆,数次路过库尔勒,有时住两天,有时干脆就是路过。即使穿城或绕城而过时,也会留意一眼城市街道的巨大变化,看一看所能遇到的人穿戴打扮怎样,可以说,对这座城市留下的印象特别好。老城区经过了街巷改造充满着老城的情调,新城区有致地布满着蘑菇群一般的建筑,建筑的形式包容着世界各地不同风格,有时也能找出一点城市的主人着眼未来的大片留白,与其他城市相比,库尔勒颇有一种大城市的气象和格局。

记得第一次,是出差专门去的库尔勒,住在州政府宾馆。晚饭后走出宾馆,虽然是已近深夜时间,太阳却明灿灿地高悬于空中,衬托着街道两边慢慢亮起的路灯,渐渐少的人流车流,这幅人世间的景象还是挺让人意外。

库尔勒,维吾尔语就是"眺望"的意思。全州政治经济文化的中心城,给人最大印象就是绿。绿色的街道公园、绿色的居民社区、绿色的住宅楼窗口,即使是通向城外乡村的公路两边,仍然排列着高大浓密的绿树。市区里的树木很粗壮、挺拔,高高大大像个结实憨厚的壮小伙子,上上下下绿得让人沉醉,真有一种想来一场恋爱的冲动。城市虽然地处塔里木盆地之北,处于进入南疆的必经路口,置身于戈壁沙漠地区,给人的印象是干旱少雨,实际上却不然,它正处于塔里木河的中尾部,仍有无数的小河流汇聚而下,其中的孔雀河就快意人生地穿城而过。看起来,库尔勒并不是一座真正缺水的城市。

给我印象最深之处,就是传说中的果树。有苹果、桃子、梨子,有核桃、红枣、无花果、巴达木,凡是你能够想到的水果,在这里几乎都可以吃到,也都可以找到结出它们来的树木,吃蛋看母鸡,活着有生机。在城市里随意地走走看看,从美化观赏的树种,到防风固沙树木的栽种,从经济作物到地方水果品牌,这里种植最多的还是果树,果树里最多的就是梨树。

少年时,第一次吃到别人带来的库尔勒梨,就是用小刀切下的一小块,而且带着一层薄薄的皮,梨块才一入口即融化了,我还没品出多少滋味时,就没了;馋得我只能像猪八戒一口吞吃了人参果那样,看着别人吃,再问人家是什么味道。所以,梨就让我幼小的心灵,因为金黄色的皮、甜脆如酪的味和汁液滑润的爽,深深地留下了一生的烙印。

库尔勒香梨闻名于世,这个说法看来并非虚传。走出宾馆,宾馆的空地上就是梨树,树叶间垂着密集的雏梨果,鸽子蛋大小、鸡蛋大小、小孩拳头大小的梨果,羞涩裹茸、青色葱郁,小灯泡一般地悬吊在大片的树棵间;出了门,看行车走人的大街两旁,供人休憩的公园,居民小区的空地,甚至市民家门前刨有一块可以种地的小菜园中,都能看到栽种多年的梨树,或大或小、或高或矮,平凡得像我们生活在北疆城市里遍地种植的白杨树。

我去的时候梨子尚未到成熟的收获季节,趁无人时悄悄摘了一枚小果子,入嘴后满口苦涩难咽。看来,不仅是追求人生事业,就是吃果子,也要等到果熟蒂落才成。不到成熟时间,任何事情都须耐心等待,馋嘴和急躁不得。

所以,我第一次出差回去带给家人的,只能是上年度的果脯、果酱和果干之类的梨子产品。母亲反而更喜欢这些甜东西,她早早就没剩下几颗牙,抹着果酱、吃着果脯,其实更随了她的心意。后来,只要听说有人要去南疆,就向人家提出要求,除带些果脯果酱,还要吃库尔勒的梨!

真正能坐在库尔勒的果园田埂上,大吃一顿库尔勒的梨之后,才算不枉费对它内心的那份喜爱,了却了人生的一大憾事。听朋友们介绍,真正的好梨果实并不大,只有10岁小孩的拳头大小,好梨除了含糖量高、香味浓郁、皮薄肉脆、甜味爽口之外，还具备汁多渣少、落地即碎、入口即化和耐久贮藏的好处。这份仅供中国人食用的果中珍品、水果中王子，却在汉唐时期通过古丝绸之路传入印度，旋风般地成了那个国家年轻人之间的爱情象征和表达。

　　后来，再出差到这里时，只要时间允许，就先去水果市场狂买一阵，直接把梨脯、梨酱和母鲜梨打包邮寄给母亲。等出完差再回到家里时，享受到母亲给予的高规格待遇，只有你自己知道了。这样的感受是谁也不能给说，给谁也不会说。你想想，把别人喜欢的事办好了，别人也自然会让你的心中无限欢喜，这就是人间至极的规律。

　　前不久，趁着休假去了一趟库尔勒市，这一次是专门去旅游的。同车有30多位游客，跑了一天才进城，半路吃了一顿饭。车一停下，人群就"哄"的一声跑散了，我只好跟着他们一起跑，不久，就跑到市中心的孔雀河边。灯光疏影里的河流水面，静静地倒映着四周的精美建筑，同时衬映着夕阳留下的一片余晖；铺金镶红粉若胭脂，拱桥美女灯光潋滟，颇有一番秦淮河畔、乘船而行的感受。湖面上不寂寞，一群来自境外的红嘴野天鹅，张着翅膀，伸着脖子，咕咕嘀嘀，划出一条条波痕，在围栏前游来游去，一次次地接近着人类，争抢着游人故意抛入水面的食物。

　　趁着浅浅的夜色和镇定的灯光，我径直地走进一条街道，心中产生的强烈感受，简直到了无法言述的程度。

　　短短不到10年的时间，这座城市就像一个曾经愣头青的毛头小孩，变成了一个风华正茂的青年人，换上一副一时难以被人认出的新模样。整个城市的市区变化最大，老市区在不断地向外延展着，以前曾是副业菜地、农家小院、畜圈池塘、仓库停车的地方，透过被绿荫包围的空隙，如今都是楼群鼎立，变成一片片豪华的楼房住宅区。坐着车走着看，新区建设更是令人眼前一亮，宽敞整洁的街道上车辆蜂拥如蚁，田园式小桥流水著称的新市区更是绿荫环抱，梨树开出的花，梨花散出的香，梨枝结出的果，还有梨果扬出的名声，已经引来了世界目光的关注。随着国家大型油气田开发企业的入驻，兵团军垦事业的不断拓展，带动起来的系列变化，肯定不只是小小的市场消费，更是一种从国内其他省份输入的新式生活理念。

坐在市场的梨摊上，向母亲打电话时，又提起了她的梨。我告诉她，我不给你带了，乘飞机、坐火车再带水果很不方便，你就学着用手机自己订货吧，记着就订库尔勒的梨！两天之内，你要的梨脯、梨酱和鲜梨果子，就会有人送上家门。

果然，没过两天，在我仍在库尔勒工作时，就接到了母亲电话。母亲像小孩子一样，打开视频后，她梨形的脸庞上挂满着呵呵的笑容，像办成一件天大的好事：她要的库尔勒香梨，果然送到了门前，好甜！

妈呀，你自己都成了库尔勒的那个梨啦！

香梨情缘

石春燕

很多城市都以独具特色的雅称闻名,如花城广州,泉城济南,冰城哈尔滨,梨城库尔勒。全国产梨的地方不少,唯有库尔勒香梨以其皮薄肉脆,汁多味甜被誉为果中珍品,声名远扬。很多人因为香梨知道库尔勒,故库尔勒有梨城之美誉。

和库尔勒有过交集的人,几乎都有香梨的情结,概莫能外。

公梨和母梨

想起第一次吃香梨,有点好玩。多年前,刚来库尔勒,我去看望朋友,她端上来一盘碧绿的水果,说让我尝尝库尔勒香梨。香梨真是袖珍,一只手可以盈握。以前吃过鸭梨、雪花梨、有名的香水梨,香梨还是头一次听说。我拿了最上面的一个。朋友说,你拿的是公梨,母梨更好吃,换一个。光听说花分雌雄株,恕我孤陋寡闻,从来没听说水果分公母。香梨居然分公母,我非常好奇。朋友说母梨肉质更细,核更小,甜而不腻。吃了母梨,又尝了公梨,果不其然。

我敢说很多人第一次吃香梨,和我一样难辨雌雄。我查了下资料,原来花萼留存的果实为"公梨",从外观上看萼端凸起。花萼脱落的果实称为"母梨",从外观上看萼端光滑、凹陷。朋友就是从萼端凸起还是凹陷区分公母梨的。母梨好吃,果肉细嫩、甜度较高,卖价也更高。

为了现学现卖公母梨的学问,我专门挑了一箱香梨,一层公梨一层母梨,寄给了外地的同学。没想到同学收到香梨说,梨不分公母,"甘如蜜,脆如菱",都是一等好梨！无"分梨"之必要。

父亲与香梨

父亲在老家经营了一片果园,种了苹果和雪花梨,刚开始卖得还不错,过了几年,收益一年不如一年。父亲来库尔勒看我,吃了香梨,问我"这啥果子,这好吃？"我故意逗父亲说是"东方圣果"。父亲问："人参果？"父亲牙已经掉得没几颗了,可吃香梨一点都不费劲。等父亲吃完我才正经地说,这是香梨,新疆当地人称其为"奶西姆提",意为喷香的梨子。父亲说要是剪些香梨枝条嫁接到老家的梨树上,说不定他的果园也能有好收益哩。

爱人说："这可能不行,橘生于淮南为橘,生于北则为枳。早就有人试过了,但除了库尔勒的香梨,没听说哪里的香梨有名了。"

我说："没错,香梨是库尔勒的特产,库尔勒的水是天山雪水,一方水土养一方梨,咱们那黄土高原缺水,就是成活了,怕是果子味道也变了。"

两个人你一言我一语,说得父亲半天没说话,临到回家都再没提嫁接香梨的事。

那时不通飞机,经过几天几夜的火车,新鲜的香梨枝等运送回去也就无法嫁接了。后来,父亲也因年老无力经管果园,我们家的果园荒了,弟弟要砍了果树种麦子,父亲说果园为我家出了大力,有他在谁都不许打果园的主意。父亲走了有几年了,果园变成了麦地,现在想来真是遗憾,再也无法圆父亲的愿望。

后来得知库尔勒香梨在汉唐时期就通过"丝绸之路"传入印度,被誉为"西域圣果"。我们为自己的无知,穿凿附会感到脸红。

"香梨王"的想念

单位有一位老领导姓王,逢年过节给员工发福利,香梨是必不可少的,人送外号"香梨王"。"香梨王"退休后,回了老家,一吃水果就念叨库尔勒香梨。想得紧了就去逛大超市,香梨包装在精致的小盒里,标牌上书

"东方圣果"，特级果子像高级进口水果论个儿卖，吃惊得不得了。

有老同事去看望他，买了一篮热带水果，"香梨王"说，以后别买那么多中看不中吃的，还死贵。同事不明所以，"香梨王"说中吃的水果数香梨，库尔勒香梨，是不是香梨出口了就舍不得给我老头吃了！同事说："忘了，忘了您是'香梨王'了，我包里装了几个还没顾上吃，要不嫌弃，先给您尝尝。""你这是冷库的香梨，当年的香梨鲜绿，放到第二年，就变成了黄绿色。""您确实是行家。""香梨王"真是馋香梨了，接过金黄诱人、香气浓郁的香梨，拿香梨地包装纸擦擦，不削皮直接塞进嘴里，不吐籽，吃得只剩下果柄。他说这么好吃的水果怎么能浪费呢。

香梨是"香梨王"想念库尔勒的情之所寄，那滋味念念难忘。

香梨的传说

库尔勒香梨好吃，自然有人就想追根溯源。有人说库尔勒的香梨树全部引种自铁门关的几棵老树，也有人说香梨树引种于塔克拉玛干沙漠，还有历史学家考证，香梨是当年西汉张骞通西域时，由国内其他省份带到新疆种植的，距今已有2000多年的历史。英雄姑且不问出处，我们也就不纠结香梨是否出自名门了。有一个香梨的传说，维吾尔族人口口相传，人人皆知，值得一说。

传说维吾尔族姑娘艾丽曼的父亲历尽千辛万苦引来99枝梨苗，只有一棵梨苗嫁接成活。这棵梨树结出的梨娇嫩，落地即碎，变成银子。"巴依"（地主）卡比訇想独霸这棵宝树，设计害死了艾丽曼的父亲，一个风雨大做的黑夜派人溜进了艾丽曼家的院子去砍宝树，艾丽曼勇敢地冲上去搏斗，最后倒在了血泊中。第二年春天，被砍掉的梨树桩上发出了99根新鲜的枝条，乡亲们将99根枝条嫁接到各家的本地梨树上，新接的梨树结的梨子黄绿带红，状如宝石，甜美多汁，还有一种浓郁的香气，随风飘溢。从此后乡亲们就称艾丽曼和她父亲培育的这种梨树结的梨子为"奶西姆提"，意思是喷香的梨子，并引种到孔雀河畔的千家万户。

千百年过去了，时至今日，库尔勒香梨种植面积扩大到近百万亩，已形成集香梨生产、加工、贮藏、保鲜、运输为一体的产业化发展格局，已远销美国、加拿大、澳大利亚、欧盟、东南亚等10多个国家和地区，"果中王子"成了当地人的致富树、幸福树，走向了世界。

半城梨花出"梨后"

每年四月间，库尔勒香梨大道、孔雀河畔的香梨园，繁花如雪，千树封侯，饱满而显富贵，一日看不尽满城春色。

"不雨棠梨满地花"，花开花落尽，如豆的幼果孕育在绿叶间，怡然自得地蓬勃生长，待到九十月，圆塔形的香梨树硕果压枝头，香梨表皮略带一团太阳红，炫耀着春华秋实的荣光。随手摘一个咬一口，皮薄肉细汁多，香气浓郁。正应了新疆人那句俗话："吐鲁番的葡萄，鄯善的瓜，库尔勒的香梨没有渣。"清西征将领张曜的幕僚萧雄在《西疆杂述诗》中赞扬库尔勒香梨"果树成林万颗垂，瑶池分种最相宜；焉耆城外梨千树，不让哀家独擅奇"。萧雄在这首诗的自注中对库尔勒香梨推崇备至："唯一种略小而长，皮薄肉丰，心细，甜而多液，入口消融……以余生事所食者，当品为第一。"他称赞库尔勒香梨可与中国历史上最负盛名的"哀家梨"媲美。在1924年举行的法国万国博览会上，在参展的1432种梨中，香梨获评银奖，被誉为"世界梨后"。

库尔勒香梨不仅可以生食，还可以做梨酒、梨膏等相关食品，并有"润肺、凉心、消痰、消炎、止咳、解疮毒酒毒"等医疗作用，维吾尔医、蒙医中常把它作为食疗佳品。有一次聚会，朋友带了一瓶香水梨酒，夸口说此乃绿色无公害的库尔勒香梨果汁为原料，纯天然发酵型饮品，具有清热润肺、强身健体的功效。果真名不虚传，果液金黄，口感纯正优雅，清爽柔美，风味独特，大家喝了赞不绝口，不愧梨中之王的精华。

如今，库尔勒香梨以"天然、绿色、健康"的新名片，无论是梨园踏春、果园采摘还是馈赠分享，都成了人们追求浪漫、高雅和闲适生活的新时尚，常常向往坐拥一片香梨园。

因为一个梨　向往那座城

林宏伟

莽莽天山，延绵数千里，把新疆分为南疆和北疆，北疆多雨多雪，气候湿润，草木葳蕤，土地肥沃是产粮食的好地方。而南疆则少雨少雪，少有良田，气候干旱，戈壁秃山，但日照时间长，是种植瓜果的绝佳圣地。人常说的顺口溜：和田的石榴伽师的瓜，库尔勒的香梨顶呱呱。就是南疆瓜果甜如蜜的具体写照。

一方水土养一方人

南疆干旱，所以居民大多依水而居，有水才能有绿色，才能有人家，水是生命之源。库尔勒的生命之源来自于孔雀河。孔雀河起源于博斯腾湖，穿铁门关峡谷流经库尔勒市，是库尔勒市经济的命脉。长流不竭的孔雀河不但给城市赋予了灵魂，而且滋养着沿岸近百万的居民。如今，驰名中外的库尔勒香梨就产自于孔雀河两岸15公里范围内。而且，唯有这个纬度上产的香梨才是精品，就像法国众多的葡萄酒中只有波尔多葡萄酒是精品一样。

孔雀河两岸约15公里范围内的气候最适宜香梨生长，梨树的根系吸吮着发源于雪山、来自于孔雀河的纯净水，少虫害。树冠的生长离不开阳光，而这里的日照时间最长，加之香梨园离天山山系的霍拉山较近，霍拉山秃无寸草片石林立，但有一大好处就是吸收热量储存热能强，每当太阳落山后其秃山储存的热能仍然能辐射到果园，促使果实把水分转化成糖分，所以同一棵树上的果实，朝向阳光和山地果子会更甜，这是得天独厚的地理条件,别地无法复制的。

香梨——库尔勒的名片

香梨,维吾尔语称"奶西姆提",蒙古语称"开尔登",为库尔勒古老的栽培品种,至今已有2000多年的历史,古人有"半城流水一城树"的诗句,这个树就是香梨树。据史料记载,公元5世纪成书的《西京杂记》,便有这样记述:"有瀚海梨,出瀚海北,耐寒不枯"(瀚海,即塔里木盆地),这是最早有记载的库尔勒香梨。《西疆杂述诗》中赞扬库尔勒香梨"果树成林万颗垂,瑶池分种最相宜;焉耆城外梨千树,不让哀家独擅奇"(库尔勒古为焉耆国属地,上述香梨产地即指今库尔勒)。在这首诗的自注中作者对香梨是这样描述的:"唯一种略小而长,皮薄肉丰,心细,甜而多液,入口消融……以余生平所食者,当品为第一。"他称赞香梨可与中国历史上最负盛名的"哀家梨"比美。还有大家都熟悉的《西游记》里孙悟空偷吃的"人参果",那"人参果"就是库尔勒铁门关峡谷里的香梨。孙悟空不懂采摘方法,将香梨打下树来,掉地上瞬间就消失了,他不知此果的娇贵:皮薄汁足,易碎,就是人说的一包水,掉在地上水分很快就会被干涸的土地吸收,所以就找不到了,只有用托盘接着,轻轻地采摘才行。

现在人摘香梨不用托盘,而是用筐子,首先在筐子里铺满了厚厚的毯子,以防柳条刺伤了香梨细嫩的表皮,再戴上手套防止指甲划伤果实,然后抓着香梨果,向它下垂的反方向轻轻一拽就摘下来了。摘香梨是个技术活,摘下来了摆放、装箱也是个技术活,必须头朝头尾朝尾地摆放,不能把香梨把折断,如果不小心折断了,就要把这个香梨放到一边去,以防扎伤其他香梨,香梨如果受伤就极容易腐烂。

库尔勒香梨久负盛名,所以远销国外。前几年有个纽约的网友高兴地给我说:他吃了一种来自中国大陆的水果——香梨,是用一节竹子包装的,打开竹筒两头的封蜡,里面装有6个等量大小的香梨,此梨脆甜如蜜,非常好吃,尽管18美元不便宜,但能吃到这么好的水果也值了。我对他说:"你吃的香梨就产自于我的家乡新疆库尔勒,并且香梨有公母之分,香梨前端凸起的是公梨,有凹窝的是母梨,母梨果肉更细腻,更好吃,香梨还有止咳、润肺等很高的药用价值。"网友说:"因为一个梨,我从此向往那座城。"我热情邀请他:"库尔勒人民欢迎您!"

百年树木需精细

从20世纪90年代初,库尔勒香梨已是该地区的支柱性产业,大规模栽培种植达到鼎盛时期。香梨种植是一套很复杂的劳作过程,香梨的母树是杜梨树,杜梨树的果实叫酸梨,果型小,涩酸口感不佳。要改良成香梨首先需进行嫁接,嫁接通用的有两种方法,就是取优质香梨树上生长旺盛的树枝,用切皮或插枝的方法移植到杜梨树上,成活后3年即可挂果。

香梨树龄大多可达百年后才慢慢垂老,它的青春期比人类要长得多,大概从20年开始到70年左右仍有活力,枝条蹭蹭蹭地往上蹿,所以梨树需要压枝,常见有梨树枝上挂有装着水的瓶子,把树枝往周围扩散压低,这样做的好处是梨树透光性好,果实好,层次感好,树形美观,摘香梨也方便。这时期也是梨树最旺盛的时期,每当阳春三月,在库尔勒的河边路边,田间地头洁白的梨花连片开放,把灰突突的树枝点缀得犹如玉树琼花般美艳。爱美的小伙、姑娘急不可耐地脱去了厚重的棉衣,换上了艳丽的春装或长裙走进这梨花的世界里和花儿来一次亲密接触,或吻或嗅或逗,留下各种姿态比花儿还美的影像。一年一度的梨花节从此便拉开了序幕,纷至沓来的游客不仅带来了新的信息,而且也刺激拉动了周边产业的消费和发展。

库尔勒香梨凭它优良的品质走向世界,是和有着优秀品质的梨农分不开的,梨农们管理梨树就像管理孩子一样细心。每年冬天来临,首先要对梨树浇水,就是冬灌,之后要修剪树枝,把衰老的影响结果或美观的树枝剪掉,给生命力旺盛的树枝留下充分的生长空间。然后在树干底部刷上白石灰防虫,或裹上棉布给虫子做个冬眠的窝,等开春的时候取下烧掉,这是灭虫最环保有效的方法。梨树开花的时候要春灌、疏花,为保证香梨品质禁止香梨近亲繁殖,梨农在每一片果园里都种有砀山梨或其他品种梨树通过蜜蜂、蝴蝶、风等自然生物或风现象进行相互授粉。授过粉的花蕊经过约一周的时间就会孕育出幼果,这时的幼果就像襁褓中的婴儿,非常脆弱,遇刮大风、下大雨和沙尘暴都会掉落造成减产。最可怕的是这时候的天气常有雨雪或霜冻,如有气象部门提前预报,梨农就会发动亲朋好友整夜在梨园里烧柴放烟,以改变雨雪或寒霜的形态,以最大努力减少损失,否则会冻毁幼果颗粒无收。

人的生长需要能量,香梨成长就像人一样也需要营养,它的营养就是肥料和水,梨农为了保证香梨的品质,大多使用有机肥料或生物肥料,少有梨农使用化学肥料。浇地的水源都是用孔雀河沁来的深井水,就是炎热的夏天也冰得刺骨,用这水浇地无污染可防病虫害。

人品决定产品

香梨的收获是梨农最高兴的事,但也有收获了香梨,却滞销的情况,就像去年,香梨丰收却因市场萧条而卖不出去,但梨农们却不怨天不怨地,依然精细地管理着梨园,迎来了今年香梨的丰收。前几天在一家梨农的院子里,有个国内其他省份来的老板,手里拿着一沓子钱,恳切地和一梨农交谈着:"他付了定金,但没来嘛!我现在给你每公斤比他多出两毛钱,你卖给我!"看梨农没吭气,又说加到三毛也行。梨农是一维吾尔族小伙,见老板实在缠得不行了,说了一句话,让我对他肃然起敬!他摸着脸用生硬的汉语说:"我是有胡子的人,不是丫头子(没有小看丫头的意思),能说话不算数吗?你给的钱多就卖给你吗?而人家虽然给的钱少,但是付了定金的,我说了话是要负责任的,不是谁给的钱多就卖给谁,你快走吧!"

我想,有这样讲诚信的梨农焉能种不出精品的香梨?有了优秀的人品才会生产出优质的产品,这也是库尔勒香梨驰名中外的缘由之一呢。

香梨香　香梨甜

方承铸

库尔勒市因盛产香梨,被誉为"梨城"。香梨成了库尔勒市的一张"城市名片"。

在秋日温润的天气里,库尔勒市到处呈现着花似海,人如潮,瓜香甜,果飘香的迷人景象,新鲜的香梨散发出的袅绕香气,让我顿时涌起想吃香梨的欲望。

一场秋雨过后,碧空如洗,住在库尔勒市上户镇的克吾尔·买买提给我打电话,邀请我到他家去吃香梨和无花果。克吾尔·买买提是我35年前当兵入伍时,认识的一位维吾尔族老朋友,在乡下有一个80亩的梨园,一家五口人靠种植香梨为生,从20世纪80年代中期到现在,他家梨树已经更换了两茬,而且连年丰收。

香梨还没有采摘之前,我去过他家一次,他像一个虔诚谦卑的梨农,爬上"人"字形梯子,查看每个香梨的形状、大小以及着色情况,身体伏在透亮的香梨跟前,用鼻子不停地嗅着梨香,一转身不小心将一颗香梨碰落在地,香梨立即碎裂出水,他捡起摔碎了的香梨,心疼地说,可惜了我的人参果了。

看样子,他是把他家的香梨当成了《西游记》里镇元大仙种的"人参果"了。《西游记》的人参果,脆甜多汁,入口无渣,若是从树上落下,瞬间破裂无踪,这一点,香梨真的是和人参果神似。

对于香梨的认识,我还是后来从巴州地方志上了解到,在公元1876年,清朝诗人萧雄在《西疆杂述诗》中写道:"果树成林万颗垂,瑶池分种最相宜。焉耆城外梨千树,不让哀家独擅奇"。库尔勒古时候为焉耆国属地,这首诗中的"焉耆城外梨千树",其实指的就是现在的库尔勒,萧雄在这首诗的自注中对库尔勒香梨推崇备至:"唯一种略小而长,皮薄肉丰,心细,甜而多液,入口消融……以余生事所食者,当品为第一。"可与"哀家梨"媲美。读到这段文字,如一股琼浆直抵心底,顿时击中我的心房。

一株香梨树从移栽、定植、嫁接到坐果大约需要3~5年左右的时间。一年当中,梨树的生命活动要经历生长期和休眠期这两个明显阶段。从每年的三月份开始,香梨就进入生长期,在生长期过程中,梨树地上部分依次出现萌芽、开花、结果、枝条生长、芽的形成和分化、修枝、施肥、果实成熟等明显的形态变化。而到了每年的十一月份,梨树叶子基本落尽,这时的梨树进入休眠期,在休眠的过程中,清园、冬灌、修枝、病虫害防治等工作必不可少。一棵香梨树从休眠到开花结果,除了要经历从雨水到白露的14个节气,还要经历霜冻、风雨、雷电等自然灾害的摧残。所以,赋予一颗香梨灵魂,应该是有渊源的。

我对香梨最初的感情,是在我当兵入伍的第一年。20世纪80年代初期,我应征入伍从陕西坐火车来到新疆库尔勒,在火车进入哈密地界时,列车员给新兵们介绍了新疆的地形地貌、风土人情以及当地的土特产,随后就说了一段顺口溜,大意是"吐鲁番的葡萄哈密的瓜、叶城的石榴人人夸;库尔勒的香梨甲天下,伊犁的苹果顶呱呱;阿图什无花果名气大,下野地的西瓜甜又沙;喀什的樱桃赛珍珠,伽师甜瓜甜掉牙;和田的核桃不用敲,库车的白杏味最佳。"听完这段顺口溜,我将信将疑地问列车员,库尔勒的香梨真的有那么驰名吗?列车员说:"到库尔勒你吃一个香梨就知道了。"

到了部队后,进入新疆和静县上游公社水电大队新兵连集训。当时正是严冬,新兵训练正在进行。一个周末,给班长请了2个小时的假,去上游公社水电大队洗澡堂洗澡,洗完澡后还有半个小时,就与同乡几个战友到市场看看有没有卖香梨的,说是市场,充其量就是一个长50米,宽20米见方的一块平地,整个市场没有几个商贩,大部分都是到这里来洗澡、买牙膏、香皂和擦脸油的新兵。我和同乡战友在市场里转了一圈,这个市场除了有卖门帘、袜子手套、炮弹炉子、烟筒炉盖、坎土曼、钉鞋补鞋的外,就有几个卖土豆白菜、萝卜红薯、粉条海带的商贩。当时就想,是不是到了冬天,天气寒冷就没有什么水果了,再说即便就是有水果,也没地方储存的,更别说有香梨吃了。三个月的新兵集训结束后,也没有见到传说中那种香梨,只好期待着来年,到了瓜果飘香的季节,再去买几个香梨吃,看看是不是如列车员所说。

集训结束后,我被分配到库尔勒市郊某部直属仓库任军需保管员。一次因感冒高烧昏迷,被送往当地驻军医院呼吸内科住院治疗。高烧退后,支气管肺炎引起痰多咳嗽,剧烈的咳嗽导致气管扩张充血,吞咽食物和喝水都比较困难。同病房有一个维吾尔族中年男人,他叫克吾尔·买买提,大约30岁左右,浓眉大眼,眼窝深凹,喉结突出,说话声音洪亮,极富有磁性。他先我一周因支气管肺炎住进医院,经过一周的治疗,病情有所好转。他见我咳嗽得厉害,又没怎么吃饭,就用不大流利的汉语说:"不吃饭嘛不行,吃嘛你的嗓子受不了,等我老婆给我送饭时,我让她给你带几个香梨吃,吃了香梨后,嗓子嘛就不疼啦。"我感动地说了声"谢谢"。

一天中午,他的老婆给他送了一份拉条子,还带来了一兜水果,有苹果、石榴和梨。他从兜里掏出两个梨对我说:"兄弟,香梨拿来了,赶紧吃上一个!"我接过香梨,半信半疑地问:"这个就是香梨吗?""是的,这就是我们库尔勒正宗的香梨,吃一口想两口,吃两口甜掉牙,赶紧吃一口尝尝!"克吾尔·买买提诙谐幽默地说。他见我拿着香梨去洗手间,将我拦住说:"不用去洗啦,在身上蹭几下就行!"说罢,将一个香梨迅速在自己的病号服上蹭了几下,递给我,让我赶快吃下。

说实话,初次见到这种香梨,感觉也不怎么起眼,个头没有我老家的鸭梨、砀山梨大,大约有婴儿的拳头那么大,外形如纺锤状,果皮呈黄色,略带少量红色,经过擦拭的香梨,显得油光透亮。放在鼻子跟前一闻,一股奇香扑入鼻腔,继而直抵心底。不由分说,张嘴就是一口,一股甘甜由口腔、咽部经食道进入胃底,三下五除二,一个香梨就这么进入腹中。"香梨好吃吗?""真的很甜,透心的凉,嗓子很舒服,比我老家的梨好吃!"我连忙答道。在一旁给我挂点滴的护士对克吾尔·买买提笑着说道:"他是猪八戒吃人参果,连梨核一块都吃了,还没有吃出味儿呢!"

输液的护士是个老兵,家是库尔勒的,她见我第一次吃香梨,立即给我介绍道:"我们库尔勒的香梨,不仅香气浓郁,皮薄肉细,酥脆爽口,汁多渣少,营养丰富,耐于储藏,而且还具有润肺凉心,清痰降火,解毒驱毒的药理作用,特别是对消渴、便秘、急慢性支气管炎、高血压、心脏病、肝炎等人群有辅助疗效。"听护士这么一说,我知道了香梨还有这么多的好处。于是,克吾尔·买买提就把另外一个香梨递给我。他说:"你刚才吃的是公梨,这个是母梨,母梨比公梨更好吃,一入口就水汪汪、甜滋滋的,不信你再尝尝。"我用惊讶的口气问他,香梨还有公母之分,你不是在开玩笑逗我开心吧?

他很认真地对我说:"这是真的,我没有骗你,库尔勒的气候干燥,昼夜温差大、光照时间长,极适宜香梨生长。梨树长势强,花萼脱落晚,果实花萼部分凸出的,是公梨;反之,梨树长势弱,花萼脱落早,果实花萼部分凹进的,就是母梨。因为母梨肉细汁多,口感比较好,含水量达到87%,含糖量达到10%~14%,所以梨农都想办法抑制梨树长势,希望能够多产一些母梨了。"听了他的介绍,我如醍醐灌顶,发出了世界万物也离不开阴阳平衡的感叹来,细细想来,世界如此,人亦如此,动物如此,树木自然也是如此。

不过,这次是慢慢吃的,细细品的,还真如克吾尔·买买提所说,母梨皮薄质脆,果肉白色,肉质细嫩,多汁味甜,近果心处略酸,香味浓郁,称得上梨中珍品。同时,也理解了在火车上,那位列车员说的顺口溜,绝对不是一句夸大之词。

在医院的日子里,我与克吾尔·买买提成为了无话不谈的好朋友。他告诉我,他家有12亩地,全部种上了香梨,还养的有羊、鸡和兔子,每年就有近万元的收入,他说他可是货真价实的万元户了。

他告诉我,关于库尔勒香梨还有一个美丽的传说。他说:在很久以前,库尔勒还没有香梨,一个叫艾丽曼的维吾尔族姑娘,为了让乡亲们吃上梨子,她向东翻越99座大山,去过99个地方,骑死99头毛驴,引来99种梨树。为了不让梨苗在途中干枯,他将"卡瓦"(维吾尔语:南瓜)籽掏空,把梨苗放在里面保湿。就这样,仍然只有一棵秧苗被嫁接成活。这棵成活的梨树生长旺盛,结出的梨很是娇嫩,落地即碎,变成银子。艾丽曼想把这棵梨树分给乡亲们去嫁接,让大家都过上好日子。

艾丽曼家的梨树能生财宝的消息让巴依(地主)卡比甸知道了,他想独霸这棵宝树,就设计害死了艾丽曼的父亲。并派人强行要将梨树挖走,栽到其庄园里去。艾丽曼和乡亲们奋力保护着梨树,使卡比甸的企图未能得逞,他恼羞成怒,扬言他得不到的宝树,谁也别想得到它。

一个漆黑的风雨大做的夜晚,卡比甸的人溜进了艾丽曼家的院子,举起斧子向宝树砍去。砍伐声惊醒了艾丽曼,她勇敢地冲上去与坏人进行搏斗,最后倒在了血泊中。

第二年春天,被砍掉的梨树桩上发出了99根新鲜的枝条,乡亲们为纪念艾丽曼和她的父亲,将99根枝条嫁接到各家的本地梨树上,新接的梨树虽然不再结财宝,但结的梨子黄绿带红,状如宝石,不但甜美多汁,还有一种浓郁的香气,随风飘溢。就这样,库尔勒香梨才栽遍千家万户。

听了克吾尔·买买提的介绍,我不仅为这个动人的传说所感动,而且对艾丽曼和她的父亲的举动产生了崇敬之情。

克吾尔·买买提是个开朗健谈的人,虽然只有初中文化程度,但颇有经济头脑。他说他喜欢学习,经常看一些种植养殖之类的书籍,掌握了一些养殖和种植的技能。他说:"库尔勒是香梨的原产地,因为果品好,深受疆内外客人的好评。所以,他要下决心学习种植香梨技术,要让香梨成为发家致富的金元宝。"经人介绍,他就到当地二十八团的园艺连,拜高级园艺师李宝凤为师,跟着她学习种植香梨。由于他吃苦耐劳、勤奋好学,加上悟性好,脑子灵活,深得李宝凤老师的喜爱,经过一年多的时间,就学会并掌握了香梨的种植技术和田间管理技术。

回到家后,他将自己要种植香梨的想法告诉了自己的父亲,起先父亲不同意,很严肃地对他说,农民就是种植粮食的,种香梨能当饭吃吗?他苦口婆心,用大量的实例告诉父亲,种植香梨可以取得比种粮食多几倍的收益,父亲拗不过他,只好同意他在自家的地里种香梨。

说干就干,这是克吾尔·买买提的性格。他买回了杜梨苗种在自己的地里,当年成活率达到了95%,第二年、第三年他通过嫁接香梨,成活率达到85%以上,到了第四年就开始坐果,当年12亩的香梨就卖了1500元钱,这让克吾尔·买买提喜出望外,自己辛勤的劳动,终于换来了丰收的果实。

1984年实行农村土地承包政策,尝到了种植香梨甜头的他,更加坚定了种植香梨的信心和决心。决定承包村里的80亩土地,用于种植香梨。当时,父母亲和亲戚们都为他捏了一把汗,劝他不要冒这个险,可他非常倔强,认准的事情是不会放弃的。通过4年的辛苦努力,80亩的香梨树均已挂果,并且产量逐年上升,成为村里的第一个收入超过六位数的有钱人。

天有不测风云,人有旦夕祸福。1991年春天的一场恶劣霜冻天气,让克吾尔·买买提80亩的梨树被冻死过半,看到一颗颗被冻坏的梨树,克吾尔·买买提的心都碎了,感到一切都没有了,沉重的打击让他一蹶不振。父母亲看在眼里,急在心里,一时不知所措。

这时候,乡里的干部来,村里的书记也来了,亲戚朋友来了,左邻右舍的汉族兄弟全都来了,纷纷给他做工作,让他振作起来,准备继续种树。

在村干部的带领下,全村的男女老幼一起到了他家的地里,帮他砍树,拉运枯枝、平整土地,半个月时间,他家的80亩地被整理停当,一切准备就绪。

万事俱备,只欠东风。地虽然整理好了,但买树苗、肥料的钱却成了大问题,他为此一筹莫展,不知如何是好。汉族兄弟李红波拿来了自己家5000元的存折,王平顺拿来了给儿子准备结婚的10000元,刘来宝拿来了准备买拖拉机的9000元,吴春玲拿来了自己的10000元嫁妆钱,阿不都·尼亚孜给他拉来了两车羊粪……一时间,购买树苗和肥料的钱都凑齐了，看到乡亲们一个个真诚的眼神，他激动得说不出话来，连忙对乡亲们说："谢谢！这些钱就算我向你们贷的款，利息按照银行的利率算，请相信我，我一定不辜负乡亲们的希望，好好种香梨，争取早日连本带息还给你们，以后用得着我的地方，尽管招呼，我随叫随到！"

克吾尔·买买提就是个儿子娃娃，说到做到。他不仅学会种植香梨的新技术，还掌握了预防风雪、雷雨和霜冻等自然灾害的方法，经过5年的努力奋斗，他家的80亩梨园每年能产出300多吨的优质香梨，经济收益超过了上百万元，成为全村乃至全乡的百万富翁。

予人玫瑰，手留余香。在自己富起来的同时，他不忘回报乡亲们对他的恩情，他把自己种植香梨的技术，毫不保留地教给乡亲们，什么时间修枝、什么时间施肥、什么时间打药，什么时间采摘，他都记在心里，总是在第一时间提醒乡亲们，特别是到了香梨的采摘和销售季节，他更是忙得不亦乐乎，帮助乡亲们联系客商，与客商磨嘴皮子谈价格，将乡亲们的香梨卖完了后，才开始卖自己的香梨，到最后自己的香梨价格比乡亲们的价格低。

随着种植技术的发展，种植面积不断扩大，香梨的价格却一直走低。他经过走访了解，发现梨农们都是把梨采摘下来放在梨园里，堆放成一个梯形状的梨墙，然后将香梨用包装纸、网套包好，装进箱子打包，卖给客商，这时候的香梨，经过阳光的照射，香梨由绿色变成黄色，有的黄中带红，客商抓住梨农为了尽快出手变现这种心理，价格往往给得比较低，梨农们辛辛苦苦一年却赚不了几个钱。为此，他到国内其他省份几个城市考察了一番，发现国内其他省份大商场、超市里绿色的库尔勒香梨卖得比较火，每公斤价格为16元钱，而黄色带红的香梨每公斤才买9元钱，他感到纳闷，同样是香梨，而且也都是正宗的香梨，两种颜色的价格怎么差别就这么大呢？

带着这个疑惑，他请教了他的恩师李宝凤，她说："香梨果实贮藏期间颜色从绿色逐渐向黄色转变，是果实发生后熟作用。导致香梨果实颜色转变的主要因素是果皮叶绿素的降解，常温储存能够影响叶绿素的降解,促进香梨果实在成熟过程中细胞壁的分解,酶活性的提高,导致果肉软化,品质降低。而低温储藏却极大地抑制了香梨果实叶绿素降解酶的活性,从而保持了香梨良好的色泽。"因此,低温储藏是解决香梨保持绿色的最好方法。

找到原因后,他在乡下的院子边,修建了一座储存量为2000吨的气调库,他先将采摘下来的香梨用包装纸、网套包好,放进集中箱,然后再放进气调库里进行储藏,经过两个多月的储存,香梨还保持着原有的绿色状态,外地的客商对绿色的香梨比较青睐,每公斤的价格给的要比没有进行低温储藏的香梨高出近一倍。

冷库建好后,他不忘乡里乡亲,经常帮助没有储存条件的乡亲们储存香梨,一个储存季下来只收气调库的基本电费,有时候还搭着功夫,帮助乡亲们倒垛翻捡坏了的香梨。为此,他在村里的口碑很好,大家都以兄弟相称。

问起他为什么对乡亲们这么上心,他告诉我:"没有共产党的惠民好政策,没有汉族兄弟的倾囊相助,没有乡亲们的无私帮助,就没有我今天的一切,他们在我最困难的时候帮助我,支持我,鼓励我,我才能有今天的成绩。我们村有汉族、回族、蒙古族、维吾尔族、彝族等5个民族,大家在一起就像一家人一样,亲密无间,无话不谈,谁家有困难,大家都能倾其所有帮助,生活在这个大家庭里,我感到很幸福、很自豪。"

听到克吾尔·买买提这段发自肺腑的话,我内心感到无比的震撼,一件看似普通的不能再普通的事情,一件乡里乡亲最平常不过的事情,一件大家举手之劳的事情,诠释了"民族团结一家亲"不是喊在嘴上的口号,而是落在具体行动上的内涵。克吾尔·买买提和他们村里的乡亲们就是这么做的。

随着改革开放地不断深入,香梨成了库尔勒农民的一个支柱产业。克吾尔·买买提顺势而为,乘胜而上,带领乡亲们成立了专业合作社,将产、供、销、管融为一体,利用"互联网+"的模式,将香梨远销国内其他省份及香港、澳门等地,成为带领乡亲一起脱贫致富的领头人。

回过头来,翻看库尔勒香梨走过的历程,不能不说是这片土地上的人们用智慧和汗水创造了一个又一个的奇迹。

在汉唐时期就通过"丝绸之路"传入印度,香梨就被誉为"支那罗弗罗明",意思是"中国王子"。

民国6年(1917年)9月,《新疆游记》的作者谢彬路过铁门关时曾写道:"对岸梨树成林,梨实味甘,所谓库尔勒香梨是也"。由此可见,此时的库尔勒香梨已闻名遐迩。

在1924年举办的法国万国博览会上,在参展的1432种梨中,库尔勒香梨仅次于法国白梨被评为银奖,被誉为"世界梨后"。

在1957年全国梨业生产会议上被评为第一名。

1985年又被评为全国优质水果。

1999年昆明世界园艺博览会上,库尔勒香梨荣获金奖。

出精品,出珍品,才是硬道理。随着时代的变化,库尔勒香梨这个老品牌也重新焕发出了新生命。库尔勒市通过狠抓香梨的科学化、标准化、规范化管理,持续提升香梨品质、不断扩大种植面积、大力拓宽销售渠道,做优做精香梨产业,已形成集生产、加工、贮藏、保鲜、运输为一体的产业化发展格局,实现了从传统种植到产业化经营的"三级跳",打赢了"果中王子"保牌提质增收的"攻坚战"。

2017年库尔勒香梨种植总面积达90余万亩,种植户达到10万余人,辐射带动劳动力20余万人,香梨收入已占库尔勒农民纯收入的36%。库尔勒香梨的销售网点覆盖面已基本在全国铺开,全国90%的城市有库尔勒香梨销售。克吾尔·买买提的香梨合作社也和其他企业一道,将香梨产品出口到美国、加拿大、澳大利亚、新西兰等20多个国家。跻身世界零售业连锁巨头沃尔玛和欧尚旗下的各大超市,成功地实现了"从果园到餐桌"的飞跃,成为"丝绸之路"沿线推介大美巴州、魅力梨城的"城市名片"。

远去了鼓角争鸣、消逝了金戈铁马,曾经的边塞烽烟早已消失在历史的烟尘中。从晋代葛洪的《西京杂记》中记载的"瀚海梨,出瀚海北,耐寒不枯"至今,时光穿越了 1600 多年,库尔勒香梨这种古老的"西域圣果",仍然像一名风韵犹存的"资深美女",散发着神秘而诱人的色彩,依然惠泽着生活在这片沙漠绿洲上的芸芸众生,不能不说是一个令人惊叹的奇迹!

这正是:离骚一曲传千古,千古离骚唱梨城;梨城万树梨花开,梨花开罢梨香来。

香梨香,香了天下人的前庭后院;香梨甜,甜了天下人的幸福生活。

看得见的山不会太远

马道光

有句维吾尔族古老的谚语说得好：看得见的山不会太远。

在美丽的沙依东园艺场的七分场，有一位叫卡买尔·艾提的维吾尔族汉子，用他的行动和智慧诠释着这句古老、简朴而又寓意深刻谚语的道理。

今年初春的一天，我们工作组来到了沙依东七分场，拜访这里一位有名的果园管理高手——卡买尔·艾提。

分场场长赛买提带着我们进了果园的道路，并介绍说卡买尔·艾提是这里管理果园最好的。他生产的香梨个大、果形好、颜色正、风味佳、产量高。每年秋收时节香梨收购商都来抢购他的香梨，而且他的香梨价格总是比其他人每公斤多卖三毛钱左右。这让我们很好奇。

说话间我们已穿过几片果园，赛买提指着前面的一大片园地说，这就是卡买尔的果园。

的确，不愧是果园管理能手。展现在我们面前的这片果园里的果树整齐有致，果树已修剪过，果树上看不到冗枝、废枝，枝条分布均匀、合理，树干上的老翘皮都被仔细地刮除，园地里修剪下来的枝条及刮下的老树皮都清理得很干净。最令人惊奇的是：近几年库尔勒地区连续冻害，许多果园的果树都由此变得大小不一、缺株少苗、参差不齐，但这片果园似乎没有受到太大的影响，除了桃树、杏树以外，梨树们都整齐地坚强地挺立着。这究竟是为什么？这里面隐藏着什么样的秘密或者有着什么绝技呢？

在果园里一个小土堆前有一位身体健壮皮肤较黑维吾尔族中年人带着两个年轻人往一辆小拖拉机上装土。这位中年人就是卡买尔·艾提，两个年轻人是他哥哥的儿子。见到我们，他热情地伸出手向我们迎来。

卡买尔·艾提今年44岁，有一儿一女两个孩子，都在上学。他祖辈都是本地人，对土地有着非常深厚的感情。小时候因家里困难，只上过5年学，但他的好学精神和善于思索的能力并不亚于别人。其实七分场最初并不属于沙依东，而是托布力其公社的上牙的两个生产队。1983年8月因沙依东扩大发展的需要经上级政府批准并入了沙依东园艺场，排序为七分场、九分场。当时他只有13岁，全家的土地只有零星分布在碱土堆中的6亩，而且土地高低不平，很不规则，只能种植小麦、玉米等作物。从那时起，他就与兄弟们跟随父亲、爷爷早出晚归，用手推车、毛驴车、坎土曼、铁锹等原始工具开荒垦田，种植果树。

经过30多年的不懈辛勤劳动，现已有园地近40亩。原有的6亩地土地平整并且把不规则的周边取直后形成了现有的10亩地，经多年的改良现已很肥沃了。

这10亩地是他的精神寄托，它渗透着祖辈们的心血和精神，也是新社会农民拥有土地的一种见证。这块地一直种植着小麦、玉米等粮食作物，没有舍得改成果园。因为他认为这是父辈们留下的珍贵的产业，不可以轻易改变，而且粮食是第一重要的，什么时候都必须种些粮食。

另外开垦的土地近30亩定植为果园，主要种植了香梨，还有少量的桃、杏等。这30亩梨园是卡买尔引以为荣的骄傲。多年的精心管理，付出了比别人多得多的劳动，勤劳加智慧使他的收获远远地走在了别人的前面。前年收获香梨70吨，收入26万元；去年收获香梨40吨，收入13.5万元。现在家里盖了很大的新房子，宽阔的院子里铺着地砖，还购买了一辆小汽车和两辆小拖拉机，配套的犁、耙、播种机等农机具已配齐全，日子过得像三月里的桃花一样红火、滋润而又美满。

我们问卡买尔·艾提管理果园有什么好的经验，他说了几条大家都知道的做法：施用农家肥不施化肥，喷用低毒高效农药，施碱土等。

这些虽然大家都知道,但多年能坚持的人并不多。

这些做法仔细想想都有着一定的道理:农家肥肥力均衡、持久,坚持长期施用可使树木生长稳定、健壮,符合树木的生长规律,避免了施用化肥造成的树体突长、产量猛增且不稳,从而造成树体虚弱、抵抗力差,遇冻害、病害极易造成死亡;卡买尔养了2头牛、30多只羊,去年积农家肥40多方,又购买了20多方农家肥,全部施到了果园里,没上一粒化肥。

施用低毒高效农药虽然成本高了,但相对于高毒农药对树体、枝叶、果实伤害也小,果形正、残留少,尤其是对客户和消费者更加绿色,他们都很喜爱,销价自然也高了,因此,收入不但不少反而多了,所以要从大处算大账。

他的果园为沙性土壤,施用碱土后能够改变其酸碱度,改善土壤透气性,更利于果树的生长。

这些道理虽然大家都知道,但在短期的高效益面前能经住诱惑、能长期坚持下来的并不多,这就是差别。十年树木嘛,果树一旦受到伤害,付出的将是长久的代价。

问起卡买尔·艾提致富的诀窍,他的回答很简单:劳动嘛!

是啊,只有劳动才能收获,只要劳动就有收获。土地是不可欺的,人欺地一年,地欺人十年都不止。只要路子对头,付出的劳动越多收获就越多。

有了钱了,生活好了,各方面条件也好了,但卡买尔·艾提仍不满足,一方面打算建一所上规模的家畜棚舍扩大养殖,增加更多的收入;另一方面他是个热心的人,他努力创造条件帮助、带动周围更多的人,不管是维吾尔族还是汉族。在当地他还是响当当的民族团结典范呢!目前他已自费打了一口井,出水不错,水用不完,就让周围浇灌有困难的人取水灌溉。他的农机具经常性地帮别人中耕、除草、打药、播种等,深得大家的赞赏。

卡买尔·艾提很忙,我们不便多打扰,就告辞了。

回头看着卡买尔·艾提果园里的树木,像一排排整齐操练的体育健儿向四周均匀地伸展着枝条，在阳光下静静地积累着能量和热情，只等那么一天突然绽放出满园绚丽灿烂的梨花，然后孕育、奉献出丰硕的果实，以报答阳光、空气、水和勤劳的人们。

看得见的山不会太远，不会太远！

第二辑 观梨城

梨城赋

穆选选

青峰巍巍,碧水淙淙。天山享誉,中国梨城。

文明纽带交汇,河岳雄伟;三河玉带穿城,人杰地灵。借江南灵秀,杏花烟雨;融塞外豪情,气宇轩昂。香梨花开,冠盖半城风月;青莲怒放,香透一池芬芳。

数胜迹斑斑,人文荟萃;览青史煌煌,岁月峥嵘。渠犁开耕,自古西域重地;楼兰归顺,从来华夏同宗。兴隆汉室,大唐雄风。西域都护受命,屯田稼穑;唐立安西四镇,丝路畅通。王摩诘执樽饮酒,长河古韵;李青莲文脉传承,大漠千秋。左公宗棠修城安民,金汤永固;土尔扈特东归壮举,同源归宗。响应辛亥,废帝制而共和;襄助抗日,保家卫国。

物换星移,新元肇始。红旗漫卷,边疆乌云尽散;阳光普照,梨城喜迎新生。沧海横流,方显英雄本色;改革潮涌,才人各展风流。兴水利、治盐碱,锁黄沙于大漠;修道路、辟桑田,奉粮棉于全国。

百万人春秋奋战,库尔勒华丽蜕变;三十载豪情演绎,新梨城绽放美颜。曾经千年风沙地,如今万里生态园。塞上长城列阵,绿林如海;园中瓜果成畦,碧水回川。春迎金蜂采蜜,翩舞回旋;夏乘微风碧浪,舒心怡然;秋收良田硕果,欢歌笑颜;冬奏田园牧曲,把酒言欢。

噫,以水养城,气宇轩敞。浚三河以清流,云霞袅袅;绣景观于两岸,杨柳青青。舞榭歌台欢颜动,凉轩游廊翠色浓。园林闻声,鹤发垂髫怡然自乐;林荫漫步,间关鸟语响动晴空。龙山顶上抒怀,高歌盛世;天鹅河中泛舟,浅唱相思。金风乍起,胡杨卸妆叶纷飞,满城金甲;玉露逢秋,红柳换衣絮飘雪,摇曳生姿。

豪情奔放,自是歌舞繁盛;柔情入耳,不愧音律之乡。轻歌曼舞迎宾,尽显淳朴;葡萄美酒待客,一展豪情。裙裾翩翩,美人如玉;长衫飘飘,情歌悠扬。环佩玎珰,响彻一轮皓月;篝火哔啵,摇曳满天星光。田园美景作画,风光无限;丝路风情成诗,牧歌悠扬。

领导层高瞻远瞩,政通人和;各民族团结友爱,百业兴隆。固民生之本,人文入胜;绘蓝图美景,文明新风。三河贯通,昔日水域成景点;交通巨变,曾经天堑变通途。治沙引水,人居环境范例;添绿点翠,十佳魅力之都。全国文明城市,蝉联四冠;区域发展中心,全国百强。

呜呼,盛世之梨城,斯亦盛矣。往事越千年,恭逢盛世;妙笔著华章,气象恢弘。乘风一带一路,重振丝路;绘梦民族复兴,再续辉煌!

三河贯通　五鸟齐飞

天　然

一

公元前486年，邗城（今扬州）。上万民夫依靠简陋的工具开挖大河。

是年，吴王夫差为了争霸中原，利用长江三角洲的天然河湖港汊，疏通了由今苏州经无锡至常州北入长江到扬州的"古故水道"，并开凿邗沟（自扬州到江水，东北通过射阳湖，再向西北至淮安入淮河），全长170公里。

吴国开凿运河，没能抵过越国的偷袭所灭。但是，运河定格了扬州的雏形，至今仍在使用，成为京杭大运河的"第一期工程"——这便是有文字记载以来，人类最早顺应大自然，以高超的智慧，磅礴的灵感，天方夜谭般的创意，惊人的胆识，自觉而为，依靠简陋的工具和人海战，改造大自然并大获成功的先例。

运河史由此写下了精彩的第一笔。

从此，穷尽探索人类能量的脚步不曾停歇——秦、汉、魏、晋和南北朝继续施工延伸河道，到隋朝，运河的修建达到登峰造极的境地。

隋炀帝杨广即位后，以奇谲的抱负和超人亢奋，实现争霸天下的梦想，于公元587年、605年、608年和610年，四度征调数百万民工修建大运河，南通杭州，北通北京，地跨北京、天津、河北、河南、山东、安徽、江苏、浙江8个省市，沟通了海河、黄河、淮河、长江、钱塘江五大水系，全长2700余公里。

公元1283年，定都北京的元朝，以10年时间先后挖通济州河、会通河,并建设闸坝,渠化河道,取直了一些河道,将大运河2700余公里航程缩短为1794公里。从此,京杭大运河成为南北的交通大动脉,"半天下之财富,悉由此路而进",为中华民族的发展,写下了无数辉煌灿烂的篇章。

及至19世纪,基尔运河、苏伊士运河和巴拿马运河三大运河建成,举世闻名。海与海、海与洋、洋与洋联通,更加显示了人类改造大自然造福人类的伟力。

进入20世纪中期新中国成立以来,运河不断得到维护和修复,发挥了更好更大的作用,尤其在举世瞩目的"南水北调"大型工程和新一轮旅游观光业高潮中担当重任。

当地时间2014年6月22日上午10时许,历时8年申报,终于如愿以偿——联合国教科文组织在第38届世界遗产大会宣布,中国大运河和丝绸之路项目成功入选世界文化遗产名录。

至此,中国有46个项目入选世界文化遗产名录,成为入选世界文化遗产名录仅次于意大利的世界第二。

中国大运河凝铸了一代又一代中国人的深厚情感,让华夏子孙万代感到自豪。申遗成功,检验了世界对运河的态度,承载着历史,以更加豪迈的雄姿奔向未来。

二

库尔勒市联合办公大楼对面一桥之隔的香梨湖公园,经过"三河贯通棚户区改造工程",改造扩容,焕然一新。面积更大,树更多,草地更多,可供游赏的去处更多。尤其湖被分了成两片,下片比上片低下去一米多,上片的水翻过三个20多米长的溢流堰形成壮观的瀑布,进入下片,再流入天鹅河。下片靠近民生桥,宽阔的水面上一字排开几艘游船和画舫,静静地等待着开船的命令……

入夏到深秋的大半年里,香梨湖公园成为市民的好去处。

天气炎热,空气撞着空气就会起火;人见着人就开心,就想询问,就想倾诉,就想赞美……

黄昏,香梨湖的游客多于往常,真可谓络绎不绝、川流不息、摩肩接踵。一些耐心好的只管沉住气漫步于林间或者小岛,等不及的则手持船票急切地向码头涌来……

从每个人的穿着打扮上,从满面春风的笑颜上,从言谈的温柔细腻上,分明感到每个人的心都火辣辣渴望着。

渴望什么?渴望变化,渴望发展,渴望旧去新来,渴望舒适,渴望幸福。

这一天终于来了,来得太快,以至于置身其间都不敢相信:这是天鹅河吗?天鹅河真通水了?天鹅河真可以坐船啊?这之前不是一片脏乱差的危旧房吗?这以前不是"城中村"吗?

历史的这一页终于翻过去了。脏乱差翻过去了,"城中村"翻过去了,农民的窘日子翻过去了。

时代新的一页真的翻过来了。水草花树,船桥楼路;农民变市民,市民有工作有收入有保障……

"力争明年的这个时候通水,最迟秋天通航!"掷地有声,铿锵有力,仿佛还在耳边,就像是昨天才说的话——楼房,说住就住上了;水,说通就通了;船,说开就开了,是真的吗?

住了几十年的老屋成了河,走了几十年的土路变成了桥,看了几十年的危墙残壁成了绿树红花长出的景……咱咋就赶上了好时候啊?

一条河牵动太多,冲走太多;牵来太多,让人们得到太多。

牵动几万人的心,冲走传统观念、保守意识。

牵来一个新时代,一片新城区,一代新生活。

码头早已人山人海,人们在等待一个庄严时刻的到来——"'三河贯通'首航仪式"在这里举行。

还在8月1日,铁门关号就已经成功试航。有福之人,先于大众两个月就享受了乘船游天鹅河赏两岸景的福分。

今夜乘船别有况味,毕竟两个月后,两岸新栽的树长得更好,花开得更艳,草更绿,封顶的大厦更多,湖中小岛建设得更完善……

"花褪残红青杏小,燕子飞时,绿水人家绕。"这样的景致出现在地处塔克拉玛干大沙漠边缘的库尔勒,无疑是一个奇迹。

把江南的梦搬到塔克拉玛干大沙漠边的时刻就要到来。

仪式很简短。当主持人:"我宣布:'三河贯通'首航仪式结束,起航!"话音落地,"铁门关"号游船像离弦的箭,眨眼间便驶出去几十米进入民生桥下……

紧接着,画舫和游船拉开距离次第驶向天鹅河,汽笛声声,表达着市民欢乐的心情。

乘游船,从香梨湖到孔雀河,半个小时来回10公里,一个人30元人民币,居然一票难求。上了第一趟船的心情自是兴奋难掩,头伸出窗外一路赏不够美景;买到票没能首航的,耐着性子继续在公园漫步、纳凉、等待;连票也没买上的只有暗想着明天早点来,此刻则加入到议论的人群中,抒发情怀。

76岁的市民李汉朝从南方旅游归来,站在天鹅河畔,他发现尘土飞扬的铁克其乡不见了,取而代之的是"波渺渺,草青青,柳依依"的天鹅河、一座座壮美的大桥和岸边可着劲往上蹿的高楼大厦。"在家门口,就能欣赏江南水乡风光,恍若梦中。"

"去年春天我的家还在河面上。我这不是在做梦吧?"72岁的艾合买提·阿里甫老人拉着老伴,在河边游步道散步,对妻子说。"当时,动员搬迁,我很不情愿,现在想来真是惭愧啊,对不起那些政府里的人。"艾合买提·阿里甫老人搬迁后安置在离天鹅河畔不远的36号小区。

大家还依稀记得,2012年3月19日,"三河贯通"工程一期天鹅河项目在延安路与铁克其路交汇处开工奠基。马达轰鸣、锣鼓喧天、人头攒动……

三

"三河"指孔雀河、杜鹃河、白鹭河。"三河贯通",横向修一条河将这三条河联通。"三河贯通"工程规划用10年左右时间分三期建设。

一期贯通孔雀河与杜鹃河全长10.5公里,分A、B两段建设,在南市区打造3平方公里的"上水城"和13.1平方公里的"生态城"。

A段全长4.9公里,河道命名为"天鹅河";2012年3月开工,2013年8月通水通航;河床,宽数百米,窄不低于30米;两岸各不少于15米宽的花草带、不少于2米宽的林带和不少于2米宽的游步道;建设300万平方米左右的商务中心区。

B段由一期A段工程与喀拉苏渠交叉处至孔雀河5.6公里,河道命名为鸿雁河。建设四面环水、绿化充盈的生态城;建造市民健身中心、文化艺术中心、会展中心和1200万平方米以上的商务中心区。河道宽80~100米,两侧绿化宽30~140米,为自然生态式驳岸;桥梁坡度较之一期天鹅河工程桥梁坡度更加缓和,控制在2%以下,以经济实用为主;周围生态新城规划总用地1310.06公顷(13.1平方公里),其中景观绿地及水域面积约1900亩。生态新城区是老城区功能区的外延,是以总部经济基地、体育健身、会展、旅游服务、生态景观休闲娱乐、居住为主的综合区。

二期白鹭河沿开发大道、石化大道至杜鹃河贯通工程,全长4.5公里。

三期十八团渠至孔雀河贯通工程,全长4.7公里。

二、三期工程根据城市发展规划,择时逐步实施。

"三河贯通"还包括对现状200万平方米左右的城市棚户区和城中村改造,让10000户左右的农民和居民住上干净整洁的楼房,每个独立户拥有不少于20平方米用于做生意的门面房;新建4座人行桥,6座车行桥;修建、改造宽宽窄窄、长长短短、等级不同,纵横交错的50多条道路……

十年,蓝图成宏图,无论儿童、青年人还是老人都可以见证并享受到:孔雀、杜鹃、白鹭、天鹅、鸿雁五只大鸟在库尔勒的大地上齐飞,浓彩重抹,描绘出精彩画卷:"健康、幸福、宜居、宜业、特色""环保优先、生态立市""百姓幸福感更高城市""现代生态花园城市……"

"三河贯通"是《库尔勒南市区商务文化中心修建性详细规划》首个建设项目,也是《库尔勒南市区商务文化中心修建性详细规划》中所有建设项目中的瓶颈项目;瓶颈不破,全盘不畅;没有"三河贯通",其余建设项目皆无从谈起。

据悉,"三河贯通"仅规划就用了一年时间。此项工程的背后是南市区整体变化。其包括"南市区规划""三河论证""三河工程地质论证""三河工程水利研究""景观设计论证""桥梁设计论证""道路设计论证"等。

稍稍留心就会发现,"三河贯通"的起点是一期A段,关键也是一期A段——孔雀、杜鹃、白鹭、天鹅、鸿雁能否在库尔勒的大地上齐飞,取决于天鹅是否飞得起来,飞得顺利,飞得高远……

"三河贯通",一条塔克拉玛干大漠边新时代的运河,集中展示的是几千年人类历史的智慧,讲述的却是共产党人的故事:心里是群众,胸中是目标,大脑是思路,脚下是实招……

凝固的音乐在天鹅河畔
展示库尔勒的城市品位

杨 东

一

张传灵到过悉尼，近距离欣赏了悉尼歌剧院。他为悉尼歌剧院独特的设计和精美的造型叹服，更为其建设难度大、科技含量高感叹。

作为搞建筑出身的，张传灵更多地从建筑艺术、技术角度观赏考量悉尼歌剧院。

悉尼歌剧院坐落在悉尼港湾，三面临水，环境开阔，歌剧院分为三个部分：歌剧厅、音乐厅和贝尼朗餐厅。歌剧厅、音乐厅及休息厅并排而立，建在巨型花岗岩石基座上，各由4块巍峨的大壳顶组成。这些"贝壳"依次排列，前三个一个盖着一个，面向海湾依抱，最后一个则背向海湾侍立，看上去很像是两组打开盖倒放着的蚌。高低不一的尖顶壳，外表用白格子釉瓷铺盖，在阳光照映下，远远望去，既像竖立着的贝壳，又像两艘巨型白色帆船，飘扬在蔚蓝色的海面上，故有"船帆屋顶剧院"之称。贝壳形尖屋顶还像"翘首遐观的恬静修女"，是由每块重15.3吨、2194块弯曲形混凝土预制件，用钢缆拉紧拼成的，外表覆盖着105万块白色或奶油色的瓷砖。

张传灵注意了悉尼歌剧院前一个小模型——剥开了皮的橙子，同样有着极高的观赏价值。他为启发伟大创意的小物品惊奇不已。伟大的创意往往产生在不经意间，伟大的创意往往由普通得不能再普通的物品启发。约恩·伍重晚年时说，他的设计理念既非风帆，也不是贝壳，创意来源于橙子,正是那些剥去了一半皮的橙子启发了他。虽然最初没有料到人们会这样比喻,但是,他对这些比喻非常满意。

张传灵想,光近距离欣赏悉尼歌剧院是不够的,此生设计这样伟大的作品怕是不可能,参与建造这样的作品恐怕也是奢望,但是,亲手建造有技术难度的可以被称为"异形"的建筑,将是莫大的荣幸。

幸运之神降临了!

建筑被称为八大艺术门类之一。但是,在普通人看来,那些一个个火柴盒式的钢筋混凝土造型,无论多高多大,似乎与"艺术"无缘,外形线条稍有变化似乎就与"艺术"结缘了,变化越大越多,艺术品位越高。作为搞建筑的,强调建筑物的经济适用,也强调艺术价值。

有权威定论这样表述建筑与音乐的关系:"建筑是凝固的音乐"。这是一句无数哲人极力推崇的名言。歌德、雨果、贝多芬都曾把建筑称作"凝固的音乐",这不仅是因为古希腊有关音乐与建筑关系的美妙传说,而是因为两者的确存在的类似与关联。

不同的艺术类别,尽管各具特性,却有内在联系,这种联系,使艺术家得以从不同的艺术中得到激励,也使各种艺术有可能互相"移植"、综合。但"音乐是流动的建筑""建筑是凝固的音乐"这两句富于哲理的话,确实是形象地道出了音乐和建筑之间有着它们内在的与外在的密切关系,以及共同的美学信息、法则及其深刻的内涵。一座富有创意的建筑,往往就是一件伟大的艺术品。艺术与建筑的完美结合,使建筑超越了本身的实用价值,产生了审美的价值。从这个意义上说,"建筑是凝固的音乐"。

但是,受多方制约,并不是所有的设计师都能设计出可以被称之为"凝固的音乐"的作品来,至于建造师也许一生也遇不到参与建造"凝固的音乐"的机会。

九州建筑集团的张传灵担任库尔勒市民服务中心工程建设的项目经理。该项目在天鹅河工程打响不久的2012年8月开挖,2014年8月30日完工交付使用。

看效果图,库尔勒市民服务中心造型像三滴晶莹剔透的水珠,像镶嵌在戒指上三颗散发耀眼光芒的宝石……

"演绎时空,创造经典",是九州集团的经营理念。在张传灵看来,多少年来,"演绎时空,创造经典"一直只是追求目标,拿下库尔勒市民中心三座建筑,才有了实实在在的体验。十月怀胎,一朝分娩,机遇总是降临给有准备者,摘下三颗珍珠,实现人生梦!

开工动员会气壮山河,大家唱着《国歌》走进工地:"中华民族到了最危急的时候,我们万众一心冒着敌人的炮火,前进!前进!前进!进!"。

施工结束,张传灵把设计方案的效果图传给远在大连的同行朋友欣赏,朋友说,这样的屋顶一定是用钢结构完成的。获悉使用钢筋混凝土结构完成,朋友说:"这简直是奇迹!"

还在屋顶刚刚成型没有达到强度的时候,国家领导人来到现场考察:"这是国内其他省份或者外国的设计专家们设计的吧?"

回答:"新疆本土的。"

"这种样子的建筑,全国我只在北京见过。施工队伍是从国内其他省份请来的?"

回答:"库尔勒市的。"

"了不起啊!"

此时的张传灵想起了不知是哪本书里看到的一段话:每一步攀登都异常艰辛,每一次冲击都充满风险。而完成每一次拓展,又必然跃上一个新的高度,饱览无限风光,领略创造人生辉煌壮美的情怀……

二

库尔勒城市创意展示中心,位于延安路以西铁克其路北侧,其中包含城市规划展示馆、档案馆、民俗馆、美术馆、数字城市城管指挥中心、综合展示区、规划评审会议室等,虽然只有5层,实际高度相当于住宅楼的8层。地处天鹅河和鸿雁河的夹角地,地势平坦,视野开阔,站在创意中心屋顶远眺,四周美景一览无余,尽收眼底;观美景,任清风扑面,实在是一种富于诗情画意的享受……在其上观景台听歌跳舞,市民就又有了一个好玩好看的地方。

展示中心工程面向全国招标，近10家参建单位，有的参与过北京鸟巢的建筑，有的参与过上海首届世博会的布展工程，从参建单位可知，此项工程招投标阳光运行，择优录用；也可以想见工程的科技含量和施工的复杂艰巨程度。库尔勒本土参建者华誉集团承担了展示中心土建部分的工程。

库尔勒市城建集团联合办公大楼面向社会招标，工程款以一块200亩土地置换，谁有实力谁承建。

大家还记得，20多年前，邓小平提议，中央同意，建立深圳特区。深圳的成功引领全国范围内的改革发展迅猛异常，让中华民族雄立于世界民族之林。在当时全国想都不敢想，中央没有拨一分钱，深圳"大胆试大胆闯，杀出一条血路"——借鸡生蛋，吸引投资，发展、壮大自己。

深圳的成功举世瞩目，让全国有志之士钦佩之至，更被全国"拿来"，借鉴、效仿。

联合办公大楼的建设就是深圳经验在库尔勒土壤里的种子。

当时，很多建筑单位都望而却步，华誉集团以巨大的实力和超人的胆识接下了此项工程，大获成功。2005年9月动工，2007年7月交付使用。200亩地到手，华誉集团成功开发了华誉清水湾小区。此小区的成功开发，让华誉集团收回了建联合办公大楼的投资，也收回了华誉清水湾小区的投资，还获得了丰厚的利润……成为库尔勒以这种方式开发房地产第一个吃螃蟹的人。他们为库尔勒以后开发房地产提供了成功的模式。

深圳的种子在库尔勒生根、开花、结果、茁壮成长。

城市综合创意展示中心是和悉尼歌剧院完全不同风格的异形建筑，和像"三滴水"的库尔勒市民中心一路之隔，与库尔勒市民中心遥相呼应，相映成趣，在天鹅河和鸿雁河的衬托下，风采无限，让世人赞叹不已。

效果图上的城市综合创意展示中心，顶部为拱形，整体呈"Y"字形或者"人"字形；正面墙体，像一个肥胖的成年蚕在奋力蠕动，又像一个正在扭动躯体迅速前行的热带鱼；侧面山墙，呈"n"形。

这是效果图给人们的直观印象。

设计者称,"综合创意展示中心建筑的外形犹如'化石',象征着库尔勒的过去、现在、未来。"

设计者的解释挡不住效果图煽动起人们想象的翅膀。有人说像个大写的"人"字,这个大写的"人"字是由两个清纯靓丽、丰乳肥臀的女子背靠背躺在汉白玉上写出来的,曲线光滑柔润,浑圆丰满,通透闪亮,有弹性,有质感,流动飘逸;有人说像一只翱翔的大鸟,这只大鸟就是天鹅,美丽、健壮,飞得高、飞得远;有人说像一株破土而出的小苗,沐浴在灿烂的阳光下,正吸足了养分,茁壮成长……

在覃培文眼里,它是一座异形建筑,外部造型看似简单,内部结构十分复杂,尤其曲线的变化多,不规则曲面体技术含量高,施工难度大,他作为华誉集团113项目部负责人,承担展示中心工程的土建部分,又受库尔勒市城市规划局委托,代表市规划局负责此展示中心建设工程各分项目平行发包(招投标工作)和工质质量、进度的总监。

"从事建筑行业几十年,第一次遇到这样的工程。在年过半百的时候,遇到如此挑战,我感到幸运。当然,更感到肩上担子重。"覃培文这样描述自己的心情。"从开工到完工,整整两年。这两年是我人生最难忘的两年。"

登上城市综合创意展示中心观光台,极目远眺,胸襟顿然开阔,眼界拓展辽远,心旷神怡。覃培文想起了两句诗:"山至高处人为峰,海到尽头天是岸"。诗出自谁之手,他已经不记得了,但是,他觉得此时此刻,此情此景,此地此境,这两句诗最能表达他的心境。

库尔勒"范儿"

（外二篇）

陈耀民

"范儿"是北京方言，就是派头、做派的意思，网络上多用来形容与众不同的风格、品味、特点、行为方式和个性化的表现形式。咱们库尔勒作为中国十大魅力城市，尤其具有非同凡响的梨城"范儿"。

所谓梨城"范儿"，首先体现在库尔勒源远流长、八方交汇的融合文化上。库尔勒曾经是一座古老的驿站，它吮吸了古丝绸之路的悠远繁华，沉淀了古楼兰绵长的记忆，承载了罗布泊飘逸的梦想，千年的雄关险道，万年的漫漫黄沙，赋予库尔勒厚重的文明。维吾尔、蒙古、汉、回等多个民族在这里世世代代生息繁衍，地域文化与博大精深的中华民族文化曾在这里交融碰撞；辉煌灿烂的西域文明与神奇壮阔的自然风光，瑰丽多姿的民族风情与凄婉动人的美丽传说在这里交相辉映，形成了久远悠长、百态纷呈的文化特质。

其次，体现在库尔勒水韵灵秀、多元合璧的城市风格上。这里，公路阡陌纵横，通衢四面八方；高楼鳞次栉比，街道洁净如洗。既有城外的雪峰、草原、大漠、田园风光，又有市内鲜花芳卉、绿林碧水、亭台楼阁。孔雀河从市中心蜿蜒穿过，仿佛玉带缠绕，丰帆高扬、碧波荡漾、风光旖旎。"三河贯通棚户区改造工程"构建起水绿结合的生态水网，形成错落有致的山、林、水城市整体风貌，营造出以文化养生、有氧运动体验、商业服务、生态游憩为主的优越生活空间，一个极具现代品位和江南水乡神韵的"生态之域、水韵之都、幸福之城"灵动地再现了"塞外明珠、山水梨城"的迷人风韵。

再次，体现在库尔勒海纳百川、兼收并蓄的人文精神上。作为大西北的一座边陲城市，库尔勒敞开胸怀、展开双臂，大方接纳来自全国各地的移民及其后代，多元交融的地域文化造就了库尔勒人海纳百川、五湖四海的宽阔胸襟和非凡气度。库尔勒的发展史，在很大程度上就是一部移民的奋斗史。多年来，库尔勒在开放中兼收并蓄、创新发展，铸就了开放包容、大气宽厚的城市性格，这是库尔勒持续保持旺盛的活力、生命力和创造力的源泉。

从次，体现在库尔勒风味齐全、品种多样的饮食文化上。说起库尔勒人的吃，近年来可谓名声在外。新疆菜自不必说，什么川菜、粤菜、东北菜、湘菜、鲁菜，什么私房菜、秘制菜，什么云贵特色、江浙风味，什么韩国烧烤、日本料理、西式大餐，各种美食一应俱全、应有尽有，说在库尔勒吃遍天下一点儿也不夸张。

最后，体现在库尔勒敢为人先、引领潮流的流行风尚上。时空的距离，不再是隔绝时尚的壁垒，从服饰到装扮，从网络到手机，从语汇到热词，从餐饮到消费，从运动到保健，从观念到行动，虽然地处偏远、交通不便，但几乎所有的流行时尚、现代元素、新鲜事物，都会第一时间在库尔勒落地并迅速传播开来，咱库尔勒一点儿也不OUT。这种对流行的敏锐感知到运用自如，是我们作为库尔勒人为之骄傲和自豪的理由之一。

铁门雄关襟山带河、库尔勒香梨闻名天下、天鹅飞来不想走、全国文明城市力拔西北头筹……梨城"范儿"就是这么帅，梨城"范儿"就是这么酷，梨城"范儿"就是这么给力，梨城人，你怎么看？

水韵梨城秀江南

傍晚，夕阳映照下的天鹅河，波光粼粼、水流清澈，一座座桥梁横跨河上，仿佛玉带缠绕。河面上，一条条画舫缓缓驶来，穿行于高楼大厦之间；

游人凭栏眺望，感受"城在水中立，船在城中行，人在画中游"的水乡风韵。这一幕，不是江南风光，不是苏杭胜景，而是出自距塔克拉玛干大沙漠仅70公里的边疆小城——新疆库尔勒市。

库尔勒在维吾尔语中是"眺望"的意思。因盛产驰名中外的"库尔勒香梨"，库尔勒又有"梨城"之称。这里曾经是古丝绸之路上的一座驿站，汉、维吾尔、蒙古、回等多个民族在这里生息繁衍，灿烂辉煌的西域文明与神奇壮阔的自然风光，瑰丽多姿的民族风情与凄婉动人的美丽传说在这里交相辉映。汉朝使者张骞、班超，西行高僧法显、玄奘，唐代著名边塞诗人岑参、高适，民族英雄左宗棠、林则徐都曾在这里留下过千古佳话。

在库尔勒，有一条穿城而过的河流叫孔雀河，因滋养了两岸的千顷良田，被誉为库尔勒的母亲河。20世纪90年代的孔雀河，两岸垃圾成堆，低矮的平房，狭窄的街巷。路面坑坑洼洼，沙石遍布，毛驴车轧过后，扑面而来的是飞扬的尘土。每年春暖雪化时，道路泥泞不堪，根本无法行走。

进入21世纪以来，库尔勒市在推进经济发展、社会稳定、民生改善的同时，加快了宜居环境的打造。2000年，孔雀河风景旅游带一期工程建设启动。2002年，这项工程被建设部授予"中国人居环境范例奖"。也就是从那个时候开始，库尔勒开始围绕水资源，千方百计做足做活"水韵"文章，加快生态环境建设步伐。牢牢秉持"以水为脉、以绿为主、文化为魂、以人为本"这一原则，构建起以孔雀河、杜鹃河、白鹭河等河流为骨架，纵横贯通、交叉环绕的城区水系网络，承载起城市的景观特色和文化内涵，营造出碧水绿岸、自然闲适的城市生活空间，为建设城水相依、防洪安全与生态保护为一体的滨水生态城夯实了基础。2008年春节以来，来自300多公里外巴音布鲁克大草原的上百只白天鹅，连续6年飞临孔雀河和杜鹃河越冬，不仅给冬日的库尔勒增添了一道亮丽的风景，还为库尔勒赢得了"天鹅之乡"的美誉。

2012年，在加快推进新型城镇化的进程中，为破解组团式发展和棚户区改造这一瓶颈，库尔勒市以"塞外明珠、山水梨城"为目标，以"生态优先、环保立市"为基础，加大创新力度，放大生态优势，规划建设了将孔雀河、杜鹃河、白鹭河三条河流横向连接起来的"三河贯通"工程,充分利用水脉优势,把城市中原本分散的组团串联起来,解决城市水系纵向密集、横向不足的问题,将人文景观、自然风光和休闲健身场所融为一体,快速聚集了南市区的人气、商业气,吸引投资者在此兴业,又使市财政快速回笼资金实施了棚户区改造,将昔日的"城中村"连根拔除,一举实现了财政收入增长、城市景观提升、经济发展、民生改善、民族团结、社会稳定的多方共赢。

如今,随着全长10.5公里的"三河贯通"工程一期A段天鹅河的通水行船,在河畔体验"青春花开树临水,白日绮罗人上船"的意境,已不再是梦想。经过短短一年多的建设,昔日"脏乱差"的城中村不见了,呈现在人们眼前的是一幅写实的水墨丹青:小桥流水、黛瓦粉墙、拂堤杨柳、芳草红花、鸟鸣林间,令人心旷神怡! 在许多人的印象中,这种秀丽和恬淡本应是江南水乡的景象,如今却出现在地处塔克拉玛干大沙漠边缘的库尔勒,不能不说是一个奇迹。尤其是对土生土长的库尔勒人来说,能够坐着画舫穿行在城市的高楼大厦和水榭亭台之间,这在以前是连想都不敢想的。

一座城市,有了水就有了灵性。入夜,波光粼粼的天鹅河畔游人如织,市民在休闲小道上散步纳凉,小道旁是碧绿的草坪和郁郁葱葱的树木,梨香湖中美丽的荷花和睡莲随风摇曳,仿佛在翩翩起舞。岸边建筑物上霓虹灯闪烁,音乐喷泉随歌起舞;缀满彩灯的画舫顺流而下,与光影扮靓的小桥交相辉映,水韵景致美轮美奂,构成一幅人与自然和谐与共的美丽画卷。

黄沙漫漫是风的舞蹈,水波荡漾是云的爱恋。在倾力打造"生态之城、水韵之都、幸福之城"的进程中,一条贯通孔雀河、杜鹃河、白鹭河的"水带",将库尔勒的过去、现在和未来连接起来,构建出一幅"半城流水一城树,水边树下开园亭。夭桃才红柳初绿,梨花照水明如玉"的江南美景,使库尔勒变成了令人钦羡的"梦里水乡"。

水韵之城的打造,不仅极大地提升了城市的品位,营造出舒适的生态环境和宜居、宜业环境,进一步提升了广大市民的幸福感、自豪感,也使库尔勒走上了一条经济快速发展、生态有效保护、社会和谐进步、民生稳步改善的可持续发展之路。全国文明城市、中国人居环境范例奖、中国十佳魅力城市、国家环保模范城市、国家园林城市等五十多项国家级荣誉,彰显着这座城市的光荣与辉煌。

天蓝、地绿、风清、水秀、城美、人和。相信这座极具现代品位和江南水乡神韵的文明之城,在建成新疆重要的现代化区域中心城市的号角引领下,生态环境将更加优美、和谐氛围将更加浓厚、人民生活将更加幸福安康。

库尔勒老地名

在20世纪50~80年代,库尔勒曾经诞生了一批地名。这些当时的新地名,如今已经成为老地名。这些老地名,不但是地理信息标志,更是人文历史记忆。几十年过去了,随着城市的发展,一个个新地名横空出世,老地名正以惊人的速度远去,留给我们太多的回忆和感伤。

那时,地名的命名方式最常用的就是以当地所在单位的简称来称呼。如"瑞丰"就专指今瑞丰商场一带,而"州车队"则泛指老218国道原巴州第一运输公司一带(今新城北路)。还有一部分地名是根据历史上的名称延续下来的,如团结路的"其朗巴格"等。还有一些是根据地域特点命名的,如"三角地",指的就是今天的金三角一带。

在天山西路一带的有"粮机厂"(原巴州粮油机械厂)、"四连五连"(原工四团四连、五连)、"消防队"(原武警巴州消防支队)、"团结旅社"(原市饮服公司下属国营旅社)、"客运站"(今巴州客运总站库尔勒客运中心)、"水泥厂"(原工四团水泥厂)等。近年来,在库尔勒乃至疆内都颇有名气的"六队馕坑肉"就在这条路上。在后来新修的建国北路上,还有3个老地名不能不提,这就是"邮车站"(原巴州邮电局车队)、"食品厂"(原农二师孔雀食品厂）和"七六连"（原自治区第九运输公司六队）。

在天山东路一带有"三中""四运司中学"（现巴州一中北校区）、"测绘局"（原自治区测绘局下属单位）、"电力局"（原巴州电力局）、"二建"（原自治区第二建筑公司）、"五七大修厂"（原四运司五七连汽车修理厂）等老地名。

在今北山路，有以在20世纪六七十年代赫赫有名的国营东方红饭店命名的"东方红"（原市饮服公司下属国营东方红饭店），还有"茶畜公司"（原巴州茶畜公司），也有叫皮毛厂的。此外，还有"萨办"（原萨依巴格办事处）、"棉麻公司"（原巴州棉麻公司）等老地名。

在交通东路一带有以当时全州最大的国营运输企业新疆第四汽车运输公司命名的地名——"四运司"，也叫"库运司"。这条路上还有以当时的军工企业原新疆工具模具厂命名的地名——"工模具"。此外，还有以原库尔勒公路总段命名的"养路段"，以原巴州粮食局面粉厂命名的"面粉厂"，以原巴州电机厂命名的"电机厂"（后改建为库尔勒丝绸厂，现友好超市），以巴音郭楞军分区命名的"军分区"，以库尔勒市第二小学命名的"二小"，以原巴州交通管理站命名的"管理站"。再往下就是"石灰窑"了，也就是今天的金冠小区的入口处。在这条路上，最有名的当属"狮子桥"了。作为库尔勒的东大门和标志性的建筑，狮子桥一直是库尔勒人引以为骄傲和自豪的城市象征。

在交通西路上，有以巴州当时最大的国营水泥厂，原巴州水泥厂命名的"水泥厂"。再往下，穿过当时恰尔巴格公社的麦田，就是以当时巴州最大的国营印刷厂——新疆新华印刷二厂命名的"新华二厂"了。再往下就是"四医院"（今第二师库尔勒医院），下面还有"卫校"（今巴州卫生学校）和看守所（库尔勒市公安局看守所）。

在如今的萨依巴格路上，老地名更是大大的有。其中：有大名鼎鼎的"电影院"（今巴州影剧院）、"工农兵饭店""塔里木饭店""西域酒家"（今汇嘉时代）、"红旗理发店""绿洲照相馆"（今巴州电信大楼旁）、"新华书店"（今人民广场西侧）、"群餐"（今人民广场西侧）、建筑公司（原巴州建筑公司)。此外，还有"原合办车队"(今巴州供销社)、"康乐"(原康乐商场,今民政大厦)和"玉泉"(今金色时代),2014年拆除的文化路和萨依巴格路交汇处仍以"玉泉大转盘"为名。

在人民东路，有以历史悠久的原人民商场命名的"人民商场"，以巴州人民医院命名的"州医院"，有以原巴州果酒厂命名的"果酒厂"、以原库尔勒市人民政府命名的"市政府"，以原库尔勒市食品公司命名的"食品公司"，以原库尔勒市蔬菜公司命名的"蔬菜公司"和"梨乡饭店""二轻局""民族商场""博峰商场"等。

在人民西路，有"农二师""土产门市部""邮电局""五金公司""瑞丰""纺织厂""招待所"等。在建国路上的地名大都跟原农二师有关系，如"电影院"(原农二师电影院)、"七二连"(原农二师汽车运输公司)、"四中"(今华山中学)、"设计院"(今第二师设计院)、党校(今第二师党校)等。

团结路因为历史比较久远，老地名更是耳熟能详，有"葵花桥""县政府""县电影院""县招待所""档案馆""屠宰场""其朗巴格""修造厂""铁皮社""大众服装厂"等。

在巴音东路，最有名的当属"州政府"了，顾名思义，不必赘述。其他还有"二中"(今巴州二中)、"六四一"(第三地质大队)、"旱冰场"(原市工人文化宫旱冰场)、"市建司"(原库尔勒市建筑公司)、"萨派""曙光商场""八角楼""工行"等。萨依巴格市场前门处原是一个养牛、马的棚厩，故名"马圈"。

如今，这些老地名虽然离我们渐行渐远甚至慢慢消失了，但它们承载的文化沉淀、逝去的往事烟尘，却永远地留在了土生土长老库尔勒人的温情记忆里。

梦里云锦飘落孔雀河畔

(外二篇)

郝贵平

库尔勒曾经是一个世人陌生的地方,许多人熟知喀什、伊宁、阿克苏、阿勒泰,却不知道新疆还有个库尔勒。因为塔里木石油会战,库尔勒着上石油城的鲜亮色彩,也因为石油勘探开发的产业带动和库尔勒本身开放性、创造性的变革与发展,库尔勒连同它所在的巴音郭楞蒙古自治州的名字,就名扬天下了。

在南疆,库尔勒是唯一有浩浩河流穿闹市而过的城市。这条河维吾尔族人曾经称作"昆其得里亚","昆其"就是熟皮子,"得里亚"就是河流,连起来就是"皮匠河"。维吾尔语语音"昆其"与汉语语音"孔雀"颇为接近,当初汉族人把"昆其得里亚"的维吾尔语称谓,转译为"孔雀河"的汉语名称,赋予这条河流一个具有形象意味的吉祥美丽的名称,也被越来越多的维吾尔族人所接受。这是一种心理和文化的融合,反映了维吾尔、汉族人民互居互耕,共同开发绿洲,共同休养生息的历史必然。实际上,现今的库尔勒正是一个维吾尔、汉、蒙古、回族等多民族聚居的城市,孔雀河是多个民族的共同的母亲河。

塔里木石油勘探开发指挥部在库尔勒成立之初,我来到库尔勒。到街头一看,要不是有几路公共车在跑,根本感觉不到库尔勒是一个"市",倒像是国内其他省份一个很一般的县城。街头上的楼房都能数得清,而且只有四、五层,小巷子进去,都是一片片密匝匝的砖房。维吾尔族人的单马架子车可以在市中心跑,坐一趟收钱五角,街道上就常有一溜溜马粪蛋。人行道铺的是砖,打水泥的地方粗糙的颠脚。市中心的商店,地面有踏脏了的包装纸,台阶上铺着细土也不见怪。最能显示市民经济状况的街道上行人的穿着,朴实是朴实,缺少的就是新潮时尚味。当地人说,库尔勒"晴天满身土,雨天两脚泥,几条街道歪着走,一只喇叭全城听,世代骑驴访亲戚"。城市给人的印象是土、黑、脏、乱、差,曾经在全疆城市卫生评比中名列倒数第一。

几年以后,库尔勒的面目完全翻了个儿。全国文明城市、国家卫生城市、中国优秀旅游城市、全国科技工作先进城市、全国双拥模范城等荣誉称号,亮锃锃地挂上了库尔勒的胸膛。这翻天覆地的大变化赖之以何呢?国家西部大开发的战略,使库尔勒获得了其他城市不可比拟的发展机遇。

石油部门与地方政府共同制定了塔里木石油开发"依靠行业主力,依托社会基础,统筹规划,共同发展"的二十字方针,石油开发成为带动当地经济和社会发展的巨大龙头。库尔勒被列为新疆北南两个中心城市之一,确定了"北乌(乌鲁木齐)南库(库尔勒)"的发展方略。石油开发与地方经济的融合发展,使地方从服务石油中获得了发展的丰厚资金;地方走经济开放和融合发展之路,加快城市基础设施建设,加大改革和招商引资力度,强化城市精神文明程度。经过十几年的努力,城市面貌和城市功能发生了历史性的巨变。

的确是一种缘分,石油基地就在孔雀河畔,我的高层楼房的居所就面对清碧的孔雀河水,我每天都沿着孔雀河来来回回地走,也常常站在楼房的阳台,观览孔雀河粼粼涌动的波光和市区里宏伟壮观的街景。我亲历了这座崭新城市每一步的变化。

孔雀河算不上一条大河,但是水流急湍、波浪奔涌,总是清洌洌地流淌着一抹清丽的透碧。这是一条驯服的河,在流经城市的数公里河段,人工拓宽河道一倍之多,水面平均百多米之宽;重新铺筑了河底块石和花岗岩护坡石,河岸修筑了美观的黑色玛钢铸铁护栏,其间设置多处条石台阶,可供游人濯水;河道上三处跌水成为惹眼的景观,清波粼粼,流深齐腰,可划船、游泳,可纳凉、观赏。这就是有名的孔雀河风景旅游带。

这些年来,库尔勒市区里,一片又一片崭新的建筑群,一幢又一幢高层新楼房,雨后春笋般矗立起来,这块名为某某生活小区,那块称之某某生活花园,库尔勒像是吃了增高剂,齐刷刷挺拔、英俊起来,名副其实地成了崛起的城。街市间,雅静一方的绿色草坪与崭新的建筑群落相互映衬,正在与日俱增地扩大着面积。街道两旁的大小商家,极力用色彩和霓虹灯展示各自的外观形象。这座城市简直犹如时装模特楚楚动人,越来越年轻漂亮。

城市的道路经过几年的"大兴土木",由简陋、粗糙、小气、丑陋,骤然变得宽阔、美观、气派,有了流线感、宏伟感、规模感和现代感,其中最宽的石化大道有八个车道。道路两旁均辟有一米多宽的长条形花圃,种植了风景树和高株花。道路是城市的空间骨架,道路的根本改观,使库尔勒市容一下子有了档次。交通是城市经济、商贾和生活的动脉。多年前,市区里维吾尔族农民驱赶的被称为"马的"的载客的单马架子车,如今已被跑成串儿的桑塔纳"的"车所替代,中型面包车与桑塔纳"的"车构成了城市交通的新格局。

而孔雀河依然是这座城市的灌溉河,通过叶脉似的人工渠,不仅哺育着城市的大片绿地,而且滋养着与城市交错分布的维吾尔族农人的田畴和果园。紧傍城市的维吾尔族农人,已经建起了漂亮洁净的新楼房,这种"都市里的村庄"成为城市的组成部分,城市附近的维吾尔族农人的生活已经开始城市化。这是市区农业经济向城市经济迈进的重要征兆。这座城市十分年轻,正由农业特征向城市特征转型。

现代化石化基地在库尔勒的崛起,为扩大城市建设规模,引入城市建设现代化气息,起到了带动、示范和推进的作用。曾经,以孔雀河为界,曾经是北为街市,南为农田、果园与村庄,面貌分明。而今,真正城市化了的库尔勒,北岸的街市越来越呈现出城市化的气质,南岸的田园、村庄,则日新月异地让位于城市化的扩展与壮美,城市规模更大,城市面貌更新,城市越有气魄。那个"北乌南库"的雄心勃勃的规划与其切切实实地实施,给人们带来的钦佩、鼓舞和力量,无论本地人,无论外来人,都随时随地地感知得到、触摸得到。库尔勒有了亮丽的风采,正在向气派的现代化城市嬗变。

几千年以小农经济发展为核心的中国社会,建设和发展现代化城市是一种必须和必然。库尔勒的城市化自然也是如此。城市化的库尔勒为其经济结构的调整提供了广阔空间,城市功能不断加强和完善,促进了社会经济的全面发展,这不能不说是得力于改革开放。而塔里木石油的大规模开发,在思想观念和经济注入上,都为库尔勒的城市建设和经济腾飞带来了重要的活力。石油开发和地方经济的相互融合,是库尔勒城市化质变的重要因素。

从库尔勒的容貌说起,人们可以发觉这个区域中心城市变迁的许多奥秘:它的原始经济形态的农牧业和手工业始元,规模越来越集中的定居人口,数千家注册企业的发展和门类众多的工商业体系的形成,以至于真正城市化的变革,无不与石油开发的带动和库尔勒自身超常、飞跃发展的思路与措施互为因果;

基于本地农牧业的轻纺业、建材业、运输业、食品加工业和城乡之间的商贸业等等,是这座城市的基本经济结构,而新疆生产建设兵团的入驻,国防工业的定址,铁路、民航等企业的立足,尤其是塔里木油田、塔里木石化企业的指挥、调度机关和生活基地的落脚,则使这座城市更具"重镇"的分量;

石油部门这个庞大产业实体对社会功能的依托,与本地人寻找更大发展的迫切愿望、潜在的巨大精神力量、开阔的思维方式和创造性的智慧方略,如鱼得水似的融合起来,给这座城市的政治、经济、文化,注入了新的成分,城市居民的生活方式和精神文明程度,都发生了根本性的变革和本质上的飞跃。

被称为"梨城"的库尔勒,又有了一个新的别名:石化城。库尔勒新美城市更具魅力,蓬勃的城市经济更具生机。

库尔勒又是一个具有"首府"资格的城市,巴音郭楞蒙古自治州的党政机关以及自治州所属的财政、民政、法律、文化、新闻等机构,都设在这里,成为这座城市的重要结构成分。"首府"资格使库尔勒成为巴州的政治、经济和文化中心,库尔勒这座城市的分量就十分地重。

州属企业、石油部门、生产建设兵团、铁路运输部门和库尔勒市自身,成为库尔勒这座城市的几块主杆型的经济之源,加上庞大的市民生活购买力,这座城市的经济繁荣和快速发展,就有了相当良好的基础与条件。

巴音郭楞蒙古自治州的所辖面积号称"华夏第一州",有天山深处巴音布鲁克高山草原的美丽与辽阔,有闻名于世的塔克拉玛干大沙漠的浩瀚与苍凉,有我国最大内陆淡水湖博斯腾湖的浩渺,有神秘、神奇的阿尔金山的富有,还有充满诱惑的楼兰、米兰古国遗址。粮棉果渔牧兴旺,水矿林资源丰富,人文积淀丰厚而宝贵。

作为荣获国家首批"中国优秀旅游城市"称号的库尔勒,借助巴州大旅游资源,同时充分发挥自身的城市型资源,形成中心放射型格局,开发了五个地域特色的旅游品牌:巴音布鲁克草原生态游、丝路大漠游、博斯腾湖名胜风景游、阿尔金山科学考察与狩猎游、楼兰与米兰古国文化探秘游。库尔勒现今良好的城市功能与首府互为依托,借助首府的优势发展自己的经济,这是得天独厚的条件。

库尔勒人对自己的城市抱有切肤的珍爱之情。伴随着"南库北乌"宏伟规划逐渐变为现实和城市变革给人们带来的自豪、喜悦,库尔勒人又在美化城市环境、提高城市文明程度上拼搏。库尔勒成了脱胎换骨的边疆新城和名副其实的塞外明珠。

库尔勒变美变富了,像流经它的孔雀河水一样,充溢着一种可人的清新与亮丽。真可谓梦里云锦飘落孔雀河畔啊!

捕捉一座绿洲城的品性

我常常想:库尔勒这座西部边陲的绿洲城市,已经很有名气了,那么,她到底有着怎样的品性呢?

一座城市有一条河流穿城而过，这座城市就别具一种品性，给人的感受大不一样。位于天山南麓、塔里木盆地西北缘的库尔勒，就是这样一座城市，南北横贯城市的河流就是那条有着美丽名称的孔雀河。

　　孔雀河源自著名的博斯腾湖，一出铁门关峡谷，就紧紧地依偎着库尔勒，与城市的高楼、绿地，与宽阔美丽的大桥做一番缠绵的留恋，然后告别城市，流向城市以外的绿洲，又去完成溉润田畴和养育乡村的使命。

　　这条河对于这座城市是多么重要！我在迁居这座城市的时候，一说到迁居的事情，人们首先都是说：那个城市依傍着一条孔雀河呢，那条河穿城而过呢，那可真是好地方呢！这样，未曾与库尔勒谋面，库尔勒河伴城、城依河的品性就深深地留在心脉血液里。

　　何止是我，许多人在来库尔勒之前，所谈所论的感兴趣话题都离不开这条孔雀河。

　　孔雀河，发源闻名的内陆淡水湖，又归宿于苍古的大荒漠，中间一个有名的大绿洲就是她亘古的热怀抱。她吉祥鸟的名字听来就令人觉得美丽。温良恭顺，从无暴涨，从不断竭，一年四季总是清凌凌流淌。在干旱少雨的地域，有一条这样的河流与城市相依相伴，真是稀罕！

　　初与这座城市晤面，我观光的第一个景区就是孔雀河。流连河畔，看清流汹涌而来，悠悠而去，河面波光粼粼，水鸟翩翩飞翔。两岸之外是街市的楼舍、道路，有此一脉碧水环绕，城市就说不尽的清爽舒心。主河道向两岸分出的引灌大渠和数条穿越城区的人工小渠，缠绵地依偎着城市的物物景景，浇灌装点城区的树木花草，抚育城市的繁茂活力；又穿农田、进果园、绕村舍、入农场，滋养农林果畜，滋养着整个绿洲。城市里，林荫幽幽，草坪萋萋，流水回环街景，花草自成风光；城市之外，田畴碧绿如画，果林葱茏茂密。这一切，都无不与这条河息息相通。如果把绿洲比作一枚巨大的绿叶，那么这条河就是这绿叶上的主脉，引灌大渠和人工小渠就是从主脉上分出来的一条条支脉。

　　城市容貌美若仙子，而这条河流仿佛就是仙子身肩上的青碧绸带，飘飘逸逸，神韵动人。河是城市的一个部分，为繁华的街市增添了一份妩媚秀丽,一份休闲情调。这座城市有温顺的河流依伴,这是天赐的条件,而河道两岸,花草物景秀美,林园亭榭相望,碧草绿树映衬高层建筑,灯染清波夜色华彩亮丽,景致璀璨得玲珑剔透,真是一条披锦凝绣的画廊。流经城市的孔雀河灵气蔚然,韵味悠长。

因为孔雀河,人们惯用孔雀作比,来形容这座城市的飞翔。这座城市的飞翔有两只翅膀,一只名曰石油开发的带动,一只称作地方经济的活跃。这是她的又一种品性了。当然,这里的含义不仅仅是指这年轻的新城,还包含她作为巴音郭楞蒙古自治州的首府,所引领的整个自治州的经济肌体。

石油开发对于这座城市,对于这个多民族自治州的带动,政府文件、报纸文章有许多很有说服力的翔实的经济数字。更多的老百姓直接看到的则是城乡面貌日新月异,直接感受到的是自己口袋里,自己存折里人民币的丰实。

看看城市的街景,宽阔的道路给人以几何型的透视美感,拔地而起的建筑给人以艺术性的立体美感,一片片住宅小区美化得新颖精致,一处处步行商业街繁华得目不暇接。人们往往用海市蜃楼形容某种美好的境界,库尔勒这座新城就是荒漠地域的绿洲上,可以用手触摸到的现实的海市蜃楼。

看看老百姓的个人生活,新美的住宅小区彻底替代了往日低矮杂乱的居民土屋,花园式的生活环境又引动了人们居室、着装和生活方式的文明。有房有车的私人生活,对于更多的人曾经是遥不可及的神话,如今,许多人在不知不觉之中轻松地走进了这样的境界。

从这些看得到、感受得到的物物事事,老百姓心里明明亮亮地体悟得出:国家的石油开发对于当地多方面的依赖,为地方经济、地方人民带来了巨大的经济投入;地方人民和地方建设又在这种历史的机遇中,发挥了创造性的智慧,勃发了自身的经济活力。

这两只翅膀的意念,使人们对于石油开发,对于石油工人兄弟抱有一种由衷的敬佩之情。无论走到哪里,都可以听到人们对于石油开发的种种赞叹。我的一位地方上的文学朋友,去塔克拉玛干沙漠腹地的石油开发区体验生活,在风卷沙飞之中,品尝了荒漠井场上石油工人照常的钻井劳作;返回的时候,因为风沙劲烈,车辆迷失方向,折腾半天才找到来路。他感叹:才知道石油哥们在荒漠里实在不易!石油哥们工资高,应该应该!地方某小学的一位女教师,读了我的一本石油题材的报告文学,来信说:"从前,(我)只听说石油人如何'有钱''傲慢',读了你的作品,这种看法大大改变,沙丘、风(沙)暴、干渴、死亡……那种气势悲壮、艰难困苦给予我很大的震撼。读完后(我的)心胸便也开阔了许多,石油人付出太多,他们所得也是应该的,所谓'傲慢',今日的我也能理解了。"这只是两个极平常的例子。在库尔勒这座绿洲新城,石油开发与地方经济水乳般融合一体,石油工人和地方人民的心灵也是水乳般融合一体。

城市的别名在"梨城"之外又叫"石油城",不啻是因为石油开发的指挥机关和后方基地设在库尔勒。更重要的是,国家的一种石油方略与地方经济的持续发展,石油队伍与地方人民的精神、心灵,形成了一个共同的发展意识,注入这座城市的人文机体,构成这座城市特有的品性。

这个城市是巴音郭楞蒙古自治州的"首府"。"首府"是自治区或自治州人民政府所在地的称谓,意味多民族的内涵。库尔勒多民族聚合、融合与共同进步的品性,形成她斑斓多彩的民族特色。

我在一篇文章里写过这样的话:"巴音郭楞蒙古自治州是多民族聚居地,汉族占到总人口的一半以上,维吾尔族占三分之一,蒙古族大约只有总人口的二十分之一。独以'巴音郭楞蒙古自治州'作为行政区名,除了土尔扈特蒙古人生活的地域面积最广这一因素以外,恐怕不无对于土尔扈特人东归历史的强调,不无对于土尔扈特人强烈的华夏民族精神的尊重。"这是我自己的体悟。实际上这座城市、这个地区维吾尔族的人文历史和生活风情的氛围相当浓厚。

街市有相对集中的维吾尔族风格的市场,辔头挽具、地毯服饰、布匹鞋帽、首饰金店、花瓶小刀、瓜果摊点等等,都映射着民族浓郁的生活味道。

除了市区惯有的娱乐场所以外,城市与农村的交接地带,还有诸多的民族风情园,林木花草茂盛秀美,曲水绕流葡萄廊架,清幽的环境里,多种品类的饮食可供享用,欢乐活泼的维吾尔族歌舞意趣盎然。我多次接待北京来的文化人士,外地的汉族亲友也多次前来探访,我带领他们参观、体味的内容,就是维吾尔族风格的市场,别具一格的民族风情园;要是赶上机会,还陪同客人拜访几位我所熟悉的民间赛乃姆艺人,听一场赛乃姆演唱,看一场麦西热甫舞蹈。

"新疆是个好地方"是流传甚广,人人皆知的一句口头语,一句话概括了新疆的山水美、幅员美和人文美。库尔勒作为新疆众多绿洲上的新美城市之一,既有新疆的共性美,还有魅力蔚然的个性美。有幸成为库尔勒新城的居民,库尔勒美好的品性,深深地、久久地陶冶着我,感奋着我……

水韵之城

窗外一条河,是孔雀河。高层楼房的窗口看河,目光要直直下垂,河水平静碧透,两岸风光旖旎。南北窗口远眺,视野辽阔通透,城市的老区、新区尽收眼底,鳞次栉比的楼宇海一样扑进我的胸怀;城区以外,这一边山影迷蒙,那一边旷野辽远。

这是库尔勒。20多年前我初居这里时,已经由县改市,但我还是把它看作普通的小城。仅仅几个春秋,它就渐现市的容貌、气质,脱变得实至名归了。城市街域又不断向外延伸,凸显视野的新城区宏阔景观,明朗在孔雀河南岸以远。我最初看作小城的原有街市,就叫老城区了。

在库尔勒的巨变中,流经市区数公里的孔雀河,是较早焕然一新的地段。那是孔雀河风景带。有风帆广场,白帆如银,廊亭笼碧。有孔雀公园,草深木秀,轻舟戏波。葱郁花木掩映茵茵绿地,观景平台伸向河面上空,颇富美感的著名艺术雕像面河而立,新疆风情与石油开发的石墙浮雕,同水色天光互映互衬。我一直记着一句蛮有意味的比喻:孔雀河风景带是一篇精致的美文,文笔清秀,意境优雅,是大手笔的精品之作。在风景带的河滨甬道漫步时,江浙口音游客说的一句话,也一直保留在我的记忆中:孔雀河风景有苏杭风景的味道哎。南方旅游观光者在孔雀河大桥兴致勃勃留影,最是感叹河水的清幽。

夏日里,库尔勒市区的孔雀河风景带,河水幽蓝如若绸缎,绿地碧树风光隽永,精彩刺绣一般幽静柔媚。有幸居住河滨,日日与风景带依伴,也有感于南方游人的言说,我曾经用一首小诗抒写这座崭新的城市:

水若碧绸城若绣,
仙境谁遣一片幽?
客来兴说天山外,
梨城错看认杭州。

孔雀河流出霍拉山山口,从库尔勒老城边缘流过,多少年只是绿洲一条纯粹的灌溉河。适逢时代新变,它作为一种美的筹划,纳入了焕发城市新容的构思。那"大手笔精品之作"的评说,就是基于老城的面貌新变,对建树美好的欣然赞誉。其实,孔雀河风景带只是库尔勒旧貌换新颜巨变中较早的一个章节,随同崭新城市的崛起,更为生动的篇章又在城市新区的美丽中灵动起来。那就是人工开凿的杜鹃河与白鹭河的诞生。

相距孔雀河数公里的杜鹃河,横贯南市区商务文化中心的街市,河面比拓宽了的孔雀河更加宽广,名称曰河,又像湖泊,岸边通道与护栏相依,精美小亭俱水色呼应;一柄色彩瞩目的奥运火炬雕塑,擎天柱般耸立水面廊道平台,一尊赭红色彭加木雕像,瞩目地巍立岸畔通道一侧。那是杜鹃河风景带的领衔人文物景了。白鹭河呢?穿越毗邻南市区的经济产业开发新区,水面宽窄相偕,河湾静流曲绕;岸畔竟是一片颇有规模的园林风光,草坪郁郁,佳木秀丽,宽敞场地布设景观风帆,园林之内开辟悠悠小湖,曲径流连环绕,景色清丽宜人;名曰白鹭广场,灯柱顶头就装饰临空展翅的鹭鸟。白鹭河岸畔的景观,与孔雀河、杜鹃河不相雷同,别是一番韵味。

人们莫不向往"在水一方"的人居境界。杜鹃河与白鹭河横卧高楼林立的新辟市区,又为库尔勒增添了水的灵性、水的韵味。孔雀河、杜鹃河、白鹭河像系在美丽库尔勒腰身上的碧绿飘带,城市的姿容就如风姿绰约的少女,越发迤逦妩媚了。某博客这样描写杜鹃河:"过去是平常的塔干渠,如今是美丽的风景地,高楼倒影在河面婆娑跃动,新建大桥卧碧波犹如蓝带,家乡有秦淮河的烂漫韵味,有江南水乡的柔软气息。"本地博客"一池翠萍"也用诗作表达对白鹭河的钟爱:

风爽清晨六月天,
石阶柳岸好垂竿。
一水霓虹沿岸走,
神思引动鹊桥仙。

还有出人意料的大手笔精彩,在水韵城市的构思中,优化人居环境、更多造福百姓的"三河贯通"工程,又呈现在宏美城市的蓝图中。连通孔雀河、杜鹃河、白鹭河的天鹅河,成为城市的一道新亮景观,城市的倩美容颜又增添新的靓丽姿彩。

天鹅河近5公里流域的景致令人遐想,引人向往:舒展的河面有收有放,收则或直或绕,放则宽阔成湖;10余处木质码头造型相异,10余大小廊桥自成风景;一河两岸,斜坡绿地联袂伸展,乔灌花木多姿多彩;游人划小船,行河面、穿桥洞、过埠头,看楼舍如林,观城市斑斓,在荡漾的碧波中品赏天籁,于悠悠的涟漪里身心舒逸。两岸的景观区里,更有天鹅故乡、水韵梨城、东归故里、古韵楼兰这些本土历史文化和地域文化的景观展示。天鹅河倩丽水景与城市的文化特质融于一轴,是生态的和谐,是灵智的孕育。

库尔勒地处塔里木荒漠边缘,打造亲水的城市人居环境,是孔雀河赋予的娇美灵感,更是创新思维激活的大智大慧。富有诗意的"实力库尔勒、活力库尔勒、魅力库尔勒、和谐库尔勒"话语,像一面精神的旗帜,处处举目可见，人们耳熟能详，那是一个切实的目标，又是一种激发的动力。塔里木油气资源的开发带动了库尔勒的深刻巨变，新型工业化、库尉一体化、企业集团化生机勃发，石油石化产业、棉花产品加工、特色农产品酿制以及矿业与绿色能源充满跃跃活力。这些城市的经济成分都与"以水为脉，以桥为缀，以绿为基，以文为魂"的城市生态和人文环境相佐相谐，构成了城市文明的特有品性。连冠全国文明城市，库尔勒人又焕发新的热情新的智慧，惠及百姓越来越多地享受花园城市、生态城市、亲水城市、水韵城市这些扑面而来文明成果的滋润。

  我身居美丽的孔雀河畔，亲历了库尔勒一重又一重喜人的蜕变。库尔勒地气灵秀，人气俊杰，活气旺盛，福气深厚。有感于此，我也曾吟诗一首，抒发对美好家园的感受：

> 梨城飞来吉祥鸟，
> 一鸟一河化神妙，
> 波动天光生水韵，
> 城贯灵气著妖娆。

三色库尔勒

支　禄

铁色，浇筑灵魂的基石

万峰耸立，苍茫无际。

名叫铁门关，立于群峰之上。三千年铁的亮色中，照见出关或进关人，腰系一缕长风，一路雄姿英发，穿越茫茫群峰之间。

黄沙中的铁，风雨中的铁啊！

一个人心中有那铁的光亮，总是能够紧紧揪住那个生字。铁门关赋诗，路盘两崖窄挽不住奔放的铁、豪情的铁。手伸进时光中，河流的涛声是另一种铁，渗进骨头，不停地浇筑灵魂的基座。

铁在幽暗深处闪亮，铁在关键时候大喊，铁在云烟之中奔跑。

在龙山上背着树苗奔跑的铁；引水工地沉默不语的铁；老牛样在皑皑棉田甩开膀子大干的铁！修筑桥梁，铆钉样死死地咬住另外两块铁的铁！屯垦的第一把锄头是铁质的，铁一手撑起雄心万丈；高耸入云的井架是铁质的，深入地底探油矿的钻头也是铁质的！

不朽的光芒，风雨不能锈蚀，风雨让铁闪闪发亮。

身子内的铁，一旦站起来，就寓意另一座铁门关。

一路上唱歌谣的人，一眼看出来脊梁上能架起铁桥和耸起的楼房。

风沙吹不弯的脊梁，铁打的骨头指向远方：从80年代的毛驴车出行、到自行车的流行、再到现在满大街的轿车；从低矮的平房到如今拔地而起的高楼大厦；从泥流滚滚的孔雀河到现在优美怡人的风景旅游带，有多少"铁"挥汗如雨？沿着铁克其路、延安路、迎宾路、石化大道走过，抬头瞩望怡心阁茶楼、杏花村餐厅、麦丰拌面馆，蕴含人间多少诗意？军垦大厦、塔指综合办公楼、天时世界之窗、新城花园，有豪情就可摘星辰；黄泥土的平房到大户型住宅、复式住宅、跃层、别墅，从"居者忧其屋"到"居者有其屋"再到"居者优其屋"，多少温暖的"铁"站了起来；卷扬机、搅拌机、电焊机、吊车、卡车的轰鸣声，站起来的"铁"质梦想，左看右看，再大的风吹不倒，大风越吹越亮。

　　一个人坐在孔雀河岸，汹涌澎湃的流水从胸间而过。

　　铁，揉成弯曲的桥梁，彩虹样跨在河水两岸。林木葱郁、百花斗艳，亭台楼阁错落有致，总有铁门关的铁点缀其中，为其撑腰。街衢宽敞、道路畅通、高楼大厦鳞次栉比，草都一眼看出来"铁"把风风雨雨中的日子一把就立了起来。

　　太阳和月亮在关山之上不停地赞美。

　　一旦铁质融入脚下的泥土，就能让梦想高高耸立。

　　登高望远，远方有梦。

　　幸福不倒，铁门关不倒！

　　铁门关，立在灵魂深处。

绿色，喜把"梨城"变杭州

　　哗响的阳光中，一坡的"成帮柳"发出爽朗的笑声。龙山顶上，树木葱茏，流水淙淙。

　　是杭州？还是"梨城"？

　　昔日，你可知这是一片不毛之地？春天，往往一探头就转瞬即逝。

　　"树是人们生活的命根子，没有树，人就不能生存。"

　　"披绿行动"，敢教戈壁换新颜。

　　太阳下，一个人向沙丘走来。

　　王成帮，一个"绿色造梦者"，一心一意在冰雪飘舞地方，死心塌地要留住梦一样的绿色！

　　沿着沙丘边缘，用脚步丈量绿色的梦想。挖了一个树坑，还没转身风

沙填平了,弓起身子来再挖,难道他想提着碌碡打月亮吗?风沙犟不过他,树苗硬就栽进坑,毛驴车给树送水,一勺一勺地劝道:

"喝吧!孩子,喝了才会扎根,长大!"

一棵树活了,一个喜讯告诉过路的春风。

第一代1棵,第二代80棵,第三代400棵,第四代2000棵……树木的事情有了眉目,如今,连骆驼都看出的新绿从这座沙丘一溜烟跑到另一座沙丘,多少片圆圆的叶子抽出圆润的雨丝。

节约了100多万元经费,育苗达到100万株以上。

一个足以让人仰望的高度。

翻卷的绿浪,大风吹不灭的火焰,越吹越绿,绿在沙丘之上。

胡杨、沙枣、箭杆杨、新疆杨;柽柳、铃铛刺、黑刺、白刺、梭梭;芦苇、大花罗布麻、胀果甘草、花花柴、疏叶骆驼刺……一棵棵走得雄赳赳,气昂昂,最美的梦指向湛蓝湛蓝的天空。

哗响而过的鸟翅擦亮无数的日子。

灰雁、针尾、绿翅、绿头、白眉、凤头、金眼、紫背、长蕊、云锦……多好听的名字,绿树成荫中欢唱。

时光的林子传来鸟声,唱在绿色的沙丘之上。

"只有荒凉的沙漠,没有荒凉的人生。"

留住青山绿水,就留住了乡愁。

太阳岛上,留住永远不走的春天!推开窗子,看到天鹅在绿色的大地献舞。兴奋不已的树叶,像是另一条波涛汹涌的孔雀河,从宽阔的梦中穿过:

"城在水中立、船在城中行、人在画中游"。

一千个诗人的眼中有一千种城市的姿态,不变的是你日新月异的大变化。

辽阔的风啊!从"梨城"吹起,我要聆听千万片叶笛吹奏的歌曲,绿树环绕才是祖祖辈辈想要的家园啊!

冬天里盎然的绿意,"成帮柳""梨城"的地标。

古来，左宗棠引春风度玉门关；

今来，成帮种植柳梨城变杭州。

水色，眺望河流的开屏

南疆，迎着香梨甜蜜的风，一条名叫孔雀的河开屏！

2000年5月，孔雀河华丽蜕变。

那一刻，一条河流携着湖水的万丈豪情，浩浩荡荡穿越铁门关，一路蜿蜒而来：孔雀河风景旅游带工程破土动工。

东方升起的太阳，熠熠生辉的灵动。

沿着河流的方向，一只美丽的孔雀在大地上飞动。白鹭河、杜鹃河、天鹅河和鸿雁河像是孔雀的羽轴；植物园、孔雀公园、青少年公园、民族风情园就应该是孔雀眼状的斑；狮子桥、梨香桥、建设桥、葵花桥、建国桥是羽轴；钓鱼园、梨香园、观景台、风帆广场、百花园、孔雀广场、团结花园就是羽上斑斓的花。

"水若碧绸城若绣，仙境谁遣一片悠？"

小桥、流水、人家，不是江南，胜似江南。

水声中，看到小角凤头、䴙䴘、苍鹭、大白鹭、小苇鳽、大麻、黑鹳、豆雁、赤麻鸭、赤膀鸭的"颜值"更高，正欢歌啼叫，此景如画仿佛人间天堂；琵嘴鸭、赤嘴潜鸭、白眼潜鸭、斑头秋沙鸭、秋沙鸭、蛎鹬、红脚鹬等不断重复的哨音，婉转悦耳；翘嘴鹬、孤沙锥（中型或小型涉禽）、长脚鹬、银鸥、棕头鸥、白翅浮鸥、燕鸥等在飘香的朵朵蜡梅花中，跳跃的身影若隐若现，宛如一道灵动的风景线。

马鹿、野猪、大耳猬、麝鼠、塔里木兔"气质"更佳，也不甘示弱，沿着一河的雾气，漫步人间仙境。

一幅迷人的水墨丹青：北国的雄奇和南国的秀美。

在库尔勒，一声孔雀的啼鸣，一个梦想就临盆："504蟠桃号""塔里木马鹿鹿茸号""西梅号""番茄号""香梨号"等专班从田间到市民舌尖的"加速度"，细细一想，也是"孔雀开屏"，用另一种方式，把"梨城味道"

送向远方!

　　甜瓜、西瓜、葡萄、小白杏、桑甚;香梨、瓜果、棉花、番茄、红花、长绒棉是翎羽上靓丽的斑点,又不断延伸成尾屏。云朵飘过,看到了鲜花芳卉、小桥流水、亭台楼阁、光影摇曳如孔雀羽毛彩色的花纹。从梦中拍打翅膀而过,高铁、高速路如孔雀背闪耀紫铜色光泽。

　　孔雀开屏,就是奔跑的河水把一个个香梨挂上枝头,难道还不是把好日子悬挂在距离太阳最近的地方吗?

一座城市四十年的时光影像

刘　渊

> 吐鲁番的葡萄哈密的瓜，
> 库尔勒的香梨人人夸。
> ——新疆民谣

一

记不清多少次了，我漫步于落霞中的孔雀河旅游风景带，注视着眼前一河碧水清波，心里禁不住漾起一层层情感的涟漪……

我如此钟情于孔雀河，源自于曾经读过的一篇美文。半个世纪前，当时还是一名高中生的我，一日在学校阅览室《人民文学》杂志上读到著名作家碧野的散文《孔雀河落霞》，它宛似一束亮光一下子照亮了我的内心。从此，记住了在遥远的天山南麓的库尔勒，有一条美丽的河叫孔雀河。沿河两岸，平畴沃野，盛产香梨，是一个充满诗意的地方。

想不到10年之后，西出阳关的我竟然来到魂牵梦萦的库尔勒。当我伫立孔雀河岸，近距离地注目这条久藏于心的河流时，发现它虽然很美，河道却是弯弯曲曲、河水清清浅浅的，内心不免生出一丝儿遗憾，思忖之后，才恍然明白美文中有着作家太多诗意的夸张与想象……

在这之前的几年里，我随兵团工一师的一支建筑工程队伍，一直在北疆如候鸟一般辗转迁徙，从乌鲁木齐、昌吉、石河子，到克拉玛依、独山子，甚至更远的地方，比如，布尔津、阿勒泰，乃至更远的福海、哈巴河、富蕴、可可托海……始终没有一个落脚的地方。后来，1966年，由于国防建设的需要,我团奉命从北疆调往南疆阿克苏修建飞机场。3年之后,机场竣工,我们又背起行囊来库尔勒修飞机场。机场建成之后,我团再也回不去北疆了,单位划归农二师,从此在库尔勒定居下来。

70年代初,我调到团中学任教。学校在库尔勒阿瓦提乡地界,距库尔勒城区不到四公里。住的是土坯房,面积不到40平方米。五口之家挤在两室中,感到逼窄又狭小。然而,院子却挺大,起码有100平方米。而更让人开心的是,先前调走的老师竟在院子里种下了两株香梨树,有四五米高,长得郁郁葱葱,太让人喜出望外了!

学校附近住的全是维吾尔族老乡,家家户户都有梨园。次年,梨花开放时节,一座座梨园繁花竞放,空气里飘来荡去的都是梨花的气息,清香的气息。

我家院子里那两株5年树龄的香梨树也在那会儿开花了,一朵朵梨花绽放枝头,雪白、晶莹、千姿百态。不知道哪来那么多蜜蜂闻香而至,在我家那两株梨树枝头翩翩飞舞,嗡嗡嘤嘤,仿佛在举办一场小型音乐会。

院子里那两株香梨树,浓密的枝叶挡住了夏日的酷热,筛下来一地浓荫,凉爽极了。我的两个孩子一放学,特别喜欢在香梨树下踢毽子,做作业。

那时,我已拾起荒废多年的笔,利用晚上或星期天,悄悄地"啃"书本、"爬格子",动脑筋熬夜,痴心地做着诗人梦……

我也常常静静地坐在香梨树下的方桌旁,或看书,或构思,或写一些分行的文字……清风徐来,香梨树枝叶婆娑,似乎,也在为我加油鼓劲。这功夫,内心深处除了感谢缪斯的眷顾,还得感谢香梨树带给我的缕缕情思——库尔勒,梨乡,我寓居的第二故乡,我该写出什么样的诗,才能写出你的风姿、你的神韵,寄予我浓浓的情思呢?

一天晚上,夜阑人静,我独坐窗前,梨花清香的气息如同故园花开的气息,扑面拂来,带着人间的情调和温暖。思索了许久,终于摊开稿纸,开始我的诉说,我的诉说全是对梨乡这片土地深情的表达:

似乎有个约定

年年梨花总是应时而开

四月梨乡的盛典

千朵万朵的雪白

我只知道古朴的风物里

那么多金嗓子夜莺

旋转雪色天空与云朵

我只知道阳光的恩典里

那么多头顶薄纱的"古丽"

青青翠翠的一枝

如何贴近乡情

四月的库尔勒哟 嗡嗡嘤嘤

把一座诗意的城

蹁跹为蜂 舞动成蝶

二

从1959年底离别故土远走新疆到1979年,时光飞逝,我已从青年走进了不惑之年。这么多年一直没有回过巴山蜀水,老家已没有什么亲人了。

1980年5月的一天,我刚讲完一节课下课,传达室的费师傅急匆匆走进办公室对我说,你有电话快去接!谁给我打电话呢?心里狐疑着走进传达室,抓起听筒一听,竟是一口地道的川音——电话那头说他是戴安常,昨天刚到库尔勒,让我去巴州军分区招待所一见。瞬间,我一下愣住了,打电话的竟是当年高中同班同学。我急问道,你怎么千里迢迢到新疆来了?戴安常说,他受新疆军区创作室之邀到新疆参观访问,顺便来看看你。

其实，在此之前，我早已从《星星》诗刊上知道，他从川大中文系毕业后就分配到四川文艺出版社，先是做编辑，后来任副总编。他不但是《星星》诗刊的编委，还是四川省作家协会副主席，已是出过几本诗集的著名诗人了。

下午，我请了假，骑上自行车直奔巴州军分区招待所。在招待所终于见到了阔别多年的老同学，他已是誉满诗坛的名家，我只不过是一名普通教师，心中不免有些惶惶然。然而，时间再久，同窗之情依然还在。他说，他是从《星星》诗刊上读到我的诗，并从编辑部得到了我的通讯处。

一同随戴安常来的还有他的一位同事张扬，也是一位编辑兼诗人。戴安常带着相机，他让张扬为我们拍照，相机快门咔嚓几下，留下了我与同窗在历史转折时期含笑的合影。

次日，我陪两位诗人先游了铁门关，我告诉远道而来的两位诗人，唐代著名边塞诗人岑参曾在此写下了著名诗篇《题铁门关楼》。同时，还告诉他们，铁门关是古代丝绸之路上三十六关之一。铁门关地处孔雀河切割的峡谷，是驰名中外的库尔勒香梨的原始产地，被世人誉为"世外梨园"。两位诗人听了，连声感叹：库尔勒有山、有水，又出产香梨，真是好地方啊！

下午，我又陪两位诗人到阿瓦提乡梨园里转了转。两位诗人寓居成都，从没见过这么气派的香梨园。梨园一片连着一片，一树树硕果缀满枝头，又气派，又壮观。戴安常感叹地说，其实老兄你过得不错嘛，有美丽的孔雀河，又有这么多香梨园相伴，而且，现在新疆崛起的新边塞诗在全国多火啊！

我听了，苦笑道：这算是"否极泰来"吧！

陪戴安常游览了两天，他还要急着到伊犁参观访问。依依惜别时，我说，我没有什么送你，就送你两箱香梨吧！戴安常说，库尔勒香梨我已品尝过了，确实比砀山梨、贡梨、雪梨都好吃，皮薄肉细，香甜多汁，入口即化……他口里全是赞誉之词。

记得2006年夏秋之际，从新疆走向全国的著名诗人、四川省作家协会原党组书记、《星星》诗刊主编杨牧到库尔勒游览,一天下午,我们陪他到孔雀河风景带游览,杨牧一边漫步,一边止不住感叹:想不到啊,库尔勒这些年变化这么大……记得是1982年夏天,杨牧为诗集《野玫瑰》的写作,曾路过库尔勒,此次算是旧地重游。我跟杨牧很熟,半开玩笑半认真地说,此番重游库尔勒,该为梨城写首诗吧?杨牧听了憨厚地微笑道,眼前有景道不得啊!不过,次日,杨牧欣然挥毫为巴州文联留下了饱含深意的墨宝:凤凰涅槃,楼兰再生。

三

在新疆广泛流传着这样两句民谣:吐鲁番的葡萄哈密的瓜,库尔勒的香梨人人夸。可见库尔勒香梨知名度之高,"果中王子"的赞誉绝非虚夸。

据史料记载,库尔勒香梨距今已有2000多年的栽培历史,公元5世纪成书的《西京杂记》里就有明确的记述:"瀚海梨,出瀚海北,耐寒不枯。"瀚海指的就是塔里木盆地。而清西征将领张曜的幕僚萧雄在《西疆杂述诗》中盛赞库尔勒香梨"果树成林万颗垂,瑶池分种最相宜。焉耆城外梨千树,不让哀家独擅奇。"库尔勒古时为焉耆国属地,所以诗中的"焉耆城外梨千树",实际上指的就是现在的库尔勒。

此后,清朝光绪初年,曾为左宗棠幕僚的施补华在题为《库尔勒归城纪游》一诗中,也对梨乡库尔勒赞赏有加:"半城流水一城树,水边树下开园亭。夭桃才红柳初绿,梨花照水明如玉。"后来,"民国"六年(1917年),《新疆游记》作者谢彬路过铁门关时曾写道:"对岸梨树成林,梨实味甘,所谓库尔勒香梨是也。"由此可见,那时库尔勒梨果早已是声名远扬了。

其实,库尔勒香梨种植得到长足发展是在1979年库尔勒撤县建市之后,香梨逐渐成为库尔勒市广大果农增收致富的第一产业。种植面积逐年扩大,直至2019年,库尔勒香梨种植面积达90余万亩,带动本区域农村总人口10万余人,带动辐射产业人数20余万人。香梨在库尔勒特色林果业发展中的地位举足轻重,不仅是农民增收致富的支柱产业,也是最具影响力的库尔勒城市名片。

喜讯接踵而来,在2018年第四届中国果业品牌大会上,库尔勒香梨协会持有的"库尔勒香梨"地理标志证明商标荣获2018年中国果品区域公用品牌荣誉称号,其品牌价值为98.88亿元,位居全国第二名。

长期以来,库尔勒有机香梨不仅畅销,而且行情看涨。销售市场的变化,绿色发展的实惠,也在不断激发着梨城果农自觉发展有机香梨种植、打造绿色果品品牌的积极性。

记得10年前,一位沙依东园艺场的文友,邀我们几位文友去他那儿赏梨花。主人很热情,一直陪同我们在梨园里边走边聊,从库尔勒香梨的栽培起源、分布、植物学特点、生物性特点……一直到对香梨产业有贡献的人物,都从他口中娓娓道来,真让人眼界大开!

这当儿,我看到一位画家正在梨园里作画。他聚精会神,心无旁骛。我在他身后看着、思考着,禁不住思潮澎湃。那一刻,我看到了自然,看到了梨乡。画家正用他的画笔、油彩,描绘出让人难以言说的美艳瞬间。我感到在繁花迷眼的那一刻,与一位画家的不期而遇,对我来说,几乎是一种诗情的触动。

是的,"梨城"不仅是画家、摄影家心中的精神家园,我想,也是我们"梨城"人灵魂的归处啊!

四

1969年,初到库尔勒时,一条孔雀河已经让我充分感受到了"梨城"江南的韵致和诗意的气息。

在时光的长河中,50年不过是历史短暂的一瞬。然而,从1979年到2019年,库尔勒建市40年间,一下就平添了四条人工河——白鹭河、杜鹃河、天鹅河和鸿雁河,这不能不说是一个人间奇迹啊!

然而,这是千真万确的现实。

四条人工河的出现,平添了"梨城"北国的雄浑和江南的妩媚,在世人眼前,惊鸿一现。

最初,2000年,库尔勒的建设有了突飞猛进的变化,而变化最大的是孔雀河风景旅游带一期建设工程的启动。风景带起于314国道孔雀河大桥,终止于英下乡太阳岛,经过精心打造,孔雀河河道拓宽60~80米,景观带中万木葱茏,碧草如茵。孔雀公园、梨香园等4座公园、5座桥梁以及7处风格迥异的沿河景点盛装亮相,让游人在游览品味中,显得更加诗意隽永而摄魂夺魄。在提升库尔勒的城市竞争力和疆内外美誉度的同时,也揭开了水韵梨城建设崭新的一页。

曾经为塔里木河输水灌溉的库塔干渠在2008年迎来了一个华丽的转身,成为集生产、观光、休闲与游览于一体的杜鹃河。而随之横空出世的杜鹃河大桥以及彭加木雕像、奥运火炬、劳动公园等景观让南市区变得令人惊艳,在游人的品位中显得诗意盎然而动人心魄。

而在同一时期诞生并穿越开发区的白鹭河河面宽窄有致,河湾清波回绕,更是别有一番韵味。草坪如茵,林木葱翠,而景观风帆,悠悠小湖,还有灯柱之上凌空展翅的白鹭,与孔雀河、杜鹃河互为映衬,让昔日荒凉的戈壁荒漠呈现出小桥流水人家的南国风韵。

转眼间,到了2012年梨城"三河工程"贯通启动,继孔雀河、杜鹃河、白鹭河之后,天鹅河随之诞生。"三河贯通"工程的实施,推进了梨城的桥梁建设,梁桥啊、拱形桥啊、立交桥啊多达40多座。这让库尔勒这座有着别称"梨城"的城市更加风姿绰约,独具风韵。

随后贯通天鹅河与孔雀河的是鸿雁河。值得大书一笔的鸿雁河畔的永安塔周边,我们熟知的历史人物郑吉、左宗棠、玄奘、张骞的伟岸雕塑,与赛乃姆、沙吾尔登、"仁义礼智信"等主题雕塑相映生辉,历史与现实让人们感受到塞外明珠无处不在的文明品格和精神高度。

库尔勒建市40年,先后荣获全国文明城市、中国十佳魅力城市、国家环保模范城市、国家园林城市等50多项国家级荣誉。它彰显了库尔勒的光荣辉煌,丰厚了库尔勒的城市内涵,提升了库尔勒的城市品位,塑造了库尔勒的城市品牌。文明梨城为生活于此的幸福市民提供了一份前行的力量与闪亮的光芒。

"光阴似箭"也好,"日月如梭"也好,"梨城"发展之迅疾,令人无不惊叹！倏忽间,我居然在"梨城"生活了整整半个世纪！它的雨雪晴晦,它的日出日落,从此都与我息息相关,左右着我的喜怒哀乐,主宰我的每一个白昼和夜晚。它就是这样走进了我的生命和血脉,成为我命运中的城市。

　　春去矣,秋也去矣。然而,诗情依然还在我胸中漫溢,决定着我会选择什么样的方式,来完成自己对库尔勒这座新城、这方热土、这一切发自心底的深情的表达:

　　春涌库尔勒,情思入飞霞。
　　煦风拂面来,红雨润天涯。
　　五河舒柳袖,十里绽梨花。
　　水映天山月,歌绕万人家。

一座城市的味道

李佩红

城市有味道吗？当然有。

城市的味道像空气弥漫在城市的角角落落、常常被人忽略，只在不经意中蓦然体味。

对生于斯、长于斯的新疆再熟悉不过，自然多了许多偏爱，私心觉得新疆各城市的味道更浓郁些、风情万种。烤肉、孜然、小茴香、薰衣草、甜瓜、玫瑰、麻黄、罗布麻……强烈的西域味道飘散在每座城市。伊犁是苹果的味道，塔城是老橡树的味道，吐鲁番是葡萄的味道，喀什是石榴的味道，和田是无花果的味道，那么，库尔勒当然是香梨的味道。

年年早春，库尔勒一树树杏花、桃花竞相绽放，梨花却似躲在深闺的娇羞女子，迟迟不肯露面。待到桃李芳菲落尽，突然有一朵梨花抖落冬天的外衣，在深邃静谧的夜空下怯怯探出素净纤巧的身姿，借洁净的月光悄悄传递古老的呓语。接着，一簇一簇、一枝一枝、一片一片的梨花仿佛受了神秘咒语的召唤，像仙子下凡，约好了时间，一夜之间降临到这四月天，仿佛只为了次日清晨，那满眼的惊喜、一城的花香。

"忽如一夜春风来，千树万树梨花开"，这是对雪的咏叹，也是对梨花的盛赞。看啊，孔雀河岸、大街小巷、村村乡乡，梨花在春天里举袂齐唱，那是花的海洋、云的波浪、雪的低语、银的颤动。那是诗意的浪漫，城市的交响，音乐奢侈的流淌。梨园里，花丛下，地毯上，缕缕和煦的阳光里，一群年轻的维吾尔族小伙儿弹琴、热舞、欢唱，尽情释放着青春的热情；一位清癯的老者席地而坐，一杯清茶，一张报纸，独享午后的安详时光；一位长发少女伫立颔首,专注地看云卷云舒,那云忽在眼前,忽在天边,迷乱了人眼;几个孩子在花树下穿梭嬉戏,摇下的几片花瓣乘风落入孔雀河透明的流水,如只只小船,摇摇荡荡,满载着春天的气息,朝大漠深处辽远的塔克拉玛干沙漠奔去。

谁能解释,藏在花蕊中的仅是孕育果实的温床,还是自然亘古的呼唤?

是否还有不为人知的奥秘,否则,怎么可能几十年前,梨花的香味悄自叩开一个小女孩的心房,让她冥冥之中循着梨花的古老密码迤逦而来。

同学的爸爸是一位开大车的司机,小时候常去她家玩。有一次,听他爸说起南疆有个叫库尔勒的地方盛产香梨,本地人唤作"奶西姆提",维吾尔语意思是喷香的梨。梨子小孩拳头大小,色泽金黄,皮薄肉细,甜若蜂蜜,脆如冰块,掉落在地会摔得粉碎。呵,此果只应天上有,哪得人间几回见。荒滩戈壁长大的我,想破了脑袋,也猜不出它在舌尖上是种啥感觉。

隐藏在岁月深处的偈语,像一颗生长在迷宫的洋葱,层层包裹,层层回旋,层层展露那神秘的答案。1990年的一天,走出库尔勒火车站的我,望着成箱、成筐的香梨摆在街道两旁,成片成林的梨园在秋阳中闪闪烁烁,香风阵阵袭来。猛然意识到,原来几十年前幻想过的味道一直在这里等着我,这是味道对一个生命注定的安排。梨园翻腾起绿浪,拍打着我的激动的心岸。这土地多么得香甜!这就是被人们称为梨城的库尔勒!从那一刻,我爱上了这座城市。从此,毅然作别故乡、跨越天山,拖家携口,来此定居,一住就是几十年。几十年光阴里,我把自己也变成了一棵树,根深蒂固,守望着梨城这美丽的家园。

每年秋季,天山脚下的绿洲盛产的仙果,吸引着世人艳羡的目光。在香梨成熟的季节,整座城市弥漫着香梨的味道,那是一座城市的骄傲。果农坐在树荫下,用柔软的塑料套一只只裹住香梨,按大小等级分包入箱。果园边的公路上泊着长龙似的卡车,来自全国各地的果商望眼欲穿,等待着装车发运。香梨运走了,运走的不仅仅是一枚枚香梨那么简单,还有大漠的阳光、孔雀河水、土壤和盐碱,还有遥远而迷人的西域文化。

生活在梨城,香梨同样滋养了我的孩子。刚来库尔勒时,五六岁的儿子一口气能吃掉八九个香梨,真担心撑坏了他的小肚皮。后来,年年吃,吃多了,嘴变得越发挑别,喜欢母梨肉质的细腻,厌弃公梨的果渣粗糙,分得出正宗还是伪劣。同样是香梨,种植在库尔勒沙依东的最为正宗,往南入阿克苏,那味道和品质绝对不一样。冬季,从菜窖里取出表皮泛黄的香梨,咬一口,清凉甜爽,沁入心脾。在天干地燥的冬天吃着甘美的香梨,真是无上的享受。吃不完的香梨做成梨酱抹在烤得焦黄的馍馍片上,好吃极了。再不然熬成梨膏,儿子伤风咳嗽,温水冲喝几勺,不用吃药便可痊愈。

有一天,坐车走遍了这座城市,猛得发现,高楼竖起道道密不透风的墙,阻隔了花香、月亮与星光。城里,再也找不到那海浪般汹涌的梨树,它们悄然退缩到城市的边缘。再往前,便是一望无际的戈壁荒滩。站在戈壁与城市的边缘回头眺望,簇新的城市灯火辉煌、车流如电,带着刻意的装饰,像一位离乡太久的村女,华丽妖娆的外衣,无法掩饰内心的不安与恐慌。

一场大风猛烈地刮过,城市笼罩着雾一样的沙尘。曾几何时,沙尘和汽车尾气改变了这所城市的味道,没有了梨树的梨城还叫梨城吗?

在风沙肆虐的春天,我躲进房间,想念那远去的城市味道……

第二年,沿孔雀河下游行走,惊喜地发现,戈壁深处,香梨树非但没有萎缩,反而以排山倒海之势向着荒漠的版图蔓延。又过了几年,城市的规划者们也醒悟过来,把许多街道两岸移植香梨树,多多少少挽回了城市形象。

不夜梨城

冯忠文

来库尔勒市不能不去龙山。沿314国道从北进入库尔勒市,过了雄伟的孔雀河大桥,放眼望去,一座不算高大险峻的山梁就出现在眼前,这便是龙山了。

初到库尔勒市的人,总不免被当地人请去龙山。有时白天去过了,晚上还会有人再请去龙山。白天去龙山看景色,夜晚去龙山观城市。这一点也不假。龙山山顶有曲曲折折的步道长廊、有飞檐的八角亭观景台、圆亭,到处都可以休息,可以气喘吁吁地回望已走过的石阶。沿着不算陡峭但是很长的石阶一步步上山来,回头望去,整个库尔勒市已经在脚下了。白天远望市区,高楼鳞次栉比,令人惊叹;晚上眺望市区,灯火灿若星辰,辉煌无比。

每当夜幕悄悄降临,美丽的梨城,火树银花,星光灿烂,宛似天上人间,一盏盏雪亮的灯熠熠生辉,汇成了一条流光溢彩的溪流,融进了远处浩渺的灯的海洋。让游人与城市的夜景赴了一次心灵的约会,在灯火辉煌的夜色里,品味不夜梨城的魅力!

孔雀河边,天鹅河边、杜鹃河边(库尔勒市民称之为"三河"),各种颜色的灯光映入水中,在波光粼粼的水面上,带着光晕渐渐散开,在水的流动里变幻着光影。水中楼房的轮廓,仿佛一直向水底延伸,似童话世界里美丽的宫殿,婀娜多姿。

路上的灯全亮了,高大的建筑上,各种灯串、霓虹灯在闪烁,忽明忽暗,红的、绿的、蓝的、深红的、粉红的、紫色的,各种光芒交相辉映,照亮了楼房、街道。远远望去，整座城市和所有建筑披金挂彩，就像用颗颗珍珠镶嵌起来，将梨城装点成了一个缤纷多彩的世界。

音乐喷泉随"音"起舞，时而兴奋得像古罗马的角斗士，时而娴静得像位温婉明澈的少女。一道雪亮的喷泉冲天而起，散开漫天花雨，水池里的水不停地翻滚着，变换着，忽而蓝忽而红，像在水面上洒了一层碎银，晶莹闪亮，异彩纷呈。

雄伟的建设桥静静地卧在孔雀河上，如一条巨龙连接着城市的东西两面，桥面在灯饰的点缀下显得更加妩媚动人。桥上的拉索闪着各种各样的颜色，如同一条美丽的七色彩带。桥下，是波光粼粼的孔雀河，桥上的一切倒映在河面上，形成了一幅奇丽无比的画卷。真是清水出芙蓉，一颗耀眼明珠如天使翅膀一般飘落在素有"塞外江南"之称的中国优秀旅游城市——新疆库尔勒。

从龙山上看梨城，视野广阔，迷人的城市夜色，尽收眼底。五光十色的灯火，闪烁不定的霓虹灯一闪一闪，如幻如梦，就像在眨眼睛似的，或像破碎的玉片，打破了原有的宁静。

单是魅力四射的酒吧商场，激情燃烧的歌厅舞厅，就能让你流连忘返，闻到浓烈的现代化商业气息，深深感受到时代的脉搏。璀璨夜色，是多么的美丽，所有的人们，都为它着迷。眷恋着这夜晚的天空，看着它，自己似乎感觉到心灵被净化了，整个人感到好轻松好轻松。

特别是晚上九点钟之后，人们络绎不绝地来到孔雀河、天鹅河、杜鹃河边，观赏着美丽迷人的夜色。河水静静流淌，漫天的繁星倒映在清澈的河水之中如水晶般透亮，映照着整个河面，波光粼粼。微风拂来，沁人心脾，好不惬意。两岸高楼在五彩灯光的照映下分外迷人。也有人坐在河边的石凳上，或在高谈阔论、或在窃窃私语、或在品头论足、或在柔情蜜意。看着他们脸上洋溢的幸福的表情，我知道，幸福就在身边，这是改革开放的好政策为家乡插上了腾飞的翅膀。

金三角、石化大道等街道两旁，商家密集，货架上货满物丰，琳琅满目，不时有各类换季商品打折、降价销售的LED广告映入眼帘，还有不同风格的动听悦耳的音乐从各自店里传出,进行一天中最后的促销大战。行人则不紧不慢,挑完这家选那家,直到选到自己最满意的商品为止。尽管是夜晚,但热闹繁华不次于白天,你根本不用担心买不到物美价廉的商品。

  夜深了,嘈杂的音乐声逐渐平息了下来,月亮悄悄爬上了中天,孔雀河水仍在静静地流淌,只有霓虹灯仍在不停地闪烁,为梨城人民传播着一个幽深古老而又现代的梦……

在枝头眺望远方的果实

杨继超

塔里木盆地的金秋，飒飒的风，吹过大地无边的金黄。

在孔雀河畔，在塔里木河边，一座座郁郁葱葱的梨园，一株株列队而立的梨树，绿叶间、枝头上，摇曳着一枚枚伴随季节成熟的果实。如秋日光影中的一群农家少女，年轻的脸颊上，点缀着细碎的雀斑、飞动着羞涩的红晕，在交头接耳的低语阵阵中，把清脆悦耳的笑声跌落一片，又把小手搭在沉静的额头，眺望遥远的远方，那些随心流逸的白云、起伏跌宕的群山、蜿蜒迂回的河流、广袤无边的草原、阡陌交织的田野、呼啸而过的火车、接踵而至的人流……

宛如蒙古族长调民歌悠长的河流，孔雀开屏一样舒展的血脉悸动、奔涌，带来四季分明的轮回，带来日新月异的变幻，带来了生生不息、子孙绵长的福祉，带来了绿树丛丛、百花争艳的春天。

千树万树满梨城，千朵万朵笑春风。每一朵梨花都极致了雪的洁白、花的坚贞、蕊的娇嫩；每一株梨树都彰显了根的底蕴、枝的遒劲、叶的兴盛。每一片追随春风步履的白云，都会依偎在举起蓝天的那棵梨树怀中；每一个来到梨城的有缘人，终究也会找到为自己盛开的那朵梨花。

库尔勒的夏天，天空蓝到透明，云朵清心端坐的身姿，如静憩于水面的白天鹅；鸟儿欢快的叫声，掠过百年梨园的头顶。林间蹑足而行的风里，裹挟着垂挂在枝叶间梨果的清香，带走了藏在草丛中虫儿的低鸣；眼前的孔雀河凉爽的水气，带给一座城滋润的闲适。这时候，最适宜在梨园中，一个人小憩、品一壶茶、读一本书。

翻开一部斑驳发黄的中国历史,还能够清晰地追寻到这座古老梨城远去的背影,颗颗丰腴的梨果,曾经香飘史册、悬垂在史页。2000多年前,凿空西域的张骞,奉令通达西域,开启了中国的丝绸之路。带来中原地区农耕文化与西域草原文化的交流,带来了最初的农耕文明播撒的种子。从此,一粒粒梨树的籽种,承接河流的滋润养育,历经风霜雪雨的洗礼,在这片西部沃土上,生根发芽、枝繁叶茂、开花结果、衍生不息。

　　2000多年后,一个投笔从戎、请缨从战的书生,一路走进西征平乱的队伍,在戎马倥偬的间隙,写下了"果树成林万颗垂,瑶池分种最适宜。焉耆城外梨千树,不让哀家独擅奇。"的诗句。可见当时焉耆城的香梨种植繁盛、品质优良、声名鹊起。

　　"民国"六年(1917年),当时的财政部委员谢彬,至新疆勘查财政时,在他的《新疆游记》写道:"对岸梨树成林,梨实味甘,所谓库尔勒香梨是也"。这是有关"库尔勒香梨"最早形诸文字的记载,或许因此得名。据说,曾几何时香梨是皇室的贡品,供帝王诸侯所享用。而如今,时过境迁,却是"旧时王谢堂前燕,飞入寻常百姓家"。

　　库尔勒香梨,2019年入选中国农产品百强标志性品牌,次年又入选中欧地理标志首批保护清单。有趣的是,库尔勒的香梨也正如"橘生江南则为橘,生于江北则为枳"一样,也呈现别样独特的个性,具有非常强的地域性。库尔勒地处塔里木盆地北缘、天山南麓,山间雪水,径流丛生,由北向南、由西向东形成了网状分布的绿洲。这里具有地势平坦、土质疏松、土层深厚、水源充沛、水质良好、干旱少雨、日照较长、积温充足、温差较大等特点,特殊的地理环境给予了香梨最适宜生长的土壤、水分和气候条件,形成独有的区位优势。而香梨一旦被引种到其他区域,品质、风味、外观就会出现迥然不同的变化和差异,也就没有了香味浓郁、味甜多汁、肉质细腻、渣少爽口、入口即化的特色品味。看来,库尔勒这片土地上的香梨还有一种割不断的乡情,那一份故土难离的情怀。

　　只有在今天,梨树会更加繁茂葱郁,果实会更加香甜爽口;只有在这里,游子会品尝到故乡的味道,才会找到回家的路途。

如今的库尔勒,是一座站在西部高地的城市,就像一株根植大地、发枝散叶、花开似雪、香气肆意的梨树,用挺拔的身躯,宽广的气度,博大的胸怀,极目天舒,眺望远方,寄予未来。用一枚枚赏心悦目、酥脆爽滑、甘甜浓郁的累累硕果,像一声声诚挚的召唤,迎来八方来客、四海宾朋。

神奇的地方

艾买提江 · 木海买提

库尔勒犹如西部一颗璀璨夺目的明珠,连接南北疆、天山与沙漠,一座融合东西方文化的现代化的城市,展现在眼前,聚焦世人的目光。

西部有一座城市叫梨城

库尔勒,维吾尔语意为"眺望"。当地流传的传说中比较接近实际而又科学的讲法是:湖泊群之意。同时还有被挖掉的地方,是河水入口盆地挖掉的深坑的意思,这个名字非常形象地描绘出库尔勒特殊的地理位置,如果你从城市的北缘山萨热汗高原俯瞰城市,你会发现库尔勒就像一个没有底的大锅。

库尔勒市境大部曾属古代西域渠犁城邦。资料显示:西汉神爵年间,西域都护府在今孔雀河三角洲筑有垆娄城,有军队驻守。垆娄城后又演变为东汉的爵离城、北魏的柳驴城和元代的坤间城。汉末为焉耆兼并。唐贞观十四年(公元640年)归焉耆都督府管辖。元属别失八里行尚书省。清光绪八年(1882年)属喀喇沙尔直隶厅,二十四年(1898年)属焉耆府。1917年设库尔勒县佐,归阿克苏道管辖。1920年属焉耆道。1930年改为设治局。1939年4月置库尔勒县,属焉耆行政区辖。

中华人民共和国成立后,库尔勒县先后成为库尔勒专署和巴音郭楞蒙古自治州党政领导机关的所在地。1950年6月成立库尔勒县人民政府。1954年6月撤销焉耆专员公署,库尔勒县归库尔勒专署管辖。1960年12月2日归巴州管辖。1979年10月成立库尔勒市,以库尔勒县的库尔勒镇、新城办事处、团结办事处和特克其公社、英下公社、卡尔巴克公社,以及焉耆县的塔什店办事处为其行政区域。1984年4月撤销库尔勒县并入库尔勒市。

来到库尔勒,你会看到"夭桃才红柳初绿,梨花照水明如玉"的美丽景色。作为新疆第二大城市的库尔勒,因盛产"库尔勒香梨"而闻名遐迩、驰名中外,又称之为梨城。这里曾是古丝绸之路中道的咽喉之地和西域文化的发源地之一,是巴州政治、经济、文化中心,连接南、北疆的重要枢纽和物资集散地。

这坐落于欧亚大陆和新疆腹心地带的美丽城市,有最古老的流河——孔雀河,有最甘甜的水果——库尔勒香梨,有最丰富的资源——石油,这里有年轻的城市——铁门关,有独特的地貌——大峡谷,还有最美最古老的舞蹈——赛乃姆。

在库尔勒这个西域历史文化交流驿站上,曾留下了古今中外名人的足迹,唐代的玄奘、李白、岑参,汉朝的张骞、班超。当路过铁门关时,岑参挥笔写下《题铁门关楼》:

铁关天西涯,极目少行客。
关门一小吏,终日对石壁。
桥跨千仞危,路盘两崖窄。
试登西楼望,一望头欲白。

诗人不仅写出了铁门关的荒凉,同时也写出诗人的执着与坚韧。

今天的库尔勒,高楼耸立、绿树成荫、繁花似锦、灯火璀璨、欢歌飞传,政通人和,同样也留下诗人的足迹,川蜀名家冷林熙一蹴而就,挥笔写道:

古湖涸漠幻绿洲,丝绸古道彰方道。
大疆妍玉耀西北,梨城风情绘锦绣。

蒙维汉回万家亲，工农旅牧百花娴。

市乡镇场开新际，十项国誉载榜首。

放眼今日库尔勒，腾实飞声震亚欧。

在这条古丝绸之路上，不知曾穿越过多少商人、使节、工匠、学者、流浪汉，不同的国家、不同的民族、不同的语言文化相互交融、相互影响，以一种独特的形式散发奇丽的光芒。

孔雀河——一条古老的河流

这是一条穿城而过的河。它横穿库尔勒市区，把库尔勒市分为南北两半。

这是一条古老的河流，关于孔雀河据史料记录，徐松《西域水道记》曾这样记："河水又西行三十余里，出山。水又南流二十余里，经库尔勒与军台之间。又西南，凡七十里，经哈拉布拉克军台南。二十余里，又西，经库尔楚军台南而西。凡三百里，仍曰海都河。""民国"时期，一般称为库尔勒河。1948年8月，库尔勒县政府向南京政府上报的《库尔勒河流调查表》：河名库尔勒大河。中华人民共和国成立后此段才改叫孔雀河，原名"昆其"，河从地名，叫昆其河，意即皮匠河，因皮匠常在河中洗皮革之故。随左宗棠平叛的湘军中的秀才将昆其河译为孔雀河。从清末到"民国"时期同尉犁县有土地纷争的库尔勒是不会将流经本区域的河流取名为孔雀河的。1960年5月6日自治区人民委员会办公厅《关于更改尉犁县维文名称的通知》指出："4月22日国务院已正式批准将尉犁县维吾尔文名称'孔雀'（意译）改为'罗布淖尔'（音译）。"

这是一条被人们称之为"母亲"的河。全长785公里，多少年，古老的河流孕育了两岸不同民族的人们，他们沿着河流扎根此地，种植耕耘、丰衣足食、世世代代繁衍生命、生生不息。

俯瞰巴州大地，孔雀河如同一条绿色的绸带，从博斯腾湖一路奔腾而来，穿越大峡谷，穿过库尔勒这座美丽的城市，最终消失在茫茫罗布泊。

孔雀河,它是一个富有诗意的名字,在维吾尔语发音中叫"昆其达里亚","昆其"意为皮匠,"达里亚"意为河流,合起来就是皮匠河。这个带着文明气息的名词告诉我们,自古以来,皮革工匠们就居于孔雀河畔,从事着各种行业工艺。

奔涌不止的河水,让大地才可以如此丰美广袤,沿着河的两岸行走,两条蜿蜒浩荡的绿色巨龙沿着河岸无限延伸。

这是一片属于香梨的世界,抬眼望去,千万亩梨园纵横四野、横贯东西,只要有土地的地方就能看见它们的存在——总面积达100多万亩,60多万亩的挂果盛年树,40多万亩尚未挂果的幼树,孔雀河的两岸是一个巨大的香梨王国。

有河就有生命,有生命的地方就有人类,有人类的地方就会有古老的文明。

孔雀河不仅仅是一条母亲的河,更是一条文化的长河。汉族的、回族的、维吾尔族的、蒙古族的,不同文化一次次在这里相遇。汉文、维吾尔文、蒙古文,各种文字用不同的文明形式照亮了巴州的夜空,闪烁着耀眼的光芒。

自古以来,各族人民在孔雀河畔安家落户,古老的东西方文化、饮食、风俗、习惯、歌舞等等,在此交织与碰撞,不同民族彼此尊重、和谐共处,人们共同在香梨树下辛勤耕作,依靠香梨过上了幸福美满的好日子,人们在香梨树下快乐地载歌载舞,纵情歌唱新生活。

步步美景、处处神奇,一条河流早已不再是一个简单的地理印象,对于两岸百姓而言,它更是一方民众的精神家园与脊梁,香梨与歌舞两种光芒,同时照耀着这块神奇的土地,形成巴州多元文化的盛大风景。

一座城和它脚下的路

（外一篇）

胡 岚

如果追溯起点，那一定是从脚下开始的。是的，从路开始，路是驶向希望的起点，也是贫瘠走向繁华的起点。

——题记

多少年来，塔克拉玛干以它变幻莫测和未被开掘的神秘吸引着无数的人。

塔克拉玛干沙漠是让斯文·赫定梦魂牵萦的地方。温柔时它似娴静的少女，曼妙的线条起伏绵延，在月的清辉下像袒露的裸体，给人无限想象和迷恋；狰狞时又搅得天地混沌，翻卷的流沙飞扬跋扈，在风沙的肆虐下身体发肤无不被细沙侵入，尤为恐怖的是，它拂过的地方踪迹全无，刹那间让人方向难辨，心惊胆战。被称之为"死亡之海"，意思是"进去出不来"。斯文·赫定不会想到百年之后，石油人在他险些丧命的塔克拉玛干沙漠，开辟了一条前无古人的路——沙漠公路。

这一生有无数的路与我们相关，属于我们的路却不多。

城市和人一样，关乎它成长走向、发展变化的关键的路也很有限。

沙漠公路就是这样一条路。

一

公元前138年，汉朝使者张骞出使西域，从此开辟了历史上著名的丝绸之路,世界四大文明在塔里木盆地相遇:绿洲相望,商旅使者不绝于途。后来,风沙肆虐,使得楼兰这样一些重要驿站被风沙吞噬,沿途居民逃离,终使路途趋于没落荒芜。这是史书记载的塔里木盆地丝绸之路盛况。

同治年间,浙江乌程人施补华出嘉峪关,循天山而南,经汉车师后庭焉耆、尉犁、姑墨、龟兹、疏勒,前往阿克苏做幕僚。"半城流水一城树,水边树下开园亭。夭桃才红柳初绿,梨花照水明如玉"。这是施补华在《库尔勒旧城纪游》中的描述。

清光绪初年,刘锦棠率清兵平定阿古柏之乱后,清政府于喀喇沙尔、库尔勒、布古尔督饬民扩建旧渠,兴修水坝,安置流亡人员。同时,随刘锦棠军经商的天津人在喀喇沙尔、库尔勒等地留居下来。

民国一年,设库尔勒城镇稽查,违理词讼。

民国六年六月,新疆督办杨增新在《呈请添设库尔勒县佐文》中称:"南疆之门户在于焉耆,而焉耆之门户又在于库尔勒……"同年,设库尔勒县佐,为焉耆县分县,隶属阿克苏道。

半个多世纪以前,中国地质学家黄汲清在天山南北考察油田地质情况,经过库尔勒。他生出如此感慨:"这确是一个世外桃源,而我们置身其间亦不自觉成为捕鱼的武陵人了"。其时,库尔勒人口只有2万多。

一座小小的城池,在历史的疾风骤雨中走过,是路人眼中的世外桃源,美得原始、纯朴,却也闭塞、落后。

通过书籍和电视影像可以想象那时的路有多么艰难和坎坷。

二

库尔勒于1979年6月经国务院批准设市。库尔勒如同新生的婴儿般笨拙、艰难地开始了它的萌动。

一切都是刚刚苏醒的样子,一切都是原始的、自然的。处处散发着新奇的、朴素的美。它是天山嵌在库鲁克塔格山最年轻的孩子,是南天山脚下的一粒沙,夹在岁月的蚌壳里磨砺。

库尔勒又称梨城,以盛产香梨闻名。

梨花盛开的时候,是这座边塞小城最美的季节。

小城被梨园包围着,上百亩梨园一片雪白,梨花开得盛极一时。千朵万朵的梨花铺排开来,炫目、浪漫、迷幻。春风过处花潮涌动,抬头是蓝色长空如深邃的海洋,置身白如堆雪的花海中,令人感觉亦真亦幻,仿佛听得见灵魂的歌吟。

春是一树梨花,夏是一树绿荫,秋是满树香梨。香梨如鸭蛋大小,皮薄多汁,秋天成熟的香梨泛着一层自然的油亮,翠绿的皮儿泛着潮红如同少女羞涩的脸颊。

库尔勒也像少女一样掀开了它羞涩的面纱。

一切都刚刚起步。80年代初到处是低矮的平房,二层高的人民商场是代表性建筑。人民东路是主要街道。街上往来的多是自行车和行人,虽是单车道,却很宽敞。偶尔穿行在马路上的车辆像庞然大物。人们出远门大多数时候是坐四轮的马车——"马的"(当地人给它起的时髦的名字)。坐"马的"只要五角钱就可以从市中心的人民商场回到家,约20分钟的路程。

"马的"一步一晃地走在空旷的路上,马蹄一下一下叩击着路面,蹄声缓慢悠长,扬起的灰尘在空中打个旋,一会儿就消散在风中。挂在天边的夕阳应和着它的节奏慢慢地燃烧,好像从不担心夜晚的到来。这样的夕阳和蹄声贯穿我整个中学时代,从未发生过改变,像梨城发展的节奏一样缓、一样慢。

站在人民商场二楼一眼就望穿了整个城市,几条主要的街道尽收眼底。新华书店紧邻人民商场。坐在新华书店的书堆里,那些书打开了另一个世界,在我幼小的心里,感觉那就是世界的中心。现在想来那时的视野多么狭窄,却又多么自以为大啊!这怨不得我,原是和我脚下简单的路有关,两条主干路就走完了市中心,限制了我的见识。

然而,春风原谅了我的无知。

从南方吹来的春风,讲述着春天的故事,也照拂着这座边塞小城的角角落落。

那些先进的理念,那些走在改革开放前沿的一桩桩实例,那些现代化的理念,新的技术、新思路像冲出山林的猛虎叫嚣着、撞击着梨城多年不变的陈旧和落后。

小城羞涩的门扉一经打开,就开始了它的新生。从远方注入的新鲜空气,给这座城市带来了生命的春天。

三

命运的玄机像拉长的杠杆,只等着一个合适的支点来撬动。

1989年,塔里木石油勘探开发会战擂响了战鼓,一群身着红色信号服的石油人走进了塔克拉玛干沙漠。库尔勒有史以来第一次汇聚了这么多天南地北的人,第一次运来这么多的石油重型装备,第一次成为中国石油勘探开发大会战的大本营。

库尔勒距塔克拉玛干沙漠仅70公里。

五湖四海汇聚而来的石油人,用敦实的脚步,踏出春雷阵阵。久违的雷声唤醒了塔克拉玛干沉睡的酣眠。

原来宁静的小城突然间变得不安分起来。红色队伍像钢铁洪流进入塔克拉玛干沙漠,震动炮的声和钻机的轰鸣打破了亘古的沉寂。

一个油气井获得成功的消息传来,库尔勒人与石油人一样欢悦着、欣喜着。淳朴好客的库尔勒人民全力支持着石油建设,努力做着为石油会战服务的一切事情,像革命战争年代解放区人民支援子弟兵打仗那样,斗志昂扬、神情喜悦。而石油就是这个城市的支点。

当塔里木第一座油田投入开发,库尔勒居民开始用上了液化气。它清洁、便捷,而且价廉。接着,沙漠深处一条天然气管道通到库尔勒,居民们开始用上了天然气。

库尔勒是新疆第一个使用天然气的城市,从烧柴火、煤到用上天然气,时间不到10年。清洁的天然气走进寻常百姓家。经济的发展带动了城市的建设。

孔雀河南岸一座座高楼拔地而起，马路上的车辆陡然增多，人流穿梭，"马的"一夜之间消失。黄色的面包车出现，那是梨城最早的出租车——"面的"。人们出行的交通工具变成了公交车，单行道的马路变成了双车道，车来车往，人声鼎沸。道路变成四车道、六车道甚至八车道，一座现代化风格的大桥横跨孔雀河上。

孔雀河像灰姑娘一样穿上了华丽的锦衣。

孔雀河从东向西穿城而过，是这个城市的母亲河。从前它像任何一条普通的河流一样不起眼，蜿蜒在孔雀河南岸，河床狭窄，岸上是狭窄的沙石小道。时光再往前回溯，孔雀河南岸被翠绿的庄稼地、果园和散落其间的低矮的村庄和泥土房包围。

1989年石油勘探开发进驻梨城，石油生活基地建在孔雀河南岸。孔雀河开始了它华美的转身。

低矮的泥土房被一幢幢拔地而起的高楼替代，孔雀河南岸开始有规划地种植各种观赏性的灌木。河道修宽，两岸的河堤由一色大方砖铺就，岸上铺着彩色的方砖步道。

孔雀河南岸竖起宽110米的巨幅大理石浮雕墙《新世纪的脉搏》。

浮雕墙上跃然而出的楼兰姑娘，硬朗刚毅的石油工人；测量、勘探、钻采、开发的工作场面；沙漠、骆驼、香梨、欢乐的民族歌舞，画面正中则是一只托起能源之火的巨手。整幅画面展示着古老的旧貌和先进文明的撞击，今昔之间的发展与变化。由天然气点燃的火炬象征着被石油惠泽的这座城市的光明未来。

浮雕墙的华丽还在于立在河岸边的汉白玉雕塑群。古典的维纳斯、圣经中的小英雄大卫、小天使、泉水女神，他们风姿各异带着西方美好的传说与憧憬，给河岸涂上异域的文化气息。岸边楼台错落，花树缤纷、人影攒动，河流和生活小区融为一体。孔雀河南岸成为梨城知名的步行风景带。

城市开始向高处，向四面八方舒展着自己华丽的身姿，孔雀河早已变成市区繁华中心，十几层高楼已是陈年旧事，如今河两岸二三十层的高楼大厦争雄似的,把伟岸的身影倒映在河面上。

库尔勒被注入新的活力,每一天都在生长,节节拔高。

四

"三山挥手送紫气,千里携风贯西东"。一条气龙从南天山飞跃而起,以气壮山河之势,自西向东飞奔上海和长江三角洲。

2004年10月1日,西气东输工程全线贯通。一条丝绸之路的能源大动脉从此横架西东。

千亿克拉,西气之源。这条气龙,这条万里能源大动脉,从新疆塔里木跨过千山万水直达祖国心脏,通向祖国东部沿海的上海市白鹤镇。

从戈壁荒山走向繁华的大都市,这条路一走就是14年。扎根在寂寞的荒山,把最优质的气送向祖国的神州大地,无论是炎炎盛夏,还是严寒的冬季,保证了沿线城市的用气需求,为国家提供稳定而持久的能源供给。

西气东输不仅解决了长三角、珠三角能源之"渴",把西部的资源优势转变为经济优势,同时激活沿途省区钢铁、水泥、建材和机械电子等行业,形成了一条新的经济增长带。西气东输如同一个杠杆,撬动了中国能源结构调整。正是从西气东输开始,气化江苏、气化河南、气化广西、气化东北……我国正快步迈入天然气时代。从此,惠及国内15个省市、120余座城市、3000多家企业、4亿人用上了来自西部的天然气。截至2017年向西气东输供气211.5亿立方米,累计向西气东输供气2000.98亿立方米。

五

资源的开掘、再生,让这片曾经贫瘠的土地焕发出强大的生命力,从看不见的神秘到看得见的神奇,奇迹在这片土地上生长。

塔里木盆地周边有如被神点化,周身充斥着神奇的力量,一个个新型油气田在这里诞生:依奇克里克油田、迪那油气田、克拉2气田、克深气田、博孜气田、大宛齐油田……

库尔勒进入飞速发展的时期。

变化是从什么地方开始的呢？如果追溯起点，那一定是从脚下开始的。是的，从路开始，路是驶向希望的起点，也是贫瘠走向繁华的起点。

这是一条通往沙漠腹地的路，从这里打通荒芜与富饶的神秘，从这向南延伸的路，把隐在时间里的贫穷和财富接通。

时光在流沙翻涌中逝去。塔克拉玛干不再只是单调的黄色，它被赋予了色彩和生命，变得生机勃勃，变得丰富多彩，变得红红绿绿。耐干旱的梭梭、红柳像两条绿色的游龙随着沙漠公路蜿蜒起伏，忠心耿耿地日夜守护着黑色的缎带。

时光箭一般地逝去。昔日的不毛之地，如今青葱可喜。

风来了又去，流沙淹没的足迹被覆盖，而如今却通过这条路，豁然洞开，让一个个古旧的村落焕发生机，让一张张黧黑苦愁的脸庞变得坦荡、明媚。

通过这条路，打开地底的迷宫，一条条能源管道向塔里木盆地周边辐射、延伸。

六

还是路。

沿塔里木盆地东北部的库尔勒，从沙漠公路出发经阿克苏、阿图什、喀什、乌恰到南部的和田、墨玉、洛浦，民丰……南疆天然气利民工程主管道把散落在盆地周边的城郭和村庄串成一条长2424公里的蓝金项链，熠熠蓝光在塔里木盆地周边闪烁……

喀什市老城区改造，墙壁上一条条醒目的金黄色管道把福气送进家家户户。

库尔班江装修一新的家，位于喀什老城区改造建设的新社区。在新居他妙语连珠："我们大家都是一个人——中国人。""干坏事的人只过今天，不想第二天，我们大家是想第二天的人。""我们互相理解，互相关心，我们是一个人。""没有文化、不学文化,就不能理解我们的团结。"……

　　库尔班江的话像金子一样击中我们的心,看着雪白的墙壁,看着簇新的燃气灶,这些来自肺腑的言语恳切、真诚,让我们的心变得湿润润的。他们对这片土地的热爱缘于日常的一日三餐。南疆天然气利民工程他们是实实在在的受益者,他们由衷感谢天然气改变了他们的生活方式。新疆是祖国西部辽阔的一片疆域,各民族同胞自古以来心手相连,共经风雨,共同经历了发生在新疆大地上的变化。他们是这片大地上的建设者、开发者和维护者。团结稳定、安宁祥和是大家共同的渴盼,能为自己的亲人做点实实在在的事,陡增了石油人大时代里激荡着使命召唤的崇高。

　　塔吉妮莎·斯拉木的新房也在这里。新房子敞亮,沙发扶手和靠背上搭着白色的角巾,上面是她亲手绣的花。她家原来的老房子在花盆巴扎一带,只有32平方米,全家12口人在那里生活。老房子又破又旧,下雨天特别危险,上厕所要到邻居家。她说,我们一家三代人住在这座房子几十年了,从前的房子漏雨补了这边补那边。从来没有想过日子会变化得这么快,从规划建设到搬进新房不到三年。政府给我们分了新房子,每个月还有低保金,暖气费也补贴一半,我们生活再也不用发愁。

　　我无法想象她们是如何生活的,但是看到塔吉妮莎脸上露出玫瑰般明艳、知足的笑,心里所有的疑惑都释然了。

　　他们用灵巧的心思装点着自己的新居,把一盆盆绿色植物养得生机盎然,像他们活泼的言语,像他们热气腾腾的生活。其实对于家庭主妇来说,还有什么比从烟熏火燎的灶台中摆脱出来更实际、更幸福的事呢。

　　还是在南疆,洛浦县布拉克曲克村62岁吐尔逊·拖乎提老人的院子里,他的日子如今都在他的笑容里。在高高的葡萄架下,我学着他们盘腿坐在宽大的铺着花毯的卡尔瓦特上,透过刚刚抽芽的新绿,阳光斑驳地照在脸上。

　　院子里杏花谢了残红,将落未落。几棵无花果树泛着新绿的叶片,在风中支着耳朵听老人给我们讲述。地上摆着几盆大叶海棠,晒得发红的叶片下露出一串串艳红的海棠花,像老人脸上朴素的笑,安静又不刻意。

老人说女儿已经出嫁,现在和儿子一起住,面积160平方米(带院子),是政府盖的富民安居房。

老人的房子装修得很讲究,屋顶正中是饰有凹凸花纹的石膏板吊顶,墙顶的四周贴着欧式拱形线条。屋子正中的墙壁上挂着一幅画:一瓶盛开的玫瑰,深红浅红的花瓣鲜艳欲滴,像他们如今的日子一样红火。竟然还是十字绣。见我看得仔细,儿媳妇走过来说,那是妈妈绣的。我不由得暗自惊讶,真是不能忽略院子中间坐着的那位脸上沟壑纵横、一直含笑看着我们的老妇人。

民间的老妇人谁不藏着一两手绝活。在她们粗糙的皮肤下掩盖着岁月无法消磨的细腻心思和对生活的朴素认知。对于艺术她们有天生的感知力,直觉、敏感,色彩夸张又带着浓浓的生活气息,针脚细密匀称,明面上看不见一点儿线头。这些来自生活里的娴熟技能,是她们生活的日常。

吐尔逊·拖乎提的老伴说:自从用上天然气,再也不担心炉子里的火会灭,冬天再也不用晚上起来添火,房子里热乎乎的,墙也白白的,我有更多的时间绣花了。

吐尔逊·拖乎提老人自豪地说:我们现在的生活让人羡慕,周边村里的人都想把女儿嫁过来。村里已经娶进来100多个周边的姑娘,我们的好日子大家都看得见。

我仿佛看到过去那些燃煤伐薪的苦难生活,像吐尔逊老人脸上的褶皱里藏着的沟壑,已经被现在的日子填充,全部舒展在他的脸上,生动、知足。

吐尔逊·拖乎提老人所在的村庄离天然气管道最近,他们先于其他6个村庄用上了天然气。他们红火洁净的日子,成了远处村民们的向往。他们盼望着这样的日子有一天会随着路的延伸,随着天然气管道的辐射飞奔而至。

70岁的阿不都瓦克·依明老人说:"我们用上了全国最便宜的气,1立方米不到1块钱。一年下来做饭和取暖2000块钱就足够了。现在的日子像梦一样。我活到现在的岁数值了。"10年前一直住土块房,烧柴,用玉米秆、棉花秆做饭。老人说:"那时做一顿饭,烟熏的眼睛直流泪,灶台、墙壁都是黑的。那时候的日子太漫长了,尤其是冬天,每一个夜晚都是煎熬,夜,太长了。对一个腿有风湿的人来说,冷受不了,那漫长的打柴的路更受不了,那样的颠簸简直就是受难。现在好了,蓝金的火焰照亮了我们的生活,红衣大哥教会我们使用燃气灶,给我们带来了福气。我年龄大了,远的路跑不动了,现在用上了天然气,简直过上了神仙般的生活。"

这些质朴的人可能不懂得埋藏在地底下的石油是什么,却感受到了因为石油而让他们生活发生的改变。

在当地百姓眼里,身穿红色工服的石油人,就是给村民们带来福气的人。石油人那身红衣喜庆又醒目,他们带来先进的生活方式,让当地的百姓更多地体会到生活的美好;石油人工作踏实利索,像风一样迅速地席卷着村民们陈旧落后的生活方式,让村民们感受到变化的快捷;石油人带来的蓝金火焰是他们的福气,迅速地让村民们的日子变得沸腾、喜悦。

满足和无法言喻的话语,像欢快的麦西热甫从村民们的舞姿和歌声中流淌出来,这些像金子一样的日子啊,是村民们发自心底的赞美。他们只能用红衣大哥,这样有标识色彩的亲切称呼表达他们的发现和对日常生活的满足。

阿克莫木气田位于帕米尔高原脚下,是塔里木油田公司最西边的气田,由塔西南公司开发建设。距阿克莫木气田仅6.6公里的黑孜苇乡康西维尔村,住着152户哈萨克牧民。

这不是一条最短的路,却是一条昂贵的路。

塔西南公司投资430万元,从阿克莫木气田为村里接通了一条输气管道,解决了这152户牧民的"燃眉之急"。

叶尔克西大妈说:"从前我在山里,住石头房子,烧水做饭全靠烧牛粪。小时候放牧,脚冻得受不了,就把脚插到热烘烘的牛粪里。冬天怕把小羊羔冻死就搂在怀里,坐在炉子边上。现在么,我赶上好时代了,国家让我住上这么好的房子,还给牛羊盖上了暖棚,再也不怕小羊羔冻死了。红衣大哥又给我们送来了福气,现在的生活,幸福得不得了。"

叶尔克西大妈说着，起身领我去看她现在使用的燃气灶，一边说一边旋转按钮，啪的一声，跳动的蓝色火焰蹿了出来，映着她舒展的眉头，她的笑容在火苗下颤动。叶尔克西的老伴说，她现在特别爱给客人晒她的幸福。叶尔克西大妈说，幸福也要分享么，就像我们用的天然气一样。

"走出大山，放下马鞭，跳下马背。"住进新楼房、看上大电视，用上天然气。他们由衷地表达着生活方式的改变带来的变化和享受上现代化生活的喜悦。

暮春四月，帕米尔高原的暖阳荡漾在屋里，柔柔的，暖暖的，像春天的抚慰。路边挺拔的白杨树，风卷动叶片发出哗哗的笑声……

城市的发展，带动着区域经济的发展。石油作为一个深埋在地底的资源，被挖掘和开采，以其他的形式创造着它的价值和附加价值。一个城市如同一个杠杆，以自身的发展带动和辐射着周边地区的发展，扩大着一个城市的外延。

南疆天然气利民工程总投资 64 亿元，其中国家定额安排中央预算内投资 20 亿元，其余投资由中石油承担。从 2010 年启动到 2013 年全面建成，历时 3 年。南疆天然气利民工程投产后，南疆五地州 42 个县（市）陆续气化，400 多万各族群众用上了天然气。

住土块房、烧柴的日子像黑色的柴烟一样过去了。

当地百姓祖祖辈辈依靠砍伐沙漠植被做饭、取暖成为了历史。

当地百姓祖祖辈辈从"燃煤伐薪时代"跨入"绿色能源时代"。

七

库尔勒从 1979 年建市始，至今已近 40 年，伴随着改革开放的步伐，石油勘探开发带动了它的发展。以库尔勒为圆心，地底下的输油输气管道沿塔里木盆地向周边辐射，惠及了南疆广大居民的生活。它从库鲁克塔格山前的一粒沙，经历岁月的沧桑蜕变成西部塞外的一颗明珠。

库尔勒成为让人羡慕的"塞外明珠、山水梨城"。

孔雀河岸杨柳如丝，绿荫垂碧。从前逼仄的河岸，如今早已是颇有名气的步行风景带。宽宽的步道，人行接踵。

穿过库尔勒城的孔雀河、杜鹃河、白鹭河，让这个城市水汽氤氲。河水滋养着这个城市，也浸润着这个城市的心事。画舫从河上游过，让人恍惚，仿佛迷失在江南水乡，让人忘记是身处塔克拉玛干沙漠边缘。

库尔勒开通了直达多个城市的航班：北京、上海、广州、成都、西安、重庆、青岛、郑州、武汉、兰州、杭州、天津。2018年疆内增至14条航线。

这些时空的路与地面上无数的路相连，却又走向各自不同的终点，每一条路都关乎我们的生活，把我们日常的日子相连、相通。

一座城的旧貌新颜

初夏时节在库尔勒的街头走一走，霓虹的灯光像时光的倒带机，簇新的夜市变得既熟悉又陌生。熟悉是因为这些巷道的前世一一在眼前闪过，陌生是因为它像新生婴儿般日新月异的生长。

站在城市中心，人民商场早已今非昔比。从前土黄色的二层小楼早已踪迹全无，华丽挺拔的巨幕墙身高高地竖立在城市中心，商场正中的电视大屏幕闪烁着大帧的广告，影视画面交相辉映。从前委身它旁边的新华书店，不知什么时候挪到了对面，隔着马路与之遥遥相望。新华书店成为独栋的三层书店，唯一不变的是它无法撼动的中心书店的地位。书店里书目更加多样，三楼还增加了手工作坊和休闲看书的区域，这和其他的一线城市的差别依然不大。

与之紧邻的巴州电影院，早已不再复现当年的热闹。要知道，小时候，那可是我们排着队，戴着红领巾看电影的固定场所，当年那个高兴劲啊，一场电影带来的欢乐，比喝一瓶橘子汽水还要开心。只是，昔日电影院的辉煌地位早已被新兴的麦田影城所取代，这和任何一个大城市所复制的经营模式同出一辙。

面对新华书店左手边，是当年库尔勒最大的塔里木饭店，消失在远去的时光中。取而代之的是大型综合购物商场——汇嘉时代。曾经塔里木饭店是梨城最早的新疆风味特色餐厅,蛋卷冰激凌跳在舌尖上冰凉甜蜜的味道,是我成长最初对浪漫具体的品尝。在我少年时代,谁家的孩子能在塔里木饭店举行婚礼那是相当体面的事。当年学生时代穿梭于旱冰场上的场景,还历历在目,摔倒又爬起来的倔强,带着少年的青涩恍如昨日,只有时间残忍地把从前的影像变成日渐加深的皱纹,刻在脸上。

由城市中心往北的马踏飞燕曾经是进入城市中心的标识,仿佛一夜之间就夷为平地,旁边的玉泉商场也随之消失。站在人民商场的十字路口,往东是巴州人民医院。只是医院规模更大,由当初的一栋楼变成数栋楼,功能更全,分工更细,门庭若市。在这里几乎汇聚了巴州最好的医疗设备,最好的医生团队。而医院更像是一个民族团结大家庭的缩影,在疾病面前,在生死面前,所有的生命无一例外。

巴州医院再往东就到了巴州宾馆,这里曾经是面粉厂和丝绸厂的家属院,如今那些熟悉的名字,像它们的工厂一样,被巴州宾馆、天百大楼、翠溪宛大厦取代。那些伴随着我们成长记忆的时代旧物,一去不复返了,像我们童年走散在人群里的玩伴,记忆清晰而面目模糊。

人民东路往南,坐落在交通南路上的就是著名的狮子桥。说它是库尔勒的城市记忆一点也不为过。相对于童年时代简陋的桥身,除了名称依旧耳熟,狮子桥早已焕然一新,两车道的桥宽,桥身两边一尊尊石狮子俨然守卫着过往的车辆。曾经在桥下涉水的河岸也已拓宽,河水加深,河的两岸现在是梨城著名的孔雀河风景带。孔雀河南岸拔地而起的汉白玉雕塑和大型的浮雕墙,成为新的景观标志。走到这儿,不妨到孔雀河北岸的梨园看看,春天梨花繁茂,那些盛开的梨花像云一样,轻轻地呢喃着,开得舒缓又张扬。暮春时节梨花谢了,梨园脚下新培植的各色牡丹开得富贵喜庆,此起彼伏的花开像季节轮回,像来往穿梭于树下游人明艳的笑脸。他们把缤纷多彩的生活展现在花枝招展的服饰上,展现在爽朗的笑声里。傍晚时分广场舞的音乐就像河水一样在岸边流泻起来,歌舞和人群攒动,歌声在两岸飞扬。

夜幕来临,灯光一点点地明亮起来,往来穿梭的车辆,灯光掩映的河面，如果不是置身在其中，竟会以为误入了江南水乡。建设桥像拉伸的长虹，简洁高雅的弧线给孔雀河平添了几分超拔与非凡，与孔雀河北岸的风帆广场遥相呼应。这时的孔雀河水是静默的。它无声地由东向西流去，而城市的规划者却一点点给这座城市涂上恰切地流光溢彩。

　　这时你的目光从人民西路向西延伸。德丰和瑞丰商场被时间的长河涤荡得面目全非，当年的繁华和坚挺繁茂的商业地位，消失在季节的轮序中，在时间的潮涌面前没有什么是永固的。青春不能，爱情不能，人间的苦难和沧桑不能。那些肆意张扬的青春再也无法返回。被用旧的时光，只有记忆留白，依然跳跃在舌尖上的味道，在记忆中回之弥甘。红房子的蛋糕，馋死猫的猪蹄，隐藏在瑞丰商场里的杨氏面皮，玫瑰宾馆旁边的昭君抓饭，那些味道经过时光过滤、洗白，留在记忆深处的滋味，成为每一次顾盼的想念。

　　其实这些都不算是这个城市最大的变化。

　　新市政府区域的规划和城区拓宽的建设为梨城注入涓涓清流。沿着白鹭河分布的科技馆、图书馆、美术馆、游泳馆、市民中心、博物馆，这些建筑外形设计独特、别致，既满足了功能上的实用，视觉上也得到美的尊享。它们的存在彰显着梨城的文化底蕴和新气象。孔雀河、杜鹃河、白鹭河"三河贯通"为库尔勒披上湿润的纱衣，让这座塞外明珠在河流的滋养下愈加神采飞扬。

　　在库尔勒的街上走一走，被旧时光掩藏在岁月深处的城市，如同旧胶片，老旧、泥泞、昏暗。从前的庄稼地、逼仄的街道、河床如今早已被新起的高楼、八车道的柏油路代替。

　　勤劳朴素的库尔勒人随着潮涌的经济浪潮，用自己的智慧和汗水，让自己的生活变得朝气蓬勃。从黄色的面的到蓝色的现代，出租车奔驰在越来越宽的城市街道，从前人群密集的自行车流，到越来越多的自驾车，梨城人民的生活越来越好。

　　春风满面的库尔勒人迎来时代的春天。

　　地上如此，天上亦是如此。航站大楼一次又一次的扩建，天上的轨迹也愈来愈多,从头到脚都镀了金,乡村小道,疆内疆外都不能省略。航运线路的增多缩短了与国内其他省份距离,如今的库尔勒市不再是西北边塞上被遗忘的明珠,巴音布鲁克草原开花的日子,胡杨鎏金的日子,不远千里的游人像天上的星星,像草原上盛开的花朵,纷至沓来。

天山脚下的库鲁塔克山,正张开它坚毅的臂膀迎来五湖四海的宾客。

印象·梨城

郑梅玲

四月的库尔勒,俨然是"半城梨花半城水"地盛装伊人模样,水灵芬芳,清新婉约。翻看手机中随意在梨城拍摄的几帧绿意,如诗如画,任意一张都是精美的壁纸。如果没有刻意提醒,大多数人都不会把这座城市与几十年前"土里土气"的古老荒凉旧城联系在一起,似乎也忘记了它南临世界第二大沙漠(塔克拉玛干沙漠)仅有70公里,原本自然条件十分恶劣,生态环境也很脆弱。许多人只知道,如今的库尔勒市是一片由河流孕育的丰美绿洲,是一座新兴的独具特色的现代化魅力城市——山水梨城。2015年2月,它一举夺得全国文明城市"三连冠"桂冠,是西北五省区第一家获此殊荣的城市;三年后它跻身2018年度全国综合实力百强县市;随后又荣获全疆唯一的"2020中国最具绿意百佳县市"。这接二连三的美誉,使它更像一颗光彩夺目的塞外明珠,亮晶晶的演绎着古丝绸之路的文明乐章,吸引世人前来旅游探寻的热切目光。

一

1986年7月,高中毕业后刚参加完高考的我匆匆踏上回故乡探望父亲的旅途,那天是我第一次走进库尔勒火车站,也是我与这个城市的初次近距离接触。当时的梨城,楼房屈指可数,道路两边也没有多少建筑物。街面商铺不多,土块房子倒是不少。街道上平时行人稀疏,也少有车辆往来。有的旅客因携带行李较多,是搭乘毛驴车赶到客运站的,真可谓一路风尘仆仆。那天是哥哥送我到火车站乘车的,他当时在库尔勒市的一个建筑工地上打工挣钱,养家糊口。哥哥对我说,几年后这里的楼房会越来越多,城市也会越来越大,他跟随的建筑工程队当时已经签订了两年的楼房建筑工程合同,往后两年内都有活干,年底可以拿上工钱。我听后心中踏实许多,上车前叮嘱哥哥在工地上注意安全,保重身体。当年九月我再次从梨城出发,走向大学校园去完成我的学业。此后四年,我每年至少来回四次经过这座城市,如果乘车的时间宽松,我还会到城市里去看一看。每次经过这里,总可以看到有新楼房出现。

1990年7月,大学毕业后我从学校回家再次经过库尔勒市。那次我刚好与几位同学一路同行,于是大家决定停留几个小时在梨城转悠一下。同学们把行李寄存后,一起出发在市内的几条主要街道上散步,闲逛游玩。街道上已有不少楼房,有的正在建造。人行道上有几个骑自行车的,基本上都是大型号"28"的自行车。凑巧的是,那天我们在人民东路上看到一辆红色夏利车经过,有两位同学很想去乘坐一下,最终却因囊中羞涩而未能如愿。"等参加工作后,我一定要搭乘那种红色夏利车好好体验一下。"其中有个同学自言自语地说。

二

参加工作后我偶尔出差到州直部门办事,每次到库尔勒市都能感觉到这个城市的一些明显变化。随着时间的推移,人民东路等几条主要街道逐渐繁华,路面变宽,商铺日益增多,一座座楼房拔地而起,城市的绿色越来越浓。我依稀记得,库尔勒市是从1997年春天开始大规模进行荒山绿化和改善生态环境的。那年春天我到州直部门出差办事时,听到上级部门的领导和同事们正在开心地谈论有关荒山绿化的事宜。虽然他们要亲自参加绿化植树劳动,心中却非常高兴,想象着以后的库尔勒会越变越美,居民在市区附近就可以旅游休闲,真是一件令人向往的美事。当时我一边听他们议论,一边在心中琢磨:这的确是非常好的设想,只是那么大的工程,如何解决水资源缺乏和树木花草成活的问题,怎样才能梦想成真呢?

然而令人万分惊叹的是，经过几十年的持续用力，如今的梨城已经变成一座水灵灵、绿茵茵、花灿灿的城市。自20世纪80年代初在库鲁塔格山栽下第一棵树开始，至2020年末，全市人民义务种树1亿多棵。漫山遍野种植有胡杨、沙拐枣、红枣、紫穗槐、桑树、榆树、白蜡树等多种防护林和经济林，这些树木通过应用生根粉、保水剂、节水滴灌等综合配套科学技术，逐渐适应环境，在本地蓬勃成长，枝繁叶茂。城市北部生态保护长廊总绿化长度已达到105公里，真正在城市北部筑起一道绿色的生态屏障。春季满山翠绿，花草葳蕤；秋季山色妩媚，层林尽染。风沙被挡在城市周边的防护林之外，绿色从城市内部向周边不断延伸扩展，空气日益清新湿润。

我不禁在心中感叹：只要有了科学谋划，就能够人定胜天啊！曾经的我都不敢相像，那荒芜千年、寸草不生的荒山秃岭，怎么可能变成如今这三季花开、四季常青的园林景观呢！

"留住青山绿水、记住乡愁"，当这种发展理念变成现实时，梨城人心中的幸福感油然而生。如今大家喜欢休闲娱乐的"龙山公园"，毫无疑问地体现着属于梨城人特有的艰苦奋斗、改造自然、绿化美化家园的"龙山精神"。

三

扩展"绿面"，提升"绿线"，营造"绿点"……多年来，库尔勒市始终坚持增绿补绿和丰富色彩，打造园林城市的"景观带"和"新地标"。

我清楚地记得库尔勒市自2000年开始实施孔雀河风景旅游带的改造工程，令人惊叹的是，三年以后这里就变成了风景秀丽的旅游带。2004年，沿孔雀河已建成将近3公里的绿带景观，河道也拓宽了60米以上。在孔雀公园和梨香园建成后，我还带着儿子去游玩了一趟。

自2007年开始，来自和静县巴音布鲁克大草原的几十只野生白天鹅忽然降临梨城，在孔雀河入住越冬，给这里带来了吉祥灵动的生态环保气韵。次年春节期间，我们全家人专程去孔雀河畔看天鹅，那是我家儿子第一次看到白天鹅,他兴奋得都忘记了寒冷。

从冬到春,前来孔雀河畔赏天鹅、拍天鹅、喂天鹅和旅游观光的人群络绎不绝;一年四季,沿着孔雀河岸风景带散步的人群随处可见。到2020年冬天已有几百只天鹅入住梨城,虽然每年入住的时间不同,至少也有5个月之久。野生天鹅已成为梨城这个和谐家园中不可或缺的要员,十几年来它们落户于此,让库尔勒又成为一座"天鹅之城"。

2012年,穿城而过的孔雀河、天鹅河、杜鹃河"三河贯通"工程分期启动。首先贯通孔雀河与杜鹃河全长10余公里的天鹅河项目,随后实施白鹭河沿开发大道、石化大道至杜鹃河全长近5公里的贯通工程。先后建成孔雀河、杜鹃河、白鹭河、龙山风景旅游带,建成天鹅河国家AAAA级旅游景区、鸿雁河景区。春夏时节两岸绿意盎然,冬季野生天鹅栖息在此。目前,杜鹃河生态湿地公园已经绿树成荫,鸟语花香,它作为城市内的一片人工"绿肺",全面改善杜鹃河10余公里长的河道以及周边3000余亩土地的生态环境,让梨城每时每刻的呼吸都沁人心脾。如此胜景,蕴含江南水乡风情。

值得一提的是,在天鹅河高低湖旁坐落着库尔勒市九馆(党史馆、地情馆、规划展示馆、民俗博物馆、科技馆、档案馆、文化馆、图书馆、美术馆)和三中心(综合展示中心、市民服务中心、健身中心),它们为景区增添了一份深厚的文化底蕴和人文气质。每当夜幕降临时,孔雀河、天鹅河、鸿雁河、杜鹃河、白鹭河"五河十岸"景色迷人,水面波光粼粼,亭台楼阁流光溢彩,与绿树红花相映成趣,交织成梨城的一道人文风景线,彰显出库尔勒市在丝绸之路经济带上的旅游文化中心地位。

四

在我的印象里,库尔勒的春天是从千树万树梨花的盛开中绽放出来的。春夏的梨城宛如柔情似水、笑迎春风的梨花姑娘,她风姿绰约地走着,笑着,自信地向世人讲述一个美丽的蝶变故事。

秋冬的梨城不仅有芬芳的圣果香梨,有"万类霜天竞自由"的丰富色彩和风流气质,更有铁门关那样的雄浑气魄。它宛如飒爽英姿、健步如飞的小伙子,成为"丝绸之路经济带"南疆旅游目的地之排头兵。

　　位于孔雀河上游陡峭峡谷出口的铁门关,距库尔勒市8公里,地处库鲁塔格山中,是中国二十六个名关之一,在古代就是一个军事要塞。如今的铁门关景区自然风景更加优美。铁门关是进出塔里木盆地的重要关隘,地处南北疆交通的天险要冲,它所在的峡谷为两山夹持的峡谷段落,总长14公里。铁门关紧紧扼住整个峡谷的出口,关楼左侧直临深涧,右侧紧依千仞绝壁,让人真实体会到"一人当关,万夫莫开"的雄伟气势。铁门关地处丝绸之路中道咽喉,位于交通的十字路口,险要的地理环境和特殊的交通位置使它成为丝绸之路上的重要节点。自西汉张骞出使西域正式打通古代丝绸之路后,铁门关一直是经焉耆到库车老城的丝绸之路中道的必经之路。历史上西汉张骞两次出使西域、唐朝高僧玄奘西去取经、清朝林则徐勘南疆8城、清朝名将刘锦棠驱逐匪首阿古柏等重大事件,均发生在铁门关。据史料记载,唐代诗人岑参登铁门关楼,曾赋诗一首《题铁关楼》,如今还刻在山石上。

　　铁门关记录了自西汉以来中华大地东西部民族之间交流及中西方政治、文化、经济贸易交流2000多年的历史。坐落于铁门关城楼前的王震将军纪念楼,向世人展示王震将军考察遮留谷,谋划铁门关水电站的足迹。铁门关不仅是一个历史文化底蕴深厚的关隘,本身也是一部内涵丰富的爱国史诗。它的存在为梨城增添了雄浑的英气和厚重的历史底蕴。

五

　　有位文友曾多次对我说,空气异常清新的梨城的确是一个宜居宜业的城市,退休后建议你到这里来定居。春天可以赏梨花、吟诗词,夏季到河边散步纳凉,秋天看园林城市万木竞秀、彩叶飞舞,冬天还有天鹅宝贝常相伴。在梨城可以通过一种闲适快乐的慢生活,让身心回归田园般的宁静,这是多么惬意的事情啊!

　　我深以为然,10年前在梨城购买了一套面积不足100平方米的住宅楼。前些年儿子在库尔勒上高中期间，休息日时常过来陪伴。近年来，在难得的休闲日子我依然会到梨城看看，与家人一起在河边走走，或者到公园转转，坐在休闲广场听听麦西热甫歌曲，心中倍感岁月静好。

库尔勒，无论其因为盛产香梨而称作梨城，因为有天鹅入住而称作天鹅之城，还是因为有神奇的高山草原霍拉山、国家 AAA 级旅游景区铁门关、国家 AAAA 级旅游景区天鹅河，而称作山水之城，它在我心里始终是一颗闪闪发光的明珠，是一座集西域风情和水乡风韵为一体的现代化魅力城市。我无数次低头阅读其楼兰文明和丝路文化的悠久历史，无数遍昂首仰望其街道宽敞、道路畅通的现代化文明气象。我想用心品味香梨之芬芳，用情歌唱天鹅之圣洁，以诗吟诵其每一条河、每一座桥、每一座山、每一棵树、每一朵花，以及追逐梦想的每一个人。

梨城，是我念念不忘的水韵梨城、山水梨城、全国双拥模范城、国家卫生城市、国家园林城市、全国文明城市、中国魅力城市……是崇德向善、和谐宜居的城市，是天鹅飞来不想走的城市，更是许多人想来发展和定居的城市。

择一城终老　我选择库尔勒

兰天智

1999年2月，一股春风裹着我的梦想，把我从祁连山下的一个小山村吹到了塔克拉玛干大沙漠边缘的塞外新城——库尔勒。

初来乍到，老天就给了我一个"下马威"。漫天狂风肆虐，飞沙走石，一场接一场的沙尘暴，似乎要把我撵走。我的心情就跟漫天黄沙一样，糟糕透顶。

库尔勒给我的印象是一个"土"字。道路大多是弯弯曲曲、坑坑洼洼的土路，步行在路上，浮土会把鞋子淹没，两条裤腿也很快成为"本土"色；人们的住房大都是低矮的土坯房，看不到多少高楼大厦。整个城市像一位蓬头垢面、衣衫褴褛的"小姑娘"。

说实话，我不喜欢她这副土里土气的模样。

本想打道回府，可想起离家时父亲的叮嘱和母亲充满期待的眼神，我只好硬着头皮在西尼尔镇泰昌公司棉纺厂找了一份工作，暂时留在了这里。

西尼尔镇距库尔勒市仅20公里，只有一条道路，像巨蟒一样，蜿蜒着爬向远方。坐公交车需要一个多小时。道路两旁是满眼的荒凉，偶尔有电线杆从眼前一掠而过。破旧的公交车行驶在凹凸不平的道路上，除了喇叭不响外，其他地方叮叮当当到处乱响。

那时，金三角是城市的中心，算是最繁华的地段。每次来到市里，这里是必到之处。车流量不大，"马的"成为人们首选的交通工具，也是城市中的一道靓丽风景。我休息了常常来到这里，看看那些流动的"风景"，或是花上四五元钱,吃上一碗羊杂汤,算是对自己的一份犒劳。

岁月在棉纺厂的倍捻机旁悄悄流逝。不经意间,我眼中的"小姑娘"长大了,仿佛也是被倍捻机牵伸了一样,大变了模样。

她的个头长高了——高楼大厦如雨后春笋般冒了起来,鳞次栉比,直冲云霄。

她的躯体丰满了——从东扩西连,到向南延伸;从库尉一体化、到"三园合一";从国家级经济技术开发区,到上库高新技术产业园区,从东到西,由南向北,勾勒出"玉润珠圆"的城市框架。

她的容颜也越来越靓丽了,每当夜幕降临,孔雀河、天鹅河、杜鹃河、鸿雁河霓虹闪烁、灯火辉煌,像一条条璀璨的飘带,让整个城市变成灯的海洋,流光溢彩,美轮美奂。

20年前灰头土脸的容颜早已淹没在时间的记忆里。

现在,整个城市干净、靓丽,错落别致。水在城中舞,楼在水中映,城在绿荫间,空气清新,环境优美。

渐渐地,我爱上了库尔勒,这颗璀璨的塞外明珠。

我爱她是有着充足的理由的。

我喜欢她的灵动。"烟波不动影沉沉,碧色全无翠色深"。三河贯通后,整个城市因水而变得更加灵秀,更加温婉。小桥、流水、人家,形成一幅画,在诉说着这座城市岁月悠长、和睦安详的同时,陡增了几分"房前街道屋后河"的江南水韵。不管是倘徉在天鹅河边,还是在人工湖畔,总会让人如痴如醉、流连忘返。

我喜欢她的便利。城市道路像飞机跑道一样,笔直而宽阔,风驰电掣般地滚滚车轮,驶出城市的大气与豪迈;环城公路,四通八达,一圈一圈往外扩散,像年轮一样,印刻着她的成长痕迹,向人们诉说着永远精彩但无法讲完的故事;航空、公路、铁路像蜘蛛网一样织就了15分钟交通圈,无论是上高速、去飞机场还是火车站,基本15分钟即可到达。

我更喜欢她的包容。海纳百川,有容乃大。来自五湖四海的人们,操着各种口音在这里诉说各自的幸福。汉族、回族、维吾尔族、蒙古族等多种民族相互交融，组成一个民族团结、邻里和睦、和谐美满的大家庭。

2008年，我在梦之岛小区购买了一套房子，成了库尔勒一个"常住民"。我记得很清楚，乔迁新居时，恰逢儿子出生，我情不自禁地写了一副对联贴在门楣之上：添龙子迁新居扎根梨城百业兴，树壮志立豪情永驻边疆万事顺。

库尔勒，这座头顶全国十佳魅力城市、全国园林城市、全国卫生城市、全国文明城市等10余项"光环"的城市，时尚而不张扬，妩媚而不傲慢。

我喜欢这里不快不慢的生活节奏，喜欢不拥挤、不压抑的生活空间，更喜欢她清新的空气和宜居的环境，就像这个秋天一样，没有夏天的酷暑，没有冬天的寒冷，有的只是一份难得的舒适与惬意。

库尔勒，我有一百个理由爱上你！我会把根深扎在你的泥土里！我会伴你一生，将我的爱深深根植于你的怀抱中。

库尔勒的光阴和往事

石春燕

从西安回来,发现梨香路上卖了多少年蔬菜瓜果的鸿丰市场前霍然立起了"鸿丰大街坊"的牌楼,新鲜又大气,好像是我把古城的韵味偷偷带了一点回来,这好像还不算什么。一个做饮料批发的企业家约我在愿景城会面,我像外地人一样茫然,竟不知道库尔勒什么时候修了这么大的现代化步行街。库尔勒很多大大小小的变化总是令我感叹白驹之过隙,忽然而已。

还记得1995年7月14日,我和同学们坐着K169次绿皮火车,人生第一次经历了三千里路云和月到了库尔勒,也是南疆火车的终点站,再往南就只有坐大客车了。这个不起眼的小火车站,成了石油工人在库尔勒安家落户的中转站,我们这些石油院校的大中专毕业生从全国各地奔赴这座祖国边疆小城。那时还不兴"诗和远方",我不知道我和这个遥远的地方将会发生什么,但这里一定是梦想起航的地方。

新建的石化厂是我们到库尔勒的第一站,100多个风华正茂的年轻人在荒凉的戈壁滩上接受入厂培训,激情满怀地畅想未来,梦想找到石油的大场面。那时石化厂到市区不通班车,周末去市里买日用品,五六个人要么花4元钱挤一辆黄色面的风驰电掣,要么坐老乡装饰华丽的"马的",像女王的御驾旁若无人优哉地走在宽阔的石化大道上。我没有想到现在的库尔勒乘着石油勘探开发的东风,像一匹奋蹄的骏马正飞驰在腾飞的路上。

时光像河水一往无前地流走了,而我像一颗胡杨树种子在孔雀河畔扎下了根。入厂培训结束后，我一直生活工作在石化大道东边的石油基地。这片庄稼地里长出来的楼房，引领风骚也就那么几年。石化大道像库尔勒发育健壮的脊梁，两边辐射开去的大街小巷像她丰富的筋脉，不断地向庄稼地和戈壁滩上延伸，鳞次栉比的楼房像春天的草木一样一夜之间生长出来了，犹如茂盛的森林漂亮的花园。昔日优雅辉煌的孔雀大厦，风头很快被气派的在水一方、河畔世家一大批楼群盖过了。"每次回家都是凯旋"被丝路天街和丝路小镇的风情蔓延开去，加上毗邻的孔雀公园像她美丽的后花园，公园里的小湖像高楼大厦明亮的穿衣镜，更别说孔雀河的小桥流水尽收眼底，与锦官家园隔岸相望，一衣带水生出些许依恋的思绪来。

　　库尔勒逐河而居，没有像西安那样古老的城墙，美丽的孔雀河像开屏的孔雀分流成了白鹭河和杜鹃河，"三河贯通"，河多了桥也多了，著名的狮子桥、建设桥和葵花桥改头换面，乔装打扮，灯光楼影在水一方，外来的游人大呼塞外的上海外滩，令库尔勒的人如我之辈引以为豪。有时觉得库尔勒像一只开屏的孔雀，每一条大道就像她的翎羽光彩夺目，或者一只卓尔不群的天鹅，她的美丽优雅惊艳了荒凉的沙漠绿洲。

　　沿着孔雀河风景带滨河步道，从狮子桥到建设桥环河一圈大约5公里，我时常追随着梨香园国色天香的牡丹，风帆广场跳麦西热甫的古丽，建设桥上流光溢彩的秋色和灯火，天鹅优雅的舞步，沉醉在孔雀河的四季里。在河边徜徉，看着河水像维吾尔族少女艾德莱斯绸裙上的花纹一波一波荡漾开去。有时我像风帆广场上的一只风筝，飞不高也飞不远，有时像孔雀河里的一只水鸟，来了又去了，还是留恋不舍。尽管天鹅常来，我还是觉得自己更像一只水鸭子或是白鹭。生活在库尔勒，像经常有馕饼吃的鸟儿，把头埋在水里觅食的时候，冷不丁抬起头，发现又起了几座楼，又开了几枝花，又来了几个新伙伴。

　　慢慢地我成了老库尔勒人，时常怀想光阴里流走的那些往事。以前的库尔勒很多铁克其乡原先那样低矮破旧的民房，更像一个僻远的西北村镇抑或我的老家，人民路上的人民商场一带是最繁华的地方。我在那里花了 300 多块钱买了人生第一辆漂亮的女式自行车,骑着它去火车站接男朋友,去老街买菜,去铁门关玩,好像这个城市没有我的自行车轱辘跑到不到的地方。男朋友在那里花光了两个月的工资给我买了一件米黄色的羊绒大衣,手感真柔软细腻,只是我瘦得像芦柴棒,最小的尺码穿在身上,如同穿着唱戏的戏服,可是男朋友说好看。那天我们在巴州电影院看电影,在新华书店看书,在西域酒家吃冰激凌的时候,很多女孩子都投来了艳羡的目光。那件大衣没穿两年就穿不进去了。结婚生子以后,常去人民商场地下街,买便宜的衣服,买居家过日子的小东小西,也会买一两盆花草,几条养在玻璃瓶里小红鱼。有时抱着孩子去人民商场楼下吃一碗风靡全城的两块伍的杨氏凉皮,有时到供贸大厦门前的烟熏火燎的夜市吃过瘾的烧烤。没几年,西域酒家的地基上修起了汇嘉时代,将国内多元的消费模式引进了库尔勒,将库尔勒原先几个高大上的商场甩出几里地去。有一次坐出租去汇嘉,司机师傅是个少数民族同志,问我"回家,你家在哪里?"至今想来还想笑。不知道为什么,那时候的滋味和情景现在还清楚地记得,就像一直记得刚到库尔勒的样子。

十二属相转了整整两个轮回,我们真的找到了石油的大场面。库尔勒因油而兴,像动力十足的火车头带动石化大道周边四通八达的路修起来了,当年骑着自行车满城跑的年轻人,现如今只有望路兴叹的份,汽车都堵到家了。楼群像春天的草木一天一个样,连戈壁滩上的石化厂早已被绿荫和厂房簇拥着成了兴旺的工业园区了。我这只围着石油转个不停地小陀螺,毕业的时候连家都没顾上回,终把库尔勒住成了故乡,在孔雀河南岸的石油基地写下光阴的故事。

库尔勒因为孔雀河而生根发芽,因为半城梨花半江水而声名远扬,因为成群的天鹅不期来访成了网红。在我心里库尔勒是一幅沙漠边缘的彩画,坐着 K169 次绿皮火车来的我在风沙里为她添光加彩画上了几笔。

K169 次绿皮火车早换成了空调车,现在正驶进新的库尔勒火车站,从车上下来的很多跟 20 多年前的我们一样的年轻人将和我们一起续写库尔勒的故事和未来。

塞外明珠　大美梨城

毛成玲

　　晨曦微露，一轮红日从河面上冉冉升起，粼粼波光犹如点点碎金，无声地涌向远方。河的两岸，开始有了一丛丛跃动的青春的气息。

　　夕阳西下，一团余晖暖暖地抚摸着城市的每一个角落，留下一丝丝温热的回忆，随后悄悄没入大漠辽远的边际。

　　夜幕降临，一簇华灯顺着河沿迅速燃烧，城市顿时变得流光溢彩，顾盼生辉。男女老少走上街头，徜徉在河畔，低喃在树下，欢歌在亭廊……

　　如果我告诉你，这就是地处塔克拉玛干沙漠边缘的小城库尔勒的美景，你信吗？如果你来过这里，便不得不信，库尔勒的的确确算得上是一颗闪耀着璀璨光辉的塞外明珠！

　　库尔勒，维吾尔语意为"眺望"。因为这里盛产香梨，故又叫梨城。她是一个名不见经传的年轻的边疆小城，更是一个集秀美、奇美、壮美于一身的大美之城！

　　如果说塔克拉玛干大沙漠是一位粗犷豪放的汉子，那么梨城，就是站在一旁默默陪伴他一生的温婉多情的美娇娘。

　　梨城给人的印象，始终有一种不言而喻的秀美之气，既如小家碧玉，又无处不透露着大家闺秀的风范。先不说那些栽植于各条街道和各个广场、公园中的树与花是如何的招人喜欢，也不说那些放置在街头各式各样的小景是如何的引人注目，单单是一条穿城而过的孔雀河，她的脉脉温情，便足以让你魂牵梦萦许多年。这条美丽的河流，一年四季总是这么不知疲倦地流淌着，给梨城带来了鲜活、灵动的气息，被人们亲切地誉为

"母亲河"。在某种意义上,她也是梨城人的情感寄托,承载了人们太多的美好梦想。闲暇之余,人们总喜欢到孔雀河边去走一走、看一看。而静静流淌的孔雀河水,是他们最知心的朋友,总能为他们解开思想的枷锁,荡涤心灵的尘埃。

一座城市,因水而有了灵性;一方热土,因水而更具活力。在新疆,像库尔勒这样拥有一条穿城而过的河流的城市极为罕见,因此这里的人们更是视水为宝,视孔雀河为荣。20世纪90年代,随着塔里木石油的勘探开发,梨城也越来越重视起了环境的治理与保护,重视起了家园的美化与亮化,开始着手打造长约10公里的孔雀河风景旅游带,让它成了市区一道亮丽的风景线:河中玉水如带,清波碧浪;河的两岸,高楼大厦鳞次栉比,道旁花团锦簇,绿树成荫;夜晚河畔灯火通明,游人如织。近几年,再加上年年都飞临孔雀河越冬的天鹅、野鸭等诸多的珍禽异鸟,使梨城增添了别样的魅力,让水与城相结合的秀美风情得以充分显现,让人与自然和谐共处的画面更加丰富多彩。

如果说孔雀河风景旅游带是库尔勒围绕水资源所做的改善生态环境的一项初步尝试,那么自2012年开始着手实施的"三河贯通"工程,便堪称是库尔勒城市建设的大手笔,既体现了库尔勒人敢于战天斗地的拼搏精神,更让库尔勒人进一步增强了获得感和幸福感。

何谓"三河贯通"?至今说起来仍让库尔勒人津津乐道,并引以为豪。"三河贯通"通俗的说法,是将库尔勒城区内已有的三条河流(孔雀河、杜鹃河、白鹭河)由一条人工河流,也就是天鹅河进行横向连通,从而在库尔勒城区区域内形成一个巨大的相互贯通的水网,让水在城市天上地下转起来、动起来、活起来。经过一年多的建设,随着全长近5公里的天鹅河开始通航,标志着"三河贯通"工程一二期胜利完成。这项工程的顺利实施,对于干旱少雨的沙漠地带而言,不能不说是一项伟大的奇迹。

近几年来,库尔勒人明显地感觉到,库尔勒的风渐渐清新起来,雨水渐渐丰沛起来,空气渐渐湿润起来,花草渐渐明亮起来。随着天鹅河沿岸配套绿化工程陆续跟进,使之成为库尔勒人日常休闲的首选打卡地。更多的时候，人们都是在天鹅河边漫步观景、赏音乐喷泉、乘游艇画舫中度过了夏日的休闲时光。三河贯通，让梨城变成了名副其实的江南水乡，让库尔勒变得更加秀丽多姿、风情万种，让许许多多的外地人都像天鹅一般，来了就不想走，只想留。

说到梨城的奇美，是因为这里生长着两种奇树：一种是被称为"果中之王"的香梨树，一种是有着神奇生命力的胡杨树。

据晋代葛洪撰写的《西京杂记》记载："瀚海梨，出瀚海北，耐寒不枯"。此梨指的就是库尔勒香梨，迄今已有1600多年的栽培历史。因为库尔勒有着独特的水土、光热等自然条件，产出的香梨也有着极优的品质：皮薄肉细，汁多渣少，酥脆香甜，回味悠长，目前国内外任何一种梨都无法与之相媲美。同时，它也极耐贮藏，就像老酒，越陈越香。头年秋季采收，放到次年春天依旧不霉不烂，而且变得更加金黄诱人，香甜爽口。因此，库尔勒香梨被称为"果中之王"，当真是实至名归。

每年春节一过，天气便渐渐暖和起来，无论在城市还是在乡村，总会见到"处处烟柳绿，树树繁花开"的美丽景致。而每到阳春三月，除去公园、道路绿化带中星星点点开花的景观树，整座城市乃至乡村都一定会被洁白无瑕的香梨花所充盈，形成"半城梨花半城水"的壮观景象。每每在此时节，弥漫着花香的梨城能引得多少蜂蝶来花下寻香采蜜，多少文人骚客来树旁吟咏拍照更是数不胜数。近几年来，库尔勒市大力发展乡村旅游，其中最重要的一个着力点，便是用独具魅力的库尔勒香梨做文章，各乡镇连年举办梨花节，更使得库尔勒市的文明形象因香梨花开而香飘万里，蜚声四海。

胡杨，沙漠戈壁上最具传奇色彩的生灵物种，以它孤傲、坚强的品格著称于世。库尔勒周边有许多胡杨林景点，那些胡杨，或一株傲然独立，或两棵相依相偎，或散散落落，这抱一团那成一群。无论生的死的，它们的枝叶、根茎，都是那样的硬朗、苍劲，仿佛生生世世都在与命运作不屈的抗争。身处在荒无人烟、干旱缺水的沙漠，它们以"生而三千年不死，死而三千年不倒，倒而三千年不朽"的精神，激发着世人对生命的崇敬与膜拜。

唐代诗人王维有诗云：大漠孤烟直，长河落日圆，被后人称为"千古壮观"之名句。库尔勒地处沙漠边缘，茫茫大漠浩瀚无边的壮美景象也投射到了她的身上，让她拥有了无穷的魅力。

在距库尔勒市区七八公里的北方，就是著名的"铁门关"了。它曾是古代"丝绸之路"的咽喉所在。晋代在这里设关，其地势险要，山势险峻，易守难攻，有"一夫当关，万夫莫开"之说。铁门关自古以来就是兵家必争之地，关旁绝壁上至今还留有"襟山带河"四个遒劲有力的隶书大字，关旁山坡上还留有古代屯兵的遗址。站在关门前，似乎依稀仍能听到金戈铁马刀来枪往的厮杀声，仍能感受将士们保家卫国的壮举。

美丽的自然景观，历史的文化积淀，成就了库尔勒的现代文明。近年来，库尔勒市获得了国家卫生城市、国家园林城市、中国优秀旅游城市、国家环境保护模范城市等诸多国家级荣誉称号。这些荣誉，凝聚着库尔勒人民闪光的智慧和辛勤的汗水；这些荣誉，永远都只是一个新的起点。库尔勒，这颗在塞外埋藏了千百年的沙海明珠，如今正放射着无比耀眼的光芒。她将以大漠儿女的壮志豪情，胡杨顽强坚毅的品格，孔雀河奔流不息、奋斗不止的精神，眺望更加美好的明天，创造更加伟大的奇迹！

赋彩库尔勒

方　刚

道

一条古道通往前朝,驼铃渗漏一路。商人包裹里装满雨水,财富梦颠簸辗转。

经商须精明、诚信、仁义,也须勇敢,走完一条路究竟有多难？坎坷、北风、雁阵……天空悬着一轮夕阳。

使者持节而来,代表国家,他严肃而稳重,神圣感高于饥渴与疲惫,也高于恐惧,暗处可能潜伏死亡。辞行时,一匹马毅然决然。肩上,落下一粒霜又落下一粒霜。

琵琶幽咽,和亲女子缓慢行走。两个国家压在柔弱的肩膀,没有人能分担她的疼？此去,乡关万里,一些称谓荒芜,只能在琴弦上种植一枚月亮。一回头眼中就会下一场雨,山高水长,她越走越小。

凿空之旅。张骞在一条路的扉页,艰难地写下自己的名字。一双腿是"凿",他风风火火地走,踉踉跄跄地走,一步一顿地走,颤颤巍巍地走……一行脚印带血。多少尘土混进体内,脚上增添一道裂口,又增添一道裂口。他凿啊,凿啊,把天空凿出光亮。

一座古城蓄满旧时光,茶叶、丝绸、瓷器、香料、宝石……聚在一起,东方、西方的文明聚在一起。叫卖声碰出繁华,人们用汗水交换汗水,用爱交换爱,丝路花雨纷纷扬扬。

现在,重建一带一路,库尔勒位于一个幸福的结点。航空、铁路、高速……畅通,每一条路都通往光亮,指向辽阔与遥远。

关

铁门关扼住一条路的咽喉,诠释着"一夫当关,万夫莫开"的古语。

山崖如削,陡峭、险峻、雄伟,峡谷幽深,通往神秘。

一关如铁,翘起一截硬骨,迸发金石之声。

翻阅一座关的旧事,传来冷兵器撞击的声响,闻到浓浓的硝烟味道。

总有烽火把家园烧出疼,马蹄溅起大面积哭声。千百年,夺了关隘,失了关隘,一面被困的旗帜失血不止。

披挂出阵的将军是谁?一匹马在边塞诗里踏出铿锵的韵脚。久居军营,他头顶上有雪,思乡时,有没有在一杯酒里寻找回家的路?

一个士兵倒下,儿子、丈夫、父亲,以及更多称谓散落一地,再也发不出回声。他在亲情里留下一个缺口,冷风不断灌进来,灌进来。

现在和平,城乡祥和,夜晚,每一扇窗口都装着一轮月亮。

从高处看,一座关像极了伤痕。

水

旱区竟然多水,库尔勒就是传说中的"塞上江南"。绿洲铺开一片片田园,乡情大面积洇开。

孔雀河、塔里木河润泽地方志,涌动亿万象声词,哺育渔歌、牧歌、酒歌、情歌,哺育姓氏、方言、民俗、宗教,炊烟分蘖、拔节、抽穗、扬花。烽火、驼铃、往事……化作生生不息的波浪,无数清凉的唇的撕咬时间。

一架水车在农耕史里吱吱地唱歌。一个妇女汲水,喂养爱情,怀中的陶罐喧响不已。几个孩子戏水,年轮沁入密密的水纹。一群鸭子潜水,荡起一圈一圈宁静。

博斯腾湖浩渺,光与影婆娑,浣洗一朵悟彻的云。远山、草木、乡村倒映湖中,翻新一幅画的意境。这样清幽,适于虚构一叶扁舟,撑一支篙,退江湖之远。或者垂钓,暂时退出时间,把自己激起一朵浪花,又一朵浪花。

从前,找到人与水的切点很难。渔夫要在船上颠簸一生,撒网,试图打捞一尾尾鲜活的日子,晚归时,有没有满载一舱欢乐?

现在安澜，堤岸成为景观。人们尊水、爱水、净水、节水，每一片波浪都噙着一轮太阳。

林

在大漠，林与沙相互对抗，又相互妥协。

胡杨是与风沙搏斗的勇士，向沙漠进军，擎起绿色的旗帜。

胡杨适于倾听。胡杨在呢喃，一枚新芽喊着春天。大漠困不住梦想，沁出一滴绿，又沁出一滴绿，直到汇成绿洲。胡杨在呐喊，旱、热、咸，以及更多禁令，阻挠生命，低头即荒芜。痉挛的手指抓牢天空，或立，风骨凛然；或倾，保持冲锋姿势；或卧，挣扎着起身。风沙还在一刀一刀砍来，守护家园，胡杨不怕疼。胡杨在絮叨，秋天步步深入，关于红叶的颂词，沧桑，堆砌阳光、金子、霞，以及更多美丽的喻体。被岁月历练，淬出纯粹与真实，经历过、拥有过、付出过，这就够了，要坦然面对荣枯，向大地说出眷恋与感恩，每一片叶都是爽朗的笑声。胡杨在沉默，用鲜血、骨头说话，活着就是一种艰辛，承受多少相反的力？一再扭拧自己，再添一道伤痕。传来骨折的声响，死了，站成一尊雕像，依然对抗风。

还有芨芨草、沙柳、骆驼刺……倔强地高唱生命之歌。果实成熟，一树一树灯笼照亮通往甜蜜的路。

现在继续种树，绿色蔓延，人进沙退，库尔勒到处是美，或者更美。

库尔勒日新月异　魅力四射

李　戈

库尔勒历史悠久，是巴州首府，是古丝绸之路咽喉要道。公元630年佛教高僧玄奘西天取经曾途经这里。1917年设县佐，1930年置"设治局"，1939年升为县。1979年6月经国务院批准设市，1984年县市合并；2005年，库尉一体化建设正式启动实施，为南疆石化产业带、1000万亩林果业产业带的加快建设和经济社会的持续、快速、健康发展奠定坚实的基础。

说起库尔勒，我有着切身的体会和感触。1976年我怀着建设祖国西北边陲的满腔热情，登上铿锵西去的列车，历时9天，辗转来到华夏第一州州府库尔勒。我的一生从此与库尔勒的发展紧紧地连在了一起，成了这座城市沧桑巨变的见证人。

初到库尔勒，街道狭窄多尘土，房屋普通简陋，除了塔里木饭店、人民商场在十字路口矗立外，几乎看不到什么高大建筑，远不如国内其他省份一个普通乡镇。副食供应奇缺，市内交通一片空白……此时的库尔勒成为祖国贫穷落后的一个缩影。在与朋友联系交往时，我甚至没有勇气承认我是一个库尔勒人。

1978年，十一届三中全会形成了以邓小平为核心的第二代领导集体，实行改革开放的大政方针政策，将党和国家的工作重点转移到以经济建设为中心上来。库尔勒这座塞外落后小城遂批准设市、南疆铁路兴建，其发展开始迅速步入快车道。改革开放打开了人们思想上的枷锁和心头的桎梏，给许多企业注入勃勃生机，使部分人先富起来，库尔勒经济建设开始飞速发展。

1984年,火车通到库尔勒,从此改变了库尔勒出疆难的困局,各类物资、大米等粮食供应日益丰富,大大改变了并提高了库尔勒人民的生活水平,给库尔勒城市发展提供了良好契机。

1989年,国家西部大开发战略实施,石油开发,西气东输给库尔勒带来了千载难逢的历史机遇,带动了城市经济、建设、工农业生产、社会发展突飞猛进、日新月异。库尔勒在20世纪90年代硕果累累,取得举世瞩目的成就,自1994年起综合经济实力在全疆县市名列前茅,初具魅力。这个时期,库尔勒各种经济形式并存,多元发展;房地产业、物业企业如同雨后春笋,异军突起;个体私营经济冲破姓资姓社的羁绊,迅速崛起,给库尔勒的发展带来无限活力。库尔勒的街道宽了,楼房高了,花红草绿,树木繁茂;市场物资丰富了,人们口袋里的钱多了,生活美了,脸上的笑容更自然更灿烂了。

进入21世纪,库尔勒的发展更是一日千里,今非昔比。20层以上的高楼大厦达到150余座,生活住宅小区300多个,大型广场12个,现城区总面积50多平方公里。库尔勒注重以人为本,整体和谐,天蓝地净,水清路洁,鸟语花香,城绿市美,现代化生态园林城市气氛浓郁,先后被评为全国双拥模范城市、全国卫生模范城市、全国城市环境综合整治先进市、中国优秀旅游城市;2002年入选中国最发达县市前100名中的第72位,西北五省区第一位,成为10座最具魅力的城市之一。梨城不断壮大发展,40年迈开四大步,这一切都是改革开放带来的历史巨变!

如今的库尔勒高楼林立,廊桥座座,五河穿城,山清水秀,发展强劲,日新月异。黑白战略是库尔勒发展的坚实基础,香梨圣果已享誉海内外;天堂大峡谷吸引多少游客观光驻足,流连忘返;孔雀河潺潺流水伴随着人们的欢声笑语,充满青春活力;每到夜晚灯光河水交相辉映,流光溢彩,展现出这座美丽城市特有的靓丽夜景,令人惊叹;库尔勒与时俱进,成为名副其实的塞外明珠;库尔勒文明和谐,日新月异,魅力四射!

现在每当有人问我是哪里人时,我都会非常高兴地告诉他:我是魅力城市库尔勒人!作为魅力城市库尔勒的市民,我感到光荣、骄傲和自豪!

第三辑 赏丰姿

库尔勒风姿

郝贵平

库尔勒，霍拉山前的梨城，你究竟是何样容颜？奔向你，铁门关下的清流，水色碧透波光潋滟。孔雀河蜿蜒出山恩泽绿洲，母亲乳汁哺养田原，南疆城名冠香梨味带芬芳，天下圣果四海盛赞。拥抱你，心怀一份庄严召唤，将血脉与你相连。依恋你，饮一掬孔雀河碧波，胸腹里满是清甜。

迎着朝霞我登上龙山之巅，眼底风光一派灿烂，改革的春风催发石油会战，昔日小城气质焕然：大动力助你开创壮丽前程，灵动筹划大美画卷，大智慧为你张开驭风双翼，着意翱翔天山之南；你的肌体充盈鲜活的生机，百业兴旺枝茂叶繁，你的身姿定然是霓裳仙子，锦绣衣袂风姿翩翩。

莫非真切梦幻？看开发区崛起海市般楼宇花苑，难道不是奇迹？瞧昔日的荒滩耸立起人间胜观：通衢大道洁美宽远，宛若美丽楼园的多彩项链，场馆建筑气派新异，呼应琼楼小区如海上仙山；放眼新老城区碧树掩映，百街灯火，柔情万般，如此美好家园姿容新丽，绰约婀娜，美若诗篇。

何言近临荒漠，风急沙卷，山头上来云少雨烟？自有清流出山，灵水润泽，孔雀河触发好灵感：杜鹃随同白鹭衔落洋洋水景，举目望碧波涟涟，鸿雁相伴天鹅飞羽化而成河，仿佛你妩媚装扮；城市的新美中水韵依依，引得天鹅群引颈鸣嗟，虹桥卧波倒映绚丽风景，谁人不夸这塞上江南！

园林式新城在创建中塑造，文明城市荣誉连冠，尚美的因子在春色里勃发，沐浴阳光馥郁满眼。街市里逛逛吧，大超市星罗棋布楼层商货万千，市场里走走吧，东西南北中果蔬商饮店铺毗连，条条街路车流如河奔涌着城市的脉动繁忙运转，处处社区明丽优雅呈现着团结和谐与如意平安。

东山岭上东归塔勒刻历史风烟，英雄壮举非凡，鸿雁湖畔永安塔巍立雄浑傲岸，彰显长治久安。粮棉大田园艺果林一并在春华秋实中收获期盼，农牧致富喜奔小康绿洲大地处处丰腴气韵饱满。田间牧场香梨园中历经沧桑的老人们与我叙谈，言辞切切语意款款无不赞诵生活温暖福满人间。

来谛听本土诗篇的朗诵，句韵洋溢新时代歌赞，来踏进城乡欢舞的行列，手鼓伴合赛乃姆歌弦；多民族文化百花绽放，主旋律是中国梦的实现，多色彩风尚绚若虹霓，大主题是中华美的承传。伟大祖国跨越奋进，步伐里城乡处处景象璀璨，富饶大地长歌激扬，韵调中抒发豪迈饱含情感。

收获的季节里，我又一次登临金叶染翠的龙山，俯瞰的视野中，城市的蓬勃生机一尽收入眼帘：经济技术开发区的新型工厂郁郁葱葱活力劲健，现代化工业经济的产出同为城市增添财富之源；乙烯大项目相继宏伟大石化又奠基新一轮发展，崭新火车站呼应亮美大机场再开拓宽远的外联……

今日库尔勒百强县市中风华峥嵘气象葱郁烂漫，西部明星城盛世华灿里气宇轩昂风姿浮翠流丹。裁一片华锦我要为库尔勒献一帖情与爱的诗笺，揽一怀彩霞我要为新梨城捧一份最诚挚的祝愿：好家园风华正茂，春色扑面，新时代风光无限，好愿景鹏程万里，百舸扬帆，新征途再跨雄关！

座座金桥通往无限光明的未来

天 然

时下库尔勒又多了一个别称——"桥城",因其桥多而得名。

如果说香梨给予库尔勒印象中的甜美,那桥赋予库尔勒的一定是现代化气息,记录着这座城市在打造新疆现代化区域中心城市过程中发生的巨变。

桥,连接新老城

"狮子桥、葵花桥、建国桥、建设桥,20世纪90年代中期,库尔勒的桥一只手就能数过来,现在,桥多得叫不过来。"库尔勒市市民杜先生感叹道。

行走在库尔勒市,桥,连接着老城区、南市区、开发区。桥,又把每一个区内的组合合为一体。这种规划的利好在于,让人随处可以感受到城市功能区的存在和便捷的生活。

不同的发展理念对城市经济发展的顶层设计提出了新的要求。这也难怪很多人觉得库尔勒不像县级市,它在朝着现代化区域中心城市的方向努力发展。

"三河贯通"是库尔勒市从2012年开始将已有的孔雀河、杜鹃河、白鹭河横向连接,在水系经过的地方规划了上水城、生态城、幸福城3个新的发展组团,借水韵促发展的城市经济和民生建设。

据介绍,老城区、南市区、开发区是库尔勒的"一城三区",也是中心城区的三大组团,三大组团承担城市发展的不同职能,但功能又相互联系。老城区是行政中心,开发区集聚工业企业;南市区是原来的城乡接合部和棚户区，现在成为库尔勒市的商务、文化、金融中心，由上水城、生态城、幸福城3个小组团构成。

在库尔勒，记者并未感到一座城市因扩张容易出现的割裂感。登上城东的龙山，可以清晰看见城市各组团被"三河贯通"后的河道串联起来，河水像血液一般，流过桥梁，滋润着城市机体的每个组织。人在不知不觉中踏入新的区域，不论身处老城区、南市区还是开发区，随处可见商超、宾馆、餐厅等配套产业。

再看规划图，库尔勒市"一城三区"规划，改变了传统城市"摊大饼"式的环状扩张模式，围绕老城区的"结网式"的组团发展，库尔勒市跳出老城区布局，在老城区各方向布局新的发展区域，形成各自特色，每一个特色都被桥连接着。

现代化的库尔勒，吸引着越来越多的客商投资兴业，水脉成为库尔勒市组团发展的筋络，桥成为组团间协调并肩发展必经路。

桥，连通"五化"。

库尔勒市天鹅河河面中间的陆地上，一棵三人难以怀抱的古榆随风摇曳着枝叶。

"这么古老的树为什么会生长在河道中？"游客疑惑。看着古榆，提力瓦地·肉孜知道，它是原来铁克其乡政府门前的那棵树。

提力瓦地·肉孜是库尔勒市铁克其乡一位拥有城市户口的农民。白天，他在地头侍弄梨树；晚上，他开车回到城里的楼房歇息。天气热了，有时候他会带着老伴跨过家门口的田园桥，在河畔散步。

以前的铁克其乡不是这样。铁克其乡是城中乡，大部分居民住着平房，其中的棚户区是风来一场土，雨来一地泥，有的地方就算是提力瓦地·肉孜走进去都会迷路。

2012年，"三河贯通"一期工程启动前，铁克其乡所处地块的3000亩土地每亩地出让金仅20万元却无人问津，工程实施后，这一区域景观有了很大提升，开发商发现了潜在价值，后来这一区域的土地出让金升到每亩150万~200万元，出让的1500亩土地被开发商一抢而空，这给库尔勒市财政创造了 25 亿~30 亿元收入。政府把这些钱花在新型城镇化建设上。"三河贯通"一期工程拆迁和棚户区改造资金为 15 亿元,河道景观、市民服务等配套设施 10 亿元,政府共需投入 25 亿元,通过景观改造和市场化运作,库尔勒市巧妙解决了资金问题。

古榆依旧,铁克其乡今非昔比。夜间行走在天鹅河畔,河水映衬着皎洁的月色,河岸两边建筑上装饰的灯带让夜空色彩斑斓,散步的人迈着从容的步子享受阵阵清凉。通过拆迁、安置、重建,这里已成为库尔勒市上水城的重要组成部分。

用这种政府先行、市场主体的办法,库尔勒市克服了棚户区改造的重重困难。这种办法被复制到其他棚户区改造上,为新型城镇化建设打牢基础。

新型城镇化有了保障,"五化"同步也就有了引擎。库尔勒市在积极改善城市环境、调优城市结构的同时,配套制定了城市交通枢纽规划,完善城市路网与高速公路的衔接,让交通为城市结构改造提供更多便利,桥多,也就不难理解了。

在新型工业化发展上,库尔勒市在原有开发区的基础上,结合现有交通区位优势,规划布局了上库综合产业园和塔什店循环经济产业园,形成了一主两翼的产业工业发展格局。在农牧业现代化发展上,结合本地特有的区位优势,打造面向南疆的农产品集散中心和面向全国的棉花储备储藏交割中心,以新型城镇化为依托,支持农村富余劳动力转岗就业,打破阻碍农工互助、城乡协调发展的束缚,促进农牧民收入的提高。在信息化和基础设施现代化方面,库尔勒市以创建"全国智慧城市"为统领,创建数字城管、数字社区、城市综合智能管控系统等平台,提高城市管理的效率和科学性。

水为这座城市带来了新的生命,桥则架起通往新生命的通道。

桥,载着库尔勒人从历史跨向未来

桥是历史的纪念碑,是城市成长的记录。

桥是固定的，桥是变化的。

2010年9月28日，库尔勒市建设桥拓宽改造工程顺利竣工。改造后的建设桥，犹如一颗璀璨的明珠，镶嵌在孔雀河上，成为库尔勒城市的一道亮丽的风景。

扩建后的新建设桥，桥面由三部分组成：中间是宽阔的机动车道，两边分别有非机动车道和人行道，机动车道与非机动车道之间由花坛隔离开来，为车辆和行人提供了安全保障。桥头桥尾分别矗立着两根花纹的灯柱，很富特色。

随着夜幕的降临，建设桥上的华灯齐放。两根悬索上的196盏灯亮晶晶的闪烁着，桥头桥尾的灯柱发出蓝色的荧光，桥的侧面五颜六色的菱形灯光交替闪烁，像一条流动的小溪。建设桥的灯光把夜晚的库尔勒装扮得分外美丽。

建设桥的改扩建，不仅改善了孔雀河南北两岸的交通状况，而且丰富了城市的内涵，成为库尔勒城市的新"名片"。

以往经济不发达，人们足不出户；人、牲畜拉着木板车从桥上过往，杂乱脏。现在，老桥全部经历了和建设桥一样脱胎换骨式的变化。随着库尔勒市"三河贯通"工程的推进，人行桥、车行桥等景观桥浮现在绕城蜿蜒的三条河上，众多造型优美的桥梁点缀其间，为这个"半城梨花半城树，满目青翠满目花"的宜居小城增添了更多的浪漫情调。

一桥一风景。每座桥，形象各异，都被赋予了"文旅"特质，既供车辆通行也供市民休闲观赏，又助推经济发展，为方便市民出行增添方便。

伫立于狮子桥头，举目四望，孔雀河奔涌而来，欢腾而去。龙山身披绿袍，孔雀河两岸风景带中，万木葱茏，绿草如茵，那梨香园的郁郁香梨树，那精致优雅的盆景，那巧夺天工的凉亭，那玲珑剔透的园林小品，还有林荫、草坪、盆景、喷泉、夜晚璀璨的灯火……整个库尔勒，远看像公园，近看像花园，宛然一位大画家挥毫泼洒的一幅山水画卷，令人生出无限的遐想。

傍晚时分，人们迎着和煦微风走出家门，跨过大桥，来到街市繁华地，休闲赏景,散步购物。至于各大广场更是另一番情景,各族群众嗨歌跳舞,健身养心。现代文化与传统民族文化交流、交融,各族群众相互欣赏、相互学习,传承文化拉近心与心的距离。

  江城如画里,山晓望晴空。两水夹明镜,双桥落彩虹。谁也不会想到,李白诗中的画如今在大沙漠边缘的库尔勒也能看到了。漫步桥上,有太多的丝路风情值得去领略,也有太多的时代足音值得去聆听。美存在于生活之中,而对于美的发现,则要靠我们对它的理解和认识,这也是人生的另一种乐趣。

  开都河、博斯腾湖、孔雀河不竭的乳汁孕育了库尔勒的水文化,座座金桥连接着幸福和民生,座座金桥贯通着文明与和谐,座座金桥通往无限光明的未来。

城雕——艺术地诉说

易 然

城雕的特别之处在于，周边的建筑物甚至整座城市都是它的背景。在设计城市雕塑的时候，艺术家要充分了解城市的历史、人文、经济、文化甚至政治的情况，提炼、概括出城市性格、城市文化的特点；要细致考察周边甚至整个城市的建筑布局、风格和景观特点，让雕塑与周边的一切和谐协调、对应统一，艺术化地体现城市性格和文化，起到城市历史文献的讲述、城市文化的艺术化展示和城市愿望的投射作用。

现代化城市规模庞大，变化迅速，多元的文化和力量在其中冲突博弈。正因为如此，城雕的重要性愈加彰显，以"艺术魅力""主题之魂"和耐久的材质，长远地诉说，供人们欣赏、阅读、聆听。

有专家把城市雕塑的类型分为两大类：一是"对城市传神""艺术化描述"——象征城市形象；二是"投射城市愿望""表达市民诉求"——呼应城市精神。

到库尔勒街上走，尤其到河边的绿荫中散步，随处可见城市雕塑。

一

"对城市传神""艺术化描述"，象征城市形象的。

班超饮马——孔雀公园：

"班超饮马"雕塑人物高度为2.5米，马匹人物按比例确定尺寸，材质为古铜色铸铜。雕塑以班超饮马的历史典故为原型，突出其驰骋沙场，英勇平定西域团结爱疆的崇高英雄形象。史料记载，班超出使西域途经库尔勒,曾在孔雀河铁门关处饮马,取其意境创作雕塑。雕塑用青铜塑成。马正在低头饮水,班超右手扶马胯,左手紧握剑柄,目光坚定地凝望着前方,似在告诉人们,无论关山何其高远,险阻何其繁多,他都将坚定地走下去,直至"凿空"西域,不达目的不罢休。

岑参游吟——梨香公园:

岑参,唐代边塞诗人,尤以《白雪歌送武判官归京》被世代广为流传。雕塑高3米,以铸铜材质塑造。大雪纷飞,很多人躲入帐内取暖,岑参却冲进雪漫,右手捻长须,左手按住长袍的右侧下摆,上身前倾,步伐矫健沉稳坚定,高昂头颅大声吟诵"千树万树梨花开"。

"轮台东门送君去,去时雪满天山路"。诗中的轮台即现今的巴州轮台县,西距库尔勒187公里。古轮台国(《史记》作仑头)地处西域中部,为丝绸之路北道要冲,汉代是西域三十六国中的城邦之一。轮台国于汉太初三年(公元前102年)被李广利所灭,汉宣帝本始二年(公元前72年)复国为乌垒国。西汉神爵二年(公元前60年),境内设西域都护府,历时72载,统领西域诸国。唐时属龟兹都督府乌垒州,清光绪二十八年(1902年)改置轮台县,"民国"时期先后隶属阿克苏道和焉耆专区。中华人民共和国成立以后,1960年隶属新疆巴音郭楞蒙古自治州。轮台县境内分布着众多的汉唐古城遗址、古代墓葬遗物。

雕像的四周,簇围着造型别致、苍劲古朴的百年梨树。若在梨花盛开的四月,来观赏雕像,胸中油然而生"千树万树梨花开"的诗句,由衷钦佩诗人的才华、驻守边关的意志和报效朝廷的忠贞……不过,不再是"雪上空留马行处"寂寥和落寞,而是游人如织,春水碧绿,小桥如画的景象。毕竟,已是今天。

河图洛书——鸿雁河首南岸:

坐落在铁克其桥北,天鹅河与鸿雁河交接的鸿雁河首南岸。一幅龙马雕塑,一幅神龟雕塑,嵌在地面,凸起地面约10厘米高,辅以线条和凸起地面形似于围棋黑白棋子的"圆",两顶风帆式的白伞,构成了河图洛书广场。人们可以在这里三三两两地席地而坐聊天,也可以跳舞做健身操。

河图洛书是中国古代流传下来的两幅神秘图案,是汉族文化,阴阳五行术数之源。最早记录在《尚书》之中,其次在《易传》之中,诸子百家多有记述。太极、八卦、周易、六甲、九星、风水等等皆可追源至此。《易·系辞上》有:"河出图,洛出书,圣人则之"之说。

相传,上古伏羲氏时,洛阳东北孟津县境内的黄河中浮出龙马,背负"河图",献给伏羲。伏羲依此而演成八卦,后为《周易》来源。又相传,大禹时,洛阳西洛宁县洛河中浮出神龟,背驮"洛书",献给大禹。大禹依此治水成功,遂划天下为九州。又依此定九章大法,治理社会,流传下来收入《尚书》中,名《洪范》。《易·系辞上》说:"河出图,洛出书,圣人则之",就是指这两件事。

河图洛书所表达的是一种数学思想。数字性和对称性是"图书"最直接、最基本的特点,"和"或"差"的数理关系则是它的基本内涵。

河图洛书是以黑点或白点为基本要素,以一定方式构成若干不同组合,并整体上排列成矩阵的两幅图式。

河图洛书在宋代初年才被发现。它们始传于宋代华山道士陈抟,他提出的图式叫作《龙图易》,《宋文鉴》中载有《龙图序》一文,讲到了龙图三变的说法,即一变为天地未合之数,二变为天地已合之数,三变为龙马负图之形,最后形成了河图洛书二个图式。

第一次给这两幅图命名的是北宋易学家刘牧,他精研陈抟所传《龙图易》,著书《易数钩隐图》,于是,河图洛书才为世人所知。宋代的相术学家相信八卦就是由河图洛书这二幅图式推演而来的,从而,易学史上形成了用河图洛书解释八卦起源的图书派。

河图上,排列成数阵的黑点和白点,蕴藏着无穷的奥秘;洛书上,纵、横、斜三条线上的三个数字,其和皆等于15,十分奇妙。对此,中外学者作了长期的探索研究,认为这是中国先民心灵思维的结晶,是中国古代文明的第一个里程碑。《周易》和《洪范》,在汉文化发展史上有着重要的地位,在哲学、政治学、军事学、伦理学、美学、文学诸领域产生了深远影响。作为中国历史文化渊源的河图洛书,功不可没。

马踏飞燕——环岛绿地:

"马踏飞燕"雕塑,高9.8米,上部为青铜铸成。为纪念库尔勒市荣获全国首届优秀旅游城市荣誉,1998年将"马踏飞燕"奖杯放大15倍,原置于文化路与萨依巴格路交汇口的花坛内,2014年移至库塔大渠西侧,与"灿烂辉煌"呼应,传递"全国旅游城市"的意念,效果更佳。

梨城飘香——天鹅河畔:

梨城飘香,坐落在天鹅河西岸铁克其大桥和田园桥之间的绿地广场中心。雕塑设计高度为12米,不锈钢锻造;设计理念:"眺望"梨城;创作构思取材于库尔勒香梨和孔雀河两大"元素",写实与写意结合:梨的造型完全按梨的模样放大若干倍,镂空由吉祥图案组成;梨托像流泻的水波,象征孔雀河,也像一个人把梨置于肩头高举右臂挺胸昂首站立……虽是静物却给人旋转着向上的动感——"飘":"飘香""飘逸""飘流""飘动""飘逸""飘舞""飘扬""飘扬""飘移"等;"飘"把库尔勒人的理想和作者的追求高度融合,艺术地表现出来;"飘",动力来自于香梨的品质和美誉度,来自于孔雀河的知名度和水的流动。作品由国家一级美术师、湖南省雕塑院院长雷宜锌设计制作。雷宜锌曾设计过马丁·路德·金雕像,该雕像坐落于美国的华盛顿广场。该雕像受到世界雕塑界的好评,雷宜锌因此被誉为"中国雷"。

渥巴锡汗——龙山东归纪念园:

龙山的最高处自然分成了两座峰峦,相夹314国道横贯而出。南边峰顶修筑了观景亭,北边修筑了东归纪念塔,与东归广场、东归一条街构成东归纪念园。

东归纪念塔高39.9米,地上6层,地下1层,塔基、塔门、塔窗均由1771毫米的高度组合,寓意1771年举义东归;塔内悬挂着民族英雄渥巴锡汗的巨幅画像,按照承德避暑山庄外八庙的情景,安放有汉、满、蒙古、藏4种文体的《土尔扈特全部归顺记》《抚恤土尔扈特部众记》碑,布置有表现东归历史的展板40多块。展板记述了徙牧伏尔加河流域的土尔扈特部,不满于长期遭受沙俄的侵略和奴役,于乾隆三十六年(1771年)历经千辛万苦,战胜沙俄军队和哈萨克骑兵的围追堵截,重返祖国怀抱,用生命和鲜血谱写英雄史诗。

广场中心耸立着蒙古土尔扈特部落首领渥巴锡汗骑着战马的雕像。雕像基座5米,雕像渥巴锡汗骑在战马上,手持马缰目视前方;战马前蹄腾空,头颅高昂,似在风驰电掣般地奔跑……

东归纪念园被确立为库尔勒市爱国主义教育基地之一,激励各族人民铭记历史、传承东归文化、发扬东归精神。

有词《东归赞》大气傲天,其中的《安家欢》一节可谓震人心魄:

可汗东驰气慑熊,千军万马胜山洪。貔貅挡道魔烟毒,将士攻城战戟红。剑拔弩张还故国,月明焰熄绣穹窿。归程悲壮垂青史,忠义雄风荡碧空。

更有《念奴娇·渥巴锡汗塑像前》写得荡气回肠:

挺身昂立,又横眉暗记,伏河遗恨。通察东归忠烈史,何惧熊黑凶狠!血浴冰,颅抛绝地,英烈重堪问。天山遥屹,莫愁途远粮尽。

追溯三百年前,征腾铁骑,惊见寒山震。故国思儿明月朗,更促鬃扬蹄奋。牧草荣荣,天河漾漾,鬼杰雄心顺。马头琴响,永承先祖豪韵。

沙漠之魂——杜鹃河畔:

沙漠之魂雕塑总高19.8米,以浅红色花岗岩雕就。雕塑取自人物原型彭加木。神态睿智、干练、坚韧,颇有书卷气息。雕塑下方,是大写意式的沙漠地带和被风化的古城堡。

彭加木(1925年—1980年),原名彭加睦,广东番禺(今广东省广州市白云区)人。1947年毕业于国立中央大学农学院,后进入北京大学农学院任助教。

1949年后,进入中国科学院上海生物化学研究所当研究员,1979年兼任中国科学院新疆分院院长。他先后15次到新疆进行科学考察,其中3次进入罗布泊考察。1980年5月,他带领一支综合考察队在罗布泊考察,6月17日,独自到沙漠里找水失踪,之后一直未找到他的遗体。对于他的失踪,在全国曾风传过各种说法猜测。多年来,官方和民间曾多次发起寻找,均一无所获。

2009年初,库尔勒在此处建造"沙漠之魂",有词人写了《江城子·咏库尔勒杜鹃河畔之彭加木塑像并序》。在塔克干渠基础上开辟杜鹃河,且在河边竖立彭加木大半身雕像,连带底座有约五层楼高。浅红色花岗岩雕就,戴眼镜,手执放大镜,彰显其身份和学识。其睿智神态,书卷气息,栩栩如生。1980年彭加木失踪之罗布泊沙漠,在库尔勒境内东南方向,距此300多公里。库尔勒人立此雕像,既为纪念彭加木,又张扬其历史风蕴。西域南疆,铁门关南,我梨城旅居居所外两百余米,彭加木之雕像赫然耸立,每瞻仰之,顿生敬畏之心,遂咏词一首:

昔人已随流沙走。楼兰恨,残月钩。赤心都在,地物苦探究。死做鬼雄为国忧。胡杨哭,红柳愁。

今日雕像葆风流。杜鹃水,碧悠悠。遥望罗泊,睿智凝额头。生作人杰胜封侯。天鹅飞,鸣水鸥。

京奥火炬——劳动公园:

在距离"沙漠之魂"大约200米杜鹃河南侧的劳动公园,高耸着把京奥火炬放大几十倍、高40米的火炬雕塑,被几尊图腾柱一样的汉白玉柱子簇围着,每逢重大节假日,火炬就会被点燃,光芒照亮方圆数里,一个真实的火炬,一个艺术的火炬,向人们昭示"相互理解、友谊长久、团结一致、公平竞争"的奥运精神,让人们联想到"美丽、艺术、正义、勇敢、荣誉、乐趣、活力、进步与和平"的体育运动,激发人们"磨炼意志、培养个性、锻炼身体"的体育意识。

火炬广场背后是劳动公园。园内首先映入眼帘的是六尊花岗岩石垛,形状不规则,四尊在不同平面上嵌有玻璃上磨出来的手掌模型,它们取自库尔勒市的各级劳模的手,象征劳动者的手创造了世界。

正中间是三层楼高的观景台。观景台楼梯下一面墙上是光荣榜,刻着各级劳模的名字;自上而下:全国级12人、自治区级200人、州级500人、库尔勒市级200多人……

光荣榜两侧刻着对联,上联:劳动快乐劳动幸福;下联:劳动伟大劳动光荣……

军垦战士——拥军广场:

纪念十八团渠开挖而建的农垦战士雕塑,高18米,其中碑座高12米,铜像高6米。铜像为一军垦战士,身着军装,肩背步枪,手握坎土曼,雄壮魁伟,气宇轩昂。碑的正面刻着国家副主席王震题写的话:"中国共产党领导的解放军战功和建设社会主义胜利万岁";碑的基座两侧嵌有两幅铜铸浮雕,生动再现了广大军垦战士一手拿枪、一手拿镐,保卫边疆、建设边疆的动人风采。

西柏坡会议之后,中国人民解放军西北野战军挺进西北,扫除战乱,拯救人民于水深火热之中,建立人民政权,于1949年12月进驻新疆南北疆。经王震率员考察、设计,驻扎在库尔勒的二军六师十八团全体官兵,于1950年9月开工,靠肩挑背扛,历时8个月修筑了从库尔勒向西沿上户、大敦子到吾瓦的大渠,引来孔雀河的水,奏响了开发库尔勒垦区的宏伟乐章。该渠被命名为"十八团渠",1951年5月15日首次放水,时任代司令员的王震偕同中央派来的水利专家参加竣工典礼。各族群众从四面八方涌过来看清流潺潺,欢呼雀跃,王震高兴地跳入水中鼓掌祝贺。

半个多世纪过去,十八团渠几经改造,为库尔勒垦区的发展、繁荣作出了不可磨灭的历史贡献。为深切怀念王震将军和十八团官兵"屯垦戍边、艰苦创业"的丰功伟绩,于1992年7月5日修建了十八团渠纪念碑。

罗布老人——梨香公园:

很早的时候,罗布泊周边生活着一支维吾尔族人。特殊的地理环境使他们以渔猎为生,形成了有别于其他维吾尔族人的生活习性和语言。随着罗布地区地理的变化,罗布人四处走散,族群消失,搬到有水草的地方,逐渐地由猎渔转变为耕种;把他们落脚的地方称之为"阿不旦",意为"适宜居住的地方"。

目前罗布人的后裔数量已经很少了,散居于巴州塔里木河沿线的县乡。在若羌县境内的新疆生产建设兵团第二师三十六团米兰镇阿不旦村,居住得较为集中,不足 400 人。

该村曾经有 70~80 岁的 12 人,80~90 岁的 5 人,90~100 岁的 4 人,110 岁以上的 1 人。最年长的热合曼 2007 年去世时 112 岁,历经三个世纪,目睹了当今罗布人的变迁。另一位老人 2013 年夏去世,终年 100 岁,现在在世年纪最高的 98 岁。

尉犁县在通往米兰的塔里木河岸修建了"罗布人村寨",人们凭斯文·赫定等探险家的资料和想象修筑了罗布人村寨,成为一处景点,吸引中外游客探访。

罗布人很好客,到他们家中,他们会用大碗酒、大块肉招待你,还有音乐和歌舞。老人会为你弹起冬不拉,唱悠扬的民间歌曲;姑娘和小伙子们随着音乐尽情舞蹈,这时候的快乐一定会感染你,让你禁不住加入其中。

在离风帆广场不远的孔雀河西岸,"罗布老人"的沙雕坐落在 8 棵胡杨树组成的天地里,两个罗布老人坐在沙滩上,一个打手鼓,一个吹唢呐;他们都戴着羊毛外翻的纯羊皮帽子,憨态可掬,幽默风趣。他们的面前是沙子,左右各一棵枯死的胡杨,左边斜放着一具木质车轮;身后堆满了哈密瓜、葡萄、香梨……

天鹅之恋——梨香湖入口处和孔雀公园入口处:

"天鹅之恋"用不锈钢制成,左右各一个圆环向两边敞开呈倒"八"字形,中间一个大圆环向后斜 45 度,相连将左右的圆环固定住——三环相连,象征以汉、蒙古、维吾尔为主体的各民族紧密团结;在三环之间,两只天鹅面对面,脖子从底座向上伸,头弯曲,形成"心形",象征着"生死恋情"……基座上写"库尔勒天鹅河景区"很显然,这是景区的门牌。两座相同的雕塑分别竖立在梨香湖入口处和孔雀公园入口处。

二

"投射城市愿望""表达市民诉求"呼应城市精神的。

腾飞的巴州——人民广场:

"腾飞的巴州"雕塑,于1994年建设,长40米。寓意为腾飞的巴音郭楞。中间彩色的不锈钢柱,象征巴州人民生活芝麻开花节节高。东侧是一组艰苦创业的群雕,西侧是象征石油开发的群雕;柱子上的天鹅象征美丽的巴音布鲁克大草原和博斯腾湖,中间的汉、维吾尔、蒙古、回等四个民族的舞蹈者,表示巴州是一个多民族地区,象征着民族团结、和睦、共建华夏第一州。

雕塑耸立在广场中心。朝南两侧是茂密的树和草坪、林荫道、座椅,中间是以国家地图上巴州版图形状布置喷头的五彩音乐喷泉圆池,低于水平面大约一米;逐级而下,是喷泉。巴州有八县一市,喷泉外圈是巴州版图的分界线,里圈是库尔勒市和每个县的分界线。为节约水,喷泉只在重大节假日的晚上才开启。平常可以当作舞场或者健身场。往南跨过马路是州人大和政协办公楼。

雕塑以北,是由花岗岩板铺出来的广场。与雕塑对应的广场地面的两侧,各一排浅浮雕组图。每组10幅,每幅图文介绍一项巴州之最,有些堪称中国之最或者世界之最,比如博斯腾湖是中国之最,第一条横穿塔克拉玛干通往塔中油田的沙漠公路和罗布人是世界之最……再往北,跨过路是州委、州政府办公大楼。

灿烂辉煌——环岛转盘:

"灿烂辉煌"象征库尔勒精神面貌,高30米,底部由10根彩钢拱形门环绕一周,象征巴州悠久的历史文化,十个历史古国的灿烂文化孕育了今日的优秀传统;中部盛开的巨大棉桃形,预示出库尔勒这座新兴城市美好的未来;中上部由三根蓝色的钢柱挺拔而上,象征着高耸的井架油塔及城市建筑和库尔勒各项事业蓬勃发展,同时也象征兵团、地方、石油经济的融合发展;S型飘带增加了雕塑的动感,象征全市各族人民迎接远方来客。

和很多城市一样,库尔勒市内常驻有军警部队、中央直属单位、自治区直属单位、州直属单位、民航、铁路等单位,库尔勒更有新疆生产建设兵团第二师和塔里木石油勘探开发指挥部。库尔勒、第二师、塔指的融合、互通,是库尔勒社会经济健康稳步快速发展,灿烂辉煌的重要因素。"军民团结、民族团结、兵地团结、油地团结"是战无不胜的法宝,人们精心培育、呵护这个法宝。

环岛转盘坐落于龙山以西几百米多的218和314国道交汇三岔口中心地段,茂密的树和草坪构成一个玲珑的林园,灿烂辉煌耸立在林园中心。从龙山下来进入库尔勒,首先映入眼帘的是它,上龙山离开库尔勒最后看到是它。你来,它热情地迎接你;你去,它依恋地送你……

希望之光——石化广场:

石化广场镶嵌在茂密的林园中。市园林局坐落在林园西侧的中心,库尔勒市区所有的树都由该局引种。十几年前这里是戈壁,一毛不拔。园林工人从戈壁中筛出土反复栽树,终于长出了这一片葱茏。"希望之光"雕塑高耸于林园北侧的大路边,总高22米,三个支体由山的造型变化而来,外挂蘑菇石,三个支柱托起一个直径5米的玻璃网架球体,寓意梨城是西部一颗璀璨的明珠。球体内装有红黄白三色彩灯490盏,夜幕下五彩缤纷。镶嵌有"希望之光"的不锈钢环把三个支体连为一体,表示梨城人民紧密团结,共创辉煌。5根不锈钢管由基座通过支体进入球体,象征石油管道穿过沙漠、大地。

胜利之歌——新华园:

"胜利之歌"雕塑高约22米,取形巨大的多角度的"V"字,"V"字是代表胜利的一个字母,气势雄浑,直指长空,给人无限延伸的视觉震撼,中间镶嵌的浅浮雕壁画,分为"军旅之歌""民族之韵""戈壁之绿""香梨之乡"等内容,描述了库尔勒市从简陋的小县城发展为现代化新型城市历程。

新华园坐落在石化大道、迎宾路和新华路交汇三岔路口一角。新华园由广场和草坪构成,突出"观赏"主题。临街面,"胜利之歌"雕塑的脚下排列着4座方方正正、敦敦实实的石台,其上刻着篆体"圆"字。方台下有5个清泉池。注满了水后,"胜利之歌"雕塑倒映于池中,别是一番景象。背街面,是一面两层楼高的弧形石墙。石墙由一块块数吨重的条石砌成，中间有一个门洞，门楣的条石长5米，宽1米，保留着开采时钻杆钻出的孔眼，更增添了自然情趣。石墙右边，圆形的吉祥图案，中心刻着篆体"诚"字，四周刻着"知行合一以求诚"；石墙左边圆形的吉祥图案，中心刻着篆体"善"字，四周刻着"天人合一以求善"；石墙背面的内容和正面相同，图案不同，"诚"字和"善"字，大小被5次叠加。据介绍，在修新华园之前，石墙背后有一条卵石砌成的小渠，虽然干涸了，但是，仍然完好地保留着，渠两岸栽着旱生植物，暗示"旱生花境"，表达对过去的尊重，唤起人们对过去的记忆。

与雕塑呼应的是三岔路口左前方的州图书馆。六层高的楼呈下大上小的梯形，很少窗户，像个古代烽燧。浅咖啡色的墙体上深褐色的壁画讲述巴州的历史。楼顶的盖像一本打开的书，朝天在讲述什么？人们尽可以展开想象的翅膀翱翔于蓝天……

同心曲——风帆广场：

同心曲雕塑，呈鲜红色，近看是个"曲"字，远望成"心"，名曰"同心曲"。人们通常用"两颗心紧挨着""叠加"的图案象征"同心"。此处雕塑创意的别具一格之处在于，用金属做成的飘带在空中舞动，舞出"曲"形和"心"形，线条流畅、动感强烈，唤起人们对"心"的律动和"脉"的舒压的想象。

同心曲面对孔雀河和三个毗连的广场，正中的面积最大，设有舞台，通常供大型展演活动使用，两侧的广场小一些，供市民跳舞。

与同心曲雕塑对应的东侧是LED大屏幕，一到晚上便播放公益广告或是新闻、文艺节目；西侧有两顶像风帆一样的大伞，供人们白天在伞下活动，遮阳祛热。因而这里又被称为风帆广场。

葵花桥往事

（外一篇）

陈耀民

葵花桥始建于20世纪70年代，是一座跨越库尔勒的母亲河。孔雀河，连接当时新老城区的重要交通枢纽，因桥两边的48根护栏立柱头四面上雕刻有葵花而得名。建成后虽经几次改扩建，但外形基本没有太大的变化。

20世纪50—80年代初期，库尔勒的"老街"一带（今团结南路）是当时最为繁华的街区。在1979年撤县建市之前，库尔勒县的行政事业单位和商贸企业大都集中在这里，如县政府、一中、医院、公安局、红旗商店、团结食堂、电影院、供销社、二轻局、招待所、铁皮社、废品收购站等，属于库尔勒的中心地带和聚居区。

那时候的葵花桥，绝对是"老街"的"网红打卡地"。每天来往于新老城区的人流、车流不断，有步行的、有骑自行车、三轮车的；有拉着"拉拉车"、平板车的，有赶着马车、驴车、牛车的；有开着212吉普车、大卡车、拖拉机的。尤其是星期天更加热闹，人车流量骤增，喧闹之声不绝于耳。

儿时的我，几乎每到夏秋两季的星期天，都要跟着父亲去逛"老街"，每次都要经过葵花桥。那时的葵花桥，是小商小贩们偷偷摆摊设点的绝佳宝地。他们沿桥两边的护栏席地而坐，一块粗布往地上一铺，再摆上要卖的东西，吆喝几声就算是开张了。

在葵花桥上和周边摆摊的，大多是近郊乡镇的农民和住在附近的居民,也不乏专做小生意的社会闲散人员。农民们卖的大多是自家产的粮食、蔬菜、瓜果、鸡鸭兔鸽之类的东西。记得当时在葵花桥头卖的瓜果主要有香梨、土桃子、红光桃、沙果、杏子、土葡萄、沙枣、桑葚等。此外,还有卖花生、小红枣、雪花凉(土冰激凌)、瓜子、土盐、莫合烟、生羊皮、小烤肉、羊杂碎、凉皮凉粉什么的。

那时候,在葵花桥一带,还有一些无业游民、小偷醉汉、流浪乞讨人员把这里当成了"根据地",长年"盘踞"在这里,整天无所事事、东游西逛,时不时地"搅达"一下闹出点儿动静。

20世纪90年代初,随着梨城经济的发展和周边正规农贸市场的兴起,葵花桥市场逐渐冷清直至消失。葵花桥也卸下了它"马路交易中心"的负担,恢复了原先的通行功能。

当年,葵花桥下的孔雀河河面宽阔、水草繁茂,是个戏水捉鱼的好地方。记得上小学时有一年暑假的一天,我和几名同学拎着水桶和一片筛沙子用的铁筛网,从交通东路"长途跋涉"步行来到葵花桥下的孔雀河里捞小鱼。我们从上午就下到水里,一边游泳一边捞鱼,到傍晚时捞了大半桶小鱼,高高兴兴地唱着革命歌曲回家了。

近日,得知葵花桥将要再次改建的消息后,内心感到既高兴又有些不舍。高兴的是这座有着40多年历史的老桥即将旧貌换新颜,再次焕发青春;不舍的是几代人记忆中老葵花桥的那熟悉的形象,将从此消失在孔雀河的波涛之上。

葵花桥,从建成那天起,就不再是一座仅供通行的桥梁,而是承载着记录梨城历史、述说梨城故事、折射梨城变迁的重任。如今,每次路过葵花桥,都会想起它最初的模样,想起与它有关的故事,想起它昔日繁华时的一幕幕场景,油然而生一种亲切、一种感动、一种对儿时往事的深深萦怀。

家在"南市区"

"南市区"的概念，大约起源于十几年前。2008年，为了拓宽库尔勒市的城区面积，扩大城市发展空间，市委、市政府率先南迁，带头搬离人气旺盛、商业繁荣、交通便利、工作生活条件都十分优越的老城区，来到了现在的位置，库尔勒南部略微偏西的地方。

当时的新市政府一带，有密密麻麻的棚户区、杂草丛生的戈壁荒滩、连片成块的农田绿地和正在开发建设的几栋新楼盘，人流稀少、道路稀疏，市政基础设施也跟不上，显得荒凉、冷清而落后，是一片待开发的郊区。2008年5月，市委、市政府机关刚从繁华的人民东路搬迁到这里的时候，干部们对这里的环境和交通状况颇有怨言。

一张白纸，好画最新最美的图画。后来，随着新市政府周边道路桥梁、广场公园、园林绿化等市政基础设施的不断建设完善，带动周边逐渐兴起了一批市场、超市、餐饮一条街、居民小区、学校、医院和企事业单位，人流、车流量逐渐增大，这一带的人气渐渐旺盛起来，形成了"南市区"最初的雏形。尤其是2013年以来，随着"三河贯通"棚户区改造工程的建成，国家AAAA级旅游景区天鹅河景区的开放，"南市区"昂然步入高速发展的快车道，人口逐年增加、面积不断扩大、设施日趋完善、景观越来越多、越来越美，成为库尔勒市城区发展的后起之秀。

在这里，有规划展示馆、民俗文化博物馆、文化馆、美术馆、科技馆、图书馆和健身中心可供参观休闲，还有州市行政服务中心为您提供各种方便快捷的政务服务。在景致丝毫不逊江南水乡的天鹅河旅游景区，你可以步行赏花，也可以骑行健身，还可以乘游艇和画舫浏览沿河景观。这里，还有碧波荡漾、荷花摇曳，水面有鸟儿掠过，水中有鱼儿畅游，酷似一幅水墨丹青的杜鹃河生态湿地公园。冬天，到杜鹃河边观赏拍摄从巴音布鲁克草原飞抵梨城越冬的天鹅也是一个不错的选择。

近年来，随着鸿雁河风景区、库尔勒机场（临空经济区）、永安大道、鸿雁河教育医养新区、鸿雁美食城、新疆医科大学高职学院、库尔勒市23中

（衡水中学）、居民小区、购物中心、星级酒店、健身休闲场所等文化生活设施的建设完善，"南市区"的颜值和气质都发生了翻天覆地的变化。很多老库尔勒人或驱车或步行来到这里，常常会迷路，不知道自己到了哪里，因为这里的所有一切对他们来说都是全新的，仿佛来到了另一个陌生的城市。

如今，在老城区、新城区、开发区之外的"南市区"，部分梨城市民悠然自得的生活在这块舒适宜居的乐土上。对他们来说，这里虽然不在市中心，但地方宽敞、空气清新、安静怡人；交通顺畅、人流不挤、停车不难；规划有序、环境优美、大气通透、便捷舒心，各方面条件都与老城区相差无几，他们已经习惯了这里的阳光、空气、河流和一街一巷、一草一木，并且紧紧地融在了一起。

现在偶尔去一趟老城区，那种拥挤、喧闹、堵车和停车难等对他们来说，还真有些不习惯呢。这一切，在十几年前是很难想象的。那时候，有谁愿意从生活了几十年，既熟悉又热闹的老城区搬到这儿来呢？

周末，漫步在"南市区"的街头，虽说已是深秋时节，但路边的景致依旧不逊于春夏之际，草木虽已泛黄，绿色的基调仍然占据主流，各色绽放的花卉依然明艳，在和暖的秋阳下迎风摇曳，展现着旺盛的生机和顽强的生命力。这一切，无不向我们昭示着"南市区"这片时尚现代的宜居乐土、生态家园欣欣向荣的美好明天。

绿洲城佩戴一条翡翠项链

(外二篇)

郝贵平

  高空俯瞰这座城市，更能体味那优美景观所展现的美感。这是西部荒漠地带的一座绿洲城：远处的山岚下，一湾宽阔的碧水纵贯画面中央，水面平静安详，蓝幽幽如若绸缎，这是一条河；两岸鳞次栉比的楼房与一片片林木、一块块绿地，穿错相间，呼应互衬；一群群高层建筑天柱般耸立其间，是立体的壮观，是豪放的气魄。多像一幅精致的锦彩刺绣，透露出和谐的幽静和柔媚！

  这是绿洲城市库尔勒。

  "水若碧绸城若绣，仙境谁谴一片幽？客来兴说天山外，梨城错看认杭州。"这诗，描绘的就是这座绿洲城。那一湾碧水是孔雀河。一河两岸，水色天光，景色秀美，宛若苏杭。如果把城市比作仙子，那河就是仙子披戴的翡翠项链。有此翡翠项链，城市更加妩媚，仿佛江南水乡的味道。一位从南方来库尔勒旅游的客人说："库尔勒的孔雀河风景，简直可以与苏杭相媲美！"

  城市新美靓丽，孔雀河风景带酷如城市之美的点睛之笔。

  城市高贵典雅，孔雀河风景带显示的是城市的高雅灵性。

  人们说，库尔勒的孔雀河是一篇精致的散文，文笔清秀，意境优美，是大手笔创作的精品之作。

  城市有此天然资源，城市聪敏的灵感使一条古老的野性河流时尚起来，灵动起来。

　　许多人探寻这精美之作的灵感所在，原来出自为民造福的一个切实思路。多少年了，流经城市的孔雀河，是一条再也平常不过的普通水流，像一件穿旧了的衣服摔在那里，没有人把它与城市建设联系起来。为民造福的思路使人们的眼睛一亮：城市时尚了，何不利用这份天然资源，辟造一处可以游览，可以划船，可以观赏，可以纳凉，可以健身的休闲、消夏的好去处？城市美丽了，何不让流经城市的孔雀河，变成一条色彩鲜亮的翡翠项链，美化装点城市秀美的姿容？

　　于是，孔雀河的新变踏上了城市腾飞的步伐。

　　我日日在孔雀河边行走，孔雀河城市河段容颜的一点一滴变化，都深深地印在我的心里。

　　有一天，老旧的河道突然断了水流，河水已从上游闸口向东西大渠分流而去，自然的卵石河床全部裸露出来。听说空出河床是要大规模改造了。

　　果然，就有挖掘机、装载机、推土机、自动装卸车开进河道，好些时日的隆隆轰鸣，河道拓宽了一倍还多，全部河底铺砌了石块，两岸重新修筑了精致的条石护堤，护堤敷设了美观的护栏。经过一个秋冬，来年草绿花开的时节，改造河道的工作就大部分就绪了。

　　难忘拓新的河道重新放水的日子。

　　海潮一般的水头齐刷刷从上游欢快地奔腾而来，转瞬之间，河面宽阔的有了视野，一道风景顿时展现眼前。新河道上游，一段台阶式倾斜的河床，滚滚涌动的湍流滑然而下，斜坡下便冲溅出一排雪白的激浪。下游处又是一道人造的跌坎，宽平的水面在这里陡然跌落而下，又是一处生动的看点。上下游横卧的两架公路大桥遥遥相望。这两座桥梁、两处台阶和三个层次宽平水面构成的景象，引得好多好多市民都来观看，像钱塘江观潮一样，人们好不动心。

　　西部荒漠地域里，这样宽展的水域，这样独特的景观，难得一见啊！

　　接下来就是两岸的精心绿化美化了。

多种样式的廊榭,多种风格的雕塑,色彩缤纷的花样灯饰,老少适宜的健身设施,还有伸向水面的临空看台,隐于草丛的地面音响,富有韵律的音乐喷泉,风帆装饰的散步广场,两岸顿显风景回廊的美景。

新颖的孔雀河城市河段,天蓝水阔,清波悠悠,两岸高层建筑耸立,碧草绿树衬映。

华灯灿放的夜晚,灯染水波,华彩浮动,休闲的人群络绎不绝,游船快艇渲染戏水的欢快,岸边花园升腾富丽的音乐喷泉,南北两岸的景色璀璨的玲珑剔透。

流经城市的孔雀河,披锦凝绣,韵致动人。

人们常把城市比作是水泥垒成的森林,形容的是拥挤、单调和枯燥。这座城市恰恰有一条温顺的河流依伴,这是这座城市天赐的条件。大自然的造化与人的灵智的结合,造就的便是一份秀丽和妩媚。这条河流变得年轻美丽了,真的成了绿洲城佩戴的一条剔透的翡翠项链。

翡翠项链,可心舒目的风光长廊! 风光长廊里风光诱人,又镶嵌着精美的文化长廊。无论什么时候,临河的大型浮雕地段,都是游人驻足时间最长的地方。

那是石油基地一侧的一段特别景观,房屋般高大,几十米之长,被称为孔雀河风景带的浮雕墙。

一幅幅大写意的石雕,线条粗犷,神韵灵动,凸显石油勘探开发和原油外输的基本流程,把人们的思绪带进塔里木石油开发的雄壮境界。

层层叠叠的山崖前,石油地质调查队员手举地质铁锤,探取裸露古地层的岩石标本,山地荒凉的氛围,探寻的神态,直是扑面而来;茫茫沙海里,井架耸立云天,沙漠车队行进沙山之间,运送石油钻井的物资,沙漠石油勘探的场景宏大壮阔;钻井平台上,身着工服的钻井工人手持卡钳,正在钻盘上紧固钻杆,人物的动态充满强劲的力度,逼肖地展示了石油人奋战井场,向荒漠要油的决心;密如织网的架空管线下,测量人员专注地瞄视着水平仪,那是新开油田集油站的建设场面;一位面戴罩具的女工,屈身大口径的管道前,焊接输送原油的管线,焊花闪闪,形态逼真……

穿插在这些画面中间的另一种景象的浮雕,是塔里木石油探区所在地域的著名自然景观、民族和谐团结和工农共建家园的写意表现。这些用坚石凝定了的地域风情画刻,透露出石油开发与当地社会融合发展的浓郁氛围。

巴音布鲁克的天鹅湖曲曲绕绕,草原上的白天鹅展翅翱翔;塔克拉玛干的沙山上,一支驼队顶风行进,仿佛听得见叮当作响的驼铃声声;须髯飘拂的维吾尔族老人弹奏着都塔尔、手鼓,美丽活泼的维吾尔族少女欢跳着麦西热甫;天山深处的牧羊图云落碧海,蒙古族的赛马图气势豪壮;身穿各民族服饰的群众,将香梨果盘捧送石油工人,石油工人与真诚慰问的人们,亲密的双手紧紧相握……

浮雕墙的中央,代表党和国家声音的多幅题词,赤底金字,放大雕刻,成为浮雕墙最有分量,最引人瞩目的核心内容。浮雕墙把石油城的品性,灼目地铸立了、显现了。

城市化,城市的现代化和城市景观的美学创造,是当今社会的发展和提升社会生活质量的重要标志。绿洲城市库尔勒的新变,库尔勒新城的翡翠项链般的孔雀河,充溢着可人的神韵之美,蕴涵的正是一种为民造福的阳光关爱。

孔雀河穿越铁门关

博斯腾湖是伟大的,因为她孕育了一条不平凡的孔雀河。孔雀河的不平凡处,在于它执着地履险越险,冲破山岳,为戈壁造就了一片漫大的绿洲。

孔雀河从博斯腾湖母亲的身边刚刚起步,一道山脉就横亘在面前。但是,它相信再高的山也挡不住再低的河,它寻找到了一条自己应该走的路。这条路是久远年代大地的簸腾裂变闪出的一条大自然的深壑。这深壑曲曲弯弯地割开了山脉,是一条绵延大约20公里的大峡谷。

山岳的面目很是狰狞,岭峰嵯峨,怪石崚嶒,干枯得寸草不生,一抹灰幽幽的苍凉。而漫长的峡谷,岩壁陡峭,气象森然,深谷迂回,境界险恶。

孔雀河奔流其间,白浪湍急,轰然澎湃,一股不可阻挡之势。

峡谷之东是库鲁克塔格山,之西是霍拉山。在库鲁克塔格山与霍拉山夹持的峡谷,孔雀河显示了它最激越、最有力量的一段生命。

这条峡谷叫铁关谷。它得名是很久远前的事了。山脉阻挡,河谷劈路,铁关谷就踏出了一条历史的路。这条叠加着历史风尘的路,现在还看得出断断续续的痕迹,现在的人们管它叫作古道了。

这可不是一般的古道。它是丝绸之路的一段,玄奘去印度求法走过,岑参任职西域走过,有过汉代的惨烈战事,有过清代的刀光剑影。这段古道是险要的关隘,军事的要冲,关隘就是铁门关。

孔雀河流经铁门关,铁门关与孔雀河相依相偎,是铁关谷景观的一处著名的古迹地。历史的烟尘已经远去,如今的孔雀河却仍然叙说着那远去的一切……

引来诸多史家,据考汉唐史籍,证验存今遗迹。铁关谷是哪条山谷?哈满沟是哪条山沟?何以叫铁门?又何以称铁关?古代的铁门关何时就有?位在何处?驻关的小吏如何验查往来、遵律守关?断崖上的岗楼炮眼演绎过什么样的故事?晋代的军将张植如何进兵铁门?焉耆王如何布兵在峡谷设伏?沙俄的侵略者阿古柏如何在铁门关设兵?清军的将领刘锦棠又如何决胜铁门关,赶走阿古柏?关前路旁的石壁上"襟山带河"的巨型大字是何人手笔?又是何因镌刻?现在的铁门关当年因何设置闸门?

还有需要史家开发的问题:现今的铁门关为何改址新建关楼?铁门关楼何人设计?何人建造?王震将军题写"铁门关"楼名,何故没有记叙的专文流传?备受关注的《铁门关题记》是哪位文士撰笔?撰笔者何以有此荣幸?关楼前山石上,与"襟山带河"巨型大字并列镌刻的乾隆撰文《土尔扈特全部归顺记》和《优恤土尔扈特部众记》仿碑壁刻,是谁人主持仿制?两篇御文原在承德避暑山庄和新疆伊犁两地勒石立碑,又是何因在此复制?关前石壁上与"襟山带河"和乾隆御文仿刻依次布排的古今诗人的铁门关诗刻,又是何人构思?如何选文?如何雕刻?这些堪称文化建设的大事、故事,何故缺少详尽的文字记载?

我曾经在铁关谷残留的断断续续的古道上移步观览,这一个又一个问号盘旋在我的心中,触动着我的想象。清凌凌的孔雀河水冲击着河床的卵石,它从远古流过汉唐,流过明清,流过漫长的岁月,至今依然汹涌奔流。它是这一切一切的见证,因为它,因为它所流经的这条险要的峡谷,而使铁门关成为史家举烛探究的课题。

与铁门关的历史相系相连,又为人们普遍熟知、津津乐道的往事,是一位著名的诗人曾经在这里留宿,曾经留下了数篇情景逼真的诗作。"银山碛口风似箭,铁门关西月如练。双双愁泪沾马毛,飒飒胡沙迸人面。丈夫三十未富贵,安能终日守笔砚。"(《银山碛西馆》)"马汗踏成泥,朝驰几万蹄。雪中行地角,火处宿天倪。塞迥心常怯,乡遥梦亦迷。那知故园月,也到铁关西。"(《宿铁门关西馆》)这两首诗的内容其实与铁门关本身并无多大关系,只不过"铁门关西月如练"和"哪知故园月,也到铁关西"两句,提到了铁门关,实则表达的是诗人自己的感怀而已。说到铁门关,现在的人,尤其是本土的人们乐于提及这两首诗,当是为这著名的关隘增加一份传奇的色彩罢了。只有那首《题铁门关楼》直接描述了当时的物景和人物:"铁关天西涯,极目少行客。关门一小吏,终日对石壁。桥跨千仞危,路盘两崖窄。试登西楼望,一望头欲白。"诗人的这首五律,对于铁门关这一著名的历史遗迹,不啻增添了文化的亮色,对于铁门关的考证,无疑也具有更为重要的历史价值。

这位著名的诗人就是唐代的岑参。岑参在他的几首铁门关的诗作里,都没有直接描写流经铁门关的孔雀河。孔雀河在唐代的时候肯定不叫孔雀河,那时候人们如何称呼这条河,并无史料记载。岑参的"桥跨千仞危"一句只是在文字的后面带出了这条河,但是人们仍然可以从这诗句里想象到,这位诗人面对铁关谷的千仞石崖和奔流峡谷的河流,登楼凝望,感慨万千的孤独身影。

孔雀河流经铁门关,却与一个美丽动人的神话故事相关联。相传古国国王的公主佐赫拉与聪明英俊的牧羊人塔依尔真心相爱,国王却执意要将她配许给宰相卡热汗的儿子。卡热汗谗言挑唆,国王昏庸霸道。塔依尔被抓,装入木箱抛入孔雀河,被邻国的王室女子搭救。塔依尔毅然逃回,偷偷与佐赫拉相见,再次被抓。佐赫拉盗得马匹,二人双双出逃。在宰相骑兵的追逼下,佐赫拉紧抱塔依尔,在孔雀河边的山崖上连同马匹坠入深谷,殉情而死。如今,在铁门关楼对面的山头上,有一座伊斯兰风格的窿盖针顶亭榭,花纹装饰亭柱、内顶,两具棺形水泥造件置放亭内,分别象征佐赫拉和塔依尔。这里就被人称为公主坟。我来看时,山道石阶上、护栏铁柱上、山体石壁上,甚至象征棺形的造件上,用红的油漆白的乳胶,写着许多赞颂爱情的文字。一桩美丽悲壮的爱情故事,演绎了铁门关一处寄托自由、坚贞爱情向往的风物景观,吸引着游览观光的人们。其实,几十年间佐赫拉和塔依尔的传说故事,先后被改编为叙事长诗,又被拍成电影,使这个广为传扬的民间故事更具悲剧的艺术魅力。

现今的铁门关河谷,山峻水湍,林荫郁郁,是夏日避暑游览的好去处。因为有重修的铁门关楼屹立河畔,有诸多的历史遗踪可以探访,这里成为一处著名的旅游景点。而这则人人传说的神话故事,更为铁门关古迹和铁门关风光增添了神奇、神秘、神化的色彩。

孔雀河流经的铁门关峡谷,不只有古代的丝绸之路,有载入史册的历史事件,有传诵不衰的优秀诗篇,有魅力殷殷的爱情传说,还造就了一项造福工程水电站。从库尔勒进入铁门关山口,沿河依山绕过一段N字形河弯,一条大坝巍然屹立山腰,那里就是被称作调节水库的人工湖。湖面波光潋滟,清透明澈,那是奔腾的孔雀河水一段力量的积蓄。湖水穿过大坝南端的山腰隧洞,形成一股飞流直下的瀑布,然后化作发电机组的隆隆轰鸣,化作传送千里的强大电流。孔雀河尚未出山,就一显身手,为人们捧出了一份深厚的福祉。今日的孔雀河可谓一条幸福河!

孔雀河上的仙鸟

北方的许多河流,冬天里冻结的河面能人走车行,而孔雀河却像春秋夏季一样,总是清波粼粼。这条从浩瀚的博斯腾湖溢流出来的河流,冲出霍拉山口,穿越库尔勒市区,向罗布泊荒漠蜿蜒而去。

在数九寒天的日子里,孔雀河流经库尔勒市区的河段,河道清亮透底,水面仍然映衬着天光岸景。已经连续好多个冬天了,城市披雪盖银,寒气袭人,每天却有多种水鸟在河面觅食、戏游,蔚成景观。白雪酷寒包裹天地人间,一拨又一拨流连孔雀河的水鸟,在渗肌刺骨的冰水里自由自在畅游,引得过桥的人、岸边行走的人,无不喜悦地驻足观赏。

常常是一对相伴而飞,有时是单只独飞的鹰鸥,头颅、身躯都洁白圆润,如若勇敢的骑士。翱翔时,一对外沿呈现黑斑的翅膀像对称的波浪,强劲而优美的煽动,有时又平展不动,像漂浮天空的风筝,轻盈地回旋滑翔。斜斜地落进水面时,一圈涟漪之中,宽大的双翅顿然一收,立即快速游动起来。无论飞翔,无论凫水,鹰鸥都体态洒脱,轻盈劲捷。

灰头鸭、斑嘴鸭总是群体飞翔,群体落水。飞翔时,翅膀像颤动似的扑棱,前伸的脖颈、头颅与短小的后尾优美地伸展开来。河面上,两种野鸭有时各自、有时混在一起凫水,在微动的碧波里游动得轻快敏捷。它们似乎是在水面以下觅食,一只只不时尾巴一翘,钻进水面,没了身影,隔一会儿,四五米之外,又突然冒出身来。灰头鸭背部有一片尖桃形的黑色羽毛,前胸和身体两侧都呈白色,浮在水里,一圈鲜白的羽毛像托着身体的游泳圈。灰头鸭的样子酷似朴实、端庄的男子汉。斑嘴鸭就华丽漂亮多了,橘喙褐身,头部褐红,后脑一撮棕色的羽毛,犹如身着霓裳的公主。有意思的是,灰头鸭喜欢逆着水流,一只跟着一只排成一行,静静地卧在清波,像操练队列的士兵。有时,两种水鸭聚在一起,纹丝不动,任凭流动的河水载浮着漂向下游。

更令人神往的是,珍贵的天鹅也飞临河面,悠闲地觅食、戏游。天鹅长颈卓立,羽毛洁白,体格硕大,浮在水里,煞是高贵,站在河边的冰面,细长的高腿亭亭玉立,美若仙子。管理部门每天都有人从大桥、从河边抛撒小鱼、苞谷,每天都有七、八对天鹅翩翩而来,落在宽阔的水面,平稳洁净的清波里,就立显一道不平常的景象。天鹅喜临孔雀河的时日,常常恰逢春节,满街红灯、春联,一派喜庆气氛,但一河两岸,少了许多鞭炮的噼啪声，谁也不愿惊扰天外来客，大桥和河岸的栏杆后，总是伫立众多的人，向水面上浮的、冰面上站的天鹅凝神注目，也总有人架着、举着相机拍摄那新奇的景致。观赏天鹅，拍摄天鹅倩美的姿态，就成了库尔勒祥和春节里一道情味浓郁的视觉盛宴了。每年前来孔雀河观赏天鹅的游客中，也总有几百公里、数千公里之外的旅游者，在库尔勒美丽市区里就能近距离欣赏心中尊贵的天外贵客，游客们也总是言说，这是非常幸运的野趣眼福啊！

天鹅是圣洁之鸟，体态优美，贤淑灵秀，很得人们喜爱。孔雀河的冬天，有美丽高洁的天鹅降临，自然是一种吉祥了。唐代诗人骆宾王有《咏鹅》诗："鹅，鹅，鹅，曲项向天歌。白毛浮绿水，红掌拨清波。"大书法家王羲之也有鹅的故事：一位道士多次求王羲之写经，王羲之不写。道士知道王羲之特别喜欢鹅，就抱来几只好看的鹅，说想要鹅，就写《黄庭经》来换。王羲之果然想要，最终为道士书写了《黄庭经》。骆宾王写的鹅和王羲之用书法换得的鹅，自然是家养鹅，但野生的天鹅俊秀靓美，有仙鹤之象，更具天然的艺术美感。野生天鹅光临孔雀河，人们从心底里爱怜，津津乐道地谈论诉说。观赏孔雀河上的吉祥仙鸟，有人就随口吟咏起骆宾王的《咏鹅》诗。

飞临孔雀河的水鸟还有苍鹭、白鹭，多种鸟类与孔雀河日日依恋，为冬日空漠的河道平添了一道生命的气象。飞鸟恋水，本是自然属性，幽静的自然环境，总是水生鸟类的乐园。库尔勒市区里的孔雀河水域，及至后来新拓的人工河流杜鹃河水域，平时很难一见的天鹅竟安详落足，人们说这是这座城市的魅力，是城市自然生态的喜兆。

人们悦意看山、看水、看花、看草，其实欣赏珍贵、稀有的鸟类世界，比观赏山水花草更有难度。冬日的孔雀河、杜鹃河里，有那么众多、那么少见的美丽水鸟与人们相亲相近，该是这座城市的吉祥和福气了。

狮子桥上观风景

刘 渊

大凡到过梨城库尔勒的人,几乎没有不知道狮子桥的。狮子桥扼守着南疆重镇库尔勒的东大门,从乌鲁木齐乘汽车到库尔勒,过了塔什店,翻过库鲁克山余脉"龙山",一座横跨孔雀河的现代化大桥便巍然闪进人们的眼帘,雄伟、气派,宛似长龙卧波,令人不能不为之惊叹!

有人说过,一座桥是一座城市的历史,也是一座城市的象征。从一座狮子桥的演变,我目睹了库尔勒这座古丝路新城的世事沧桑。原先的狮子桥,虽是一座石砌拱桥,却是桥面狭窄,仅能容两车对开。桥栏上镌刻的两排小石狮,几经风雨吹打,已然显出几分憔悴了。偶尔,我站在桥上四望,东北面尽是石山秃岭,寸草不生;而朝西南方望去,孔雀河穿城蜿蜒而去,河道七拐八弯,流水也是浑浑浅浅的。河两岸平房拥挤,只有不多的几幢楼房。如果说有什么景致可观的话,那便是每年四月梨花绽放时节,"千树万树梨花开"的真实景象,倒使人产生一些诗意的美感。

在我的印象中,梨城库尔勒这10余年来的变化用"翻天覆地"来概括最恰当不过了。前些年,我入住狮子桥边的住宅小区。从此,闲暇漫步狮子桥上观风景成了我最大的乐趣。后来,新狮子桥落成,一座混凝土5孔大桥飞架东西,双向六车道,桥面宽阔平坦,如一道彩虹曳地;桥两头各耸立一对石狮,高大、威武,更为大桥平添了几分雄风。与此同时,政府投入巨资进行孔雀河两岸整治改造,库尔勒的东大门顿然焕发出夺目的光彩。

由此,我多年养成的"狮子桥上观风景"的癖好非但未改,反而兴致更浓烈了。独上桥头，悠闲漫步，河风习习，涛声阵阵，入耳入心，魂飞天外，无杂事之缠绕，无物欲之纷扰，自以为是快乐神仙。

伫立于狮子桥头，举目四望，孔雀河奔涌而来，欢腾而去。龙山已是春风尽染，身披绿袍；孔雀河两岸风景带中，万木葱茏，绿草如茵，那梨香园的郁郁香梨树，那精致优雅的盆景，那巧夺天工的凉亭，那玲珑剔透的园林小品，还有林荫、草坪、盆景、喷泉、夜晚璀璨的灯火……整个库尔勒，远看像花园，近看像公园，宛然一位大画家挥毫泼洒的一幅山水画卷，令人生出无限的遐想。"告别天山汇巨流，清波荡漾路悠悠。不随众水归东海，一路西行造绿洲。"诗人对孔雀河的咏叹确实道出了我对第二故乡的一往情深。

伫立于狮子桥上，不由人思绪联翩，库尔勒除了铁路大桥、狮子桥、建设桥、葵花桥，近年又完成了建国路桥、团结路桥、延安路桥改造工程，既便利了城市交通，又为梨城平添了多处景观，真是美不胜收啊！

漫步徜徉于狮子桥上，有太多的丝路风情值得去领略，也有太多的时代足音值得去聆听。美存在于生活之中，而对于美的发现，则要靠我们对它的理解和认识，这也是人生的一种乐趣。

库尔勒随笔

冯忠文

天鹅河记胜

我的家乡梨城虽不是什么著名的旅游胜地,没有美丽的青山、壮观的瀑布,但那儿有一条凝聚梨城人智慧和力量的人工河——天鹅河。自搬到新区,天鹅河就成了我闲暇之余休闲与锻炼的好去处。

天鹅河坐落于梨城南市区,又称新区,南起南市区广场梨香湖,北到库尔勒市狮子桥,全长10公里。天鹅河占地面积约2400亩,水域面积765亩,是梨城集休闲、旅游、观光的重要活动场所之一。我习惯称之为梨城的"外滩""秦淮河"。

每当吃罢晚饭,我总要与天鹅河"相约",那种心情就像与心仪的姑娘约会。漫步天鹅河,淡蓝色的河水清澈见底,好像是一面镜子,又好像柔软的蓝绸缎,倒映出两旁的楼宇、花草树木、行人的影子。微风拂过,河面上荡漾起层层涟漪,俨然一幅精美的山水画,动中有静,静中有动,让人感觉到梨城的和谐、美丽与宁静。特别是市民中心的一角,那几幢建得造型别致的城市展览馆、图书馆、市民中心,衬托着梨城现代化的建筑气息,也是梨城的标志性建筑。

天鹅河两岸共有大小桥梁20座,岛屿10个,码头12个,沿线立有岑参雕塑、班超雕塑、香梨雕塑及河图洛书雕塑等人文景观。乘船游走在天鹅河,小桥、流水、绿岛、水草、蜿蜒曲折的河道及河两岸鳞次栉比的建筑,让人似乎忘记了这是在边城库尔勒,仿佛是在黄浦江欣赏大上海的壮观,或在南京观赏秦淮河的壮景,或在长江游览大三峡的壮美。近年来,随着天鹅河自然环境、生态环境与人文环境的不断改进,每年都会有数百只天鹅、野鸭、鸬鹚、鸳鸯等野生动物飞来做客,吸引了大批游客。天鹅河让人沉醉,让人迷离,而让人震撼的莫过于田园桥。桥身远看像一只展翅飞翔的白色天鹅,银光灿烂、美轮美奂,在金色的阳光中熠熠生辉,大气磅礴,气吞山河。田园桥下有一个荷花型的大型喷泉,据说是南疆第一大喷泉(梨城人简称为"南疆一喷")——梦幻音乐喷泉,喷泉周长90米,最高射程可达百米,多变的喷泉让人惊叹不已!

天鹅河四季有景,景景迷人。春有绿,夏有花,秋有果,冬有雪。特别是每到春夏季节,河两岸的百花争奇斗艳,美人蕉、牡丹花、月季花、太阳花,散发出一股股扑鼻的浓香,沁人心脾。河边还建有漂亮的亭子、凳子,供市民休憩。每到夕阳西下,亭子里坐满了人,他们或侃或玩,其乐融融,悠然自得。微风吹来,松树、柏树、杨树、柳树的柔软枝条随风摆动,仿佛在向人们含笑点头。

夜色中的天鹅河更是别有一番情趣在其中。

每当夜幕降临,天鹅河沿线灯火辉煌,就像天上闪烁的星星,比天上的星星还要耀眼,还有吸引力。五彩灯光,聚成一片,就像一簇簇放射着灿烂光华的鲜花。夜幕中的天鹅河,褪去了白天的浮华,显得宁静而秀美,相对于白天的躁动,更多了一丝浪漫、温馨的气息。夜晚的田园桥最为热闹,人来人往,大多数人都是为看喷泉而来,他们拿着相机,摆出各种造型,记录下自己与天鹅河美景的邂逅。

音乐喷泉一开始,河边已是人山人海,人们目不转睛地盯着河面。喷泉下有许多彩色的灯,紫的、蓝的、红的……在彩灯的照射下,喷泉五光十色,瑰丽无比。四周是小泉,小泉千姿百态,十分引人注目。有的小泉一边喷水,一边随着音乐转动,像两条小蛇在空中嬉戏,有的小泉水流像被什么东西压着四散开来,像孔雀开屏似的,还有的小泉,像一束水花向上喷涌,然后像礼花一样散开,美不胜收。更有特色的是中间大泉,像一条银龙腾空而起,扶摇直上,直插云霄。微风中,细碎的水珠随风飘散,给干燥的梨城带来丝丝雨露,让人不忍离去。河水碧波荡漾,一艘艘画舫满载游人从梨香湖行驶过来，绕喷泉缓缓驶过，桥上、岸上、船上除了尖叫声，就是相机、手机"咔咔咔"按下快门的声音。划破夜空的闪光灯，恰似银河落水、繁星闪烁，天鹅河就像一个缤纷灿烂的舞台，所有的游人都是忠实的观众。

天鹅河环绕着梨城，滋润着家乡人的心田，是一条贯穿家乡身躯的血脉，承载了梨城人民无尽的欢笑、乐趣和活力，给这一方人带来了福祉。

库尔勒的桥

当看到这个题目，抑或有人会纳闷。北京的桥，就像歌里唱的，千姿百态，瑰丽多彩，而库尔勒的桥，会是怎样的呢？

库尔勒市是新疆维吾尔自治区巴音郭楞蒙古自治州的州府，位于天山南麓，塔克拉玛干大沙漠的边缘，地处新疆腹心地带，是我国西部边陲的绿洲城市，因盛产驰名中外的"库尔勒香梨"又称为梨城。我的家乡库尔勒市虽不是什么著名的旅游胜地，没有暗礁险滩的逶迤，没有崇山峻岭的沟壑，没有从天而降的壮观瀑布，但这里有几条凝聚梨城人智慧和力量的人工河，即孔雀河、天鹅河、杜鹃河、鸿雁河、白鹭河，它们穿城而过，连接了老城区、新城区、开发区，河水潺潺、源远流长、如烟似雾、游船荡漾，为这座在西北沙漠边缘建起来的城市增添了无限荣光。故此，库尔勒又被人们称为"水城"，也因此有了"山水梨城""塞外水乡"之说。

有河，必有桥，库尔勒的桥虽没有北京的桥那样以古朴沧桑见长，没有江南"小桥流水人家"的婉约，没有西湖断桥扑朔迷离的传说，而它同样有着典雅华贵的浓彩，有着简约轻灵的委婉，更有现代时尚的新颖，无论是浴风披日，还是银装素裹，它的优雅、从容、自在，不得不令人叹为观止。

桥的两侧是人们行走的"小道"，中间则是车辆通过的"大道"，两边还有姹紫嫣红的花草，精美绝伦的路灯点缀。人们说说笑笑地走着，车辆有秩序地通往，川流不息，一点也不逊色于被誉为众多"名桥"头衔的桥。随着城市的不断升级改造，"山水梨城""水韵梨城"等招牌也不断叫响，成了库尔勒的特色,库尔勒人也培养出了桥梁情怀。

之前,库尔勒市共有梁桥、拱形桥、立交桥等大小桥梁40多座,随着"三河贯通"工程的推进,又建造了大大小小桥共计80多座,成为全疆拥有桥梁最多的城市之一,成了名副其实的"桥城"。

库尔勒建桥历史悠久,源于它是一座在河洲上建起来的城市,延伸和发展必须依靠桥梁。最古老的有20世纪六七十年代建设的狮子桥、葵花桥等,八十年代建设的建设桥、孔雀河大桥等。随着梨城城市建设的飞速发展,六七十年代建设的老桥梁已经不能满足梨城交通现状的要求。鉴于此,库尔勒市对狮子桥、葵花桥、孔雀河大桥等桥梁进行了改扩建,大多用了斜拉式、双悬索造型。座座大桥充分展示了"新""奇""美""独""特""亮"的特点,成为梨城滨河风光带上的一个标志。

这些改扩建的桥梁,既揭去了梨城过去的黄页,又翻开了梨城发展的新篇章。气势恢宏的孔雀河大桥,雄伟壮观的狮子桥,巧夺天工的建设桥,承东启西的葵花桥成了库尔勒标志性的桥、标志性的建筑。紧随其后,又相继建设了塔指桥、田园桥、铁克其桥、喀拉苏桥、迎宾桥、民生桥、石化大桥等。单看这些有着纪念意义的桥名,就不难看出库尔勒市在城市科学发展规划建设中,举全市之力,集全民之智,聚万众之心,全力打造新疆重要的现代化区域中心城市,实现以"健康、幸福、宜居、宜业、特色"为核心的目标和全力以赴把库尔勒建成人民满意的城市所汇集的融合发展理念。

说到库尔勒的桥,不能不说库尔勒"三河贯通"改造工程。"三河",即孔雀河、杜鹃河、白鹭河,"三河贯通",就是将孔雀河、杜鹃河、白鹭河横向连接起来,形成了天鹅河旅游景区。整个景区以绿为主、以水为辅,体现现代花园城市的特色,将"绿水青山就是金山银山"的长远发展贯穿其中,融山、水、林、路、城为一体的整体设计,把城市建在公园里、森林中。全市水系与绿化带有机融合,步移景移,河道畅通,游船穿梭,形成一个完整的城市绿地生态系统,营造了工作安心、生活舒心、环境暖心的锦山秀水生态城,彰显了"天鹅故乡、幸福梨城、宜居家园"的独特魅力。2015年,天鹅河景区荣膺国家AAAA级旅游景区、天鹅河景观工程荣获全国市政金杯示范工程奖。

"三河"改造,在景观生态提升的同时,切实改善了民生,提高了市民生活质量,增强了市民的幸福感和荣誉感。漫步天鹅河景观带,徜徉在公园里的梨城、森林里的梨城、山水梨城,淡蓝色的河水清澈见底,好像是一面镜子,又好像柔软的蓝绸缎,倒映出两旁的楼宇、花草树木、行人的影子,微风拂过,河面上荡漾起层层涟漪,俨然一幅精美的山水画,动中有静,静中有动,动静结合,让人感觉到梨城的和谐、美丽与宁静。天鹅河两岸共有大小桥梁20多座,岛屿10多个,码头10余个,一座座横跨河流的桥在眼前闪过,民生桥、迎宾桥、腾飞桥、铁克其桥、喀拉苏桥、田园桥、朝阳桥、塔指桥、五福桥、寿山桥、康乐桥等桥梁,桥面大多是用石板铺成的天然的岩石台阶形状,栏杆是用石条和石板砌成,石柱上还雕了各式各样的图案,有地域特色图案、有山水风光图案、有人文历史图案……有的桥用无数根排列整齐的斜拉钢索,仿佛一架硕大无比的竖琴迎风弹奏。如孔雀河大桥、建设桥、田园桥等桥,全桥设计精巧、造型优美、犹如彩虹横跨,又似天鹅展翅。纵观库尔勒的桥,有轻盈灵巧的、有匠心独特的、有个性鲜明的,不同的桥造就了不同的景观,同样蕴含着不同的文化。

桥也是景,给游人染上了瑰丽的色彩。它在给人以美感的同时,也体现了梨城人的智慧。一座座桥的两岸,循堤建起的秀丽多姿,风采迷人的绿化带和景区,花砖拼砌的小路延伸出一个个甜美的憧憬,就是一个风情绝佳的长廊。库尔勒的桥,座座像一条飞虹,或横跨在低吟浅唱的天鹅河上,或连接了波光粼粼的杜鹃河,或接通了风平浪静的白鹭河……微光荡漾在桥身,美轮美奂,在金色的阳光中熠熠生辉,大气磅礴,气吞山河。仔细聆听,桥下传来鸣琴一般淙淙的水声,余音袅袅,悦耳动听,就像"泉水叮咚,流向远方"的乐音。水美,河美,桥也美,每一座桥都写着这座城市的传奇,每一条河都流淌着这座城市的故事,每一条路都延伸着这座城市的浪漫!

每到夜晚,灯光璀璨,金光闪闪,五彩缤纷的色彩把座座桥梁装扮得更耀眼，更光彩，更夺目，犹同步入仙境般的感觉。桥的两侧则横挂着许多五颜六色的灯管，有的红如火、有的黄如金、有的绿如草、有的白如雪、有的蓝如海，它们如同变魔术一般，变幻着不同的色彩，一会黄变蓝、一会儿蓝变绿、一会儿绿变红、一会儿红变白，五光十色，绚丽灿烂，典雅华丽，把整座桥点缀得花枝招展，让人看得眼花缭乱。微风起，夜色辉映下，着了色的河面激起了层层细纹，城市建筑的倒影、霓虹灯的倒影、座座桥涵的倒影，清晰可见。水上的真实与水中的虚幻紧密衔接，楼宇上下对称向河底延伸，霓虹灯在河里不停闪烁，拱桥则上下对称成一幅椭圆的图案，精美绝伦，让人沉迷在梦幻般的世界里。站在桥上，俯瞰远处，夜景下，一座座大气壮观的桥涵更是一道道装饰城市夜色的风景，至情、至善、至真、至美，可谓水影花光，如诗如梦，赋予了库尔勒市更加盎然的生机和迷人的气质，凸显出了西部"桥城"库尔勒市独特风情的靓丽景观。陶醉于茫茫夜色，我情不自禁想起了"你站在桥上看风景，看风景的人在楼上看你。明月装饰了你的窗子，你装饰了别人的梦"这首诗，或许这种美，正是人间之美，美的惬意、美如诗画、美得刚刚好。

我见过很多的桥。有穿山越岭的铁路大桥，有气势磅礴的跨海大桥，有"一桥飞架南北，天堑变通途"的长江大桥，但我始终记忆犹新的却是库尔勒的桥，它不仅卧在故乡的河流上，也烙在我的记忆中，依然的情怀，依然的亲切，依然的萦回梦里。

桥，是一个城市发展的缩影，是挥毫城市变迁的浓墨重彩的一页，透过它，可以看到库尔勒蓬勃发展的矫健步伐。库尔勒的桥是一幅幅绚丽多彩的画卷，是一道道绰约多姿的风景，是一扇扇打开观摩城市巨变、城市形象的鲜亮窗口。如果说香梨给予了库尔勒市"梨城"的甜蜜美誉，那么，桥则赋予了库尔勒市"桥城"的现代化气息，从"梨城"到"桥城"的变迁，记录着这座城市在打造新疆现代化区域中心城市过程中发生的翻天覆地的巨变，这不能不说是一种奇迹，一种创造力，一种与时俱进的活力，一种只争朝夕、不负韶华的拼搏精神。

库尔勒的桥，必将成为镌刻于我人生旅程中的一道美丽风景线！

天鹅之乡库尔勒

说起库尔勒,不少人都知道它有"梨城""桥城"的美誉,殊不知它还是"天鹅之乡"呢。

库尔勒市是新疆巴音郭楞蒙古自治州州府所在地,位于新疆中部、天山南麓、塔里木盆地东北边缘,北倚天山支脉,南临世界第二大沙漠——塔克拉玛干沙漠。是古丝绸之路中道的咽喉之地和西域文化的发源地之一,也是南北疆重要的交通枢纽和物资集散地。鉴于其特殊的地理条件和地位优势,每年的秋末,就有数只、数十只、数百只天鹅,排成"一"字或"人"字队形,翻山越岭,漂洋过海,来库尔勒度过漫长的冬季。10余年来,天鹅似乎对库尔勒有着一种浓郁的情结,不舍的情怀,视这里为故乡,视市民为亲人,每年都会选择这里迁徙过冬。

库尔勒,是一座依山傍水,风光旖旎的城市。当地人有"白天登龙山看景,夜晚步河流观灯"之说。龙山上长满了郁郁葱葱的树木,沿台阶而上,群山落在脚下,显得空旷高远,镶嵌在天边的连绵起伏的山峦,在阳光的照耀下反射出闪闪的金光,显得分外壮丽,就像一幅徐徐展开的巨幅美丽画卷。市内除了孔雀河,还有天鹅河、杜鹃河、白鹭河、鸿雁河等景观河流。河沿岸建有拱桥、瀑布、绿岛、游园、雕塑、楼台、亭阁、廊桥,还有几个大型的喷泉。每当夜色悄声无息的袭来,将整座城市轻轻地拥抱在怀里。河水静静地流淌,用自己独有的轻柔缓和抚摸着两岸的夜景。夜被灯光点着了,在绚丽多彩的倒影中,五光十色彩灯装饰的画舫缓缓驶过,伴随气势如虹的音乐喷泉,在游人闪光灯的映衬里,夜色更美了,城市更靓了,游人流连忘返、不忍离去。库尔勒市民自豪地将天鹅河称为"外滩""秦淮河",水韵梨城又成了库尔勒市的城市新名片。

库尔勒以春有绿,夏有花,秋有果,冬有韵的不同风光,深受游人青睐。冬季游库尔勒看天鹅,又成了一大亮点。来库尔勒过冬的天鹅,大多栖居于孔雀河、杜鹃河。这里水清浪柔,波光粼粼,蔚蓝的河面在阳光的照耀下如同绸缎一般柔润细滑,为天鹅生存栖息、繁衍生殖提供了良好的自然环境。于是,每年天寒,就有成群的天鹅或以家族的形式或以结队的方式迁徙来此越冬。孔雀河、杜鹃河等虽没有大江大河的浩瀚博大与深邃豪迈,却也吐故纳新,采天地之精华,形成独特的风景风光带,吸引无数候鸟,更何况那些遨游于苍穹之上的鸥鸟,游弋于大江大河之上的天鹅呢?

据说,天鹅对生存环境很挑剔,天鹅之所以选择来库尔勒越冬,除了这里得天独厚的生存条件,还源于库尔勒市每年都要拿出专项资金,为天鹅、鸥鸟、野鸭等水鸟拨付"伙食费",对它们一日三餐投食喂养和保护救助。每年春节,明确规定沿河两岸居民区不得燃放烟花爆竹,以免惊扰了天鹅等禽鸟。同时,对部分河段进行封航,并禁止钓鱼,以保护和吸引更多的天鹅来库尔勒过冬。天时地利,加上人和,才有了天鹅更加充盈的生存环境。库尔勒也因此成了"天鹅之乡"。

天鹅素有圣洁之鸟、美丽的天使、吉祥的象征之称谓,它也是高贵、美丽、纯洁的化身。正因为如此,天鹅的眷顾,提升了城市的品位,增添了城市宜居宜业更宜人的档次,给市民送来了吉祥和祝福,为八方游客带来了惊喜与欢乐。

每逢冬季,远远望去,天鹅好像朵朵洁白的云絮,又似朵朵盛放的雪莲花漂浮在河面,抑或一叶叶的扁舟浮于河面……时时见到两只天鹅扬起高高的颈子嬉戏起来,在水中荡来荡去,那么可人、柔媚。游客为了近距离接近这些美妙绝伦、优雅娴静、圣洁高贵的大鸟,他们会不断地朝河面抛洒馕等食物,天鹅会伸出优美细长的脖颈,飞快地啄食食物,久而久之,它们会扑棱着翅膀慢慢游到岸边,与游人"亲密接触"。它们闲适自在来回漫游,或梳理纤尘不染的羽毛,或扇动翅膀引吭高歌,或交颈嬉戏大秀恩爱,或凝神远眺想入非非,或三五结群踏浪低飞,或箭一般从河面腾空翱翔……姿态万千、天生丽质、雍容高贵、婀娜翩跹。

天鹅,不仅仅是一种珍奇的野生候鸟,更是忠贞坚定勇敢智慧的飞禽。天鹅在漫长的旅途中,它们会把一些环境好、干扰少、气温适宜、食物丰沛的地方作为驿站。越来越多的天鹅每年飞越千山万水,在既定时间回到库尔勒歇脚、驻足,足以说明这里的环境美了,生态好了。欣赏城市美景的同时,让人感觉到了一种绝妙美伦,找到了天地万物与和谐、怡人、宁谧相融合的情致。这种"天人合一"感触让人痴迷,使人沉醉,随瞬间漂浮的一枚枚红叶,让无限遐思飘向了无边的诗和远方!

《史记·陈涉世家》中有"燕雀安知鸿鹄之志哉"之名言。据说,所提到的"鸿鹄"即是古人对天鹅的称呼,或者说是古人对大雁和天鹅的称呼。古人常用它们来比喻远大志向或有长远眼光的人。十几年来,天鹅那洁白的羽毛在沾湿孔雀河粼粼波纹的那一刻,在荡开杜鹃河层层涟漪的那一刻,在"落户"于库尔勒的那一刻,始终就像一个个温暖库尔勒寒冬的天使,给这里带来了吉祥、幸福、安康!同样,库尔勒也以湖光山色的温馨、柳暗花明的舒适、明月清风的惬意,挽留了天鹅,吸引了天鹅,让它们永远在心灵深处驻足。

库尔勒选择了绿色发展之路,留住了青山绿水,留住了乡愁,绿色发展又给库尔勒注入了全新动力。历史的智慧与现代的文明交织碰撞,让库尔勒迸发出了更加耀眼的光环!这种奇迹的创造足够证明,这是一座蕴含绿色、诗意、思想的魅力之城、希望之城、活力之城!

梨城的石头

张 靖

一

西域的风强悍地掠过苍茫大地,敲打着一座时尚而年轻的城市。

库尔勒位于古丝绸之路中道的咽喉,连接南北疆重要的交通枢纽。当漫山遍野的梨花盛开的时候,阵阵梨香又让人们亲切地称之为梨城,与库尔勒相比,梨城这个名字,散发着一种浪漫的气息,如一股私密的香气远远扑来。

地域的力量如此神奇而博大,大凡去过梨城的旅人都会出其不意地爱上了这座城。多美的一座城市啊,草木葱茏、碧水环绕、亭台楼阁、花团锦簇,人称"塞北小江南"。面朝一望无际的蓝天,背靠绵延起伏的天山,梨城,这座美丽富饶的城市屹立在新疆,如同西部边陲一颗闪耀明珠,闪烁着璀璨的光芒。

每一座城市都有它独有的气息,梨城也不例外。在梨城,你会看到数不清的石头,成为梨城一道亮丽的风景,它们安静内敛、恢宏大气,仿佛带着一种历史的使命与负重穿越于都市与山水之间,来传达一座现代化城市的时代气息与审美情趣。

孔雀河、天鹅河、杜鹃河,三条河如同三条绚丽的彩带将城市紧紧缠绕。沿河而行,大大小小的石头如点点繁星,或迎面而来,或飘然而至,或高耸入云,或匍匐而卧或仰面朝天,或静面沉思,它们时而凸凹孤立、时而并居群居,它们分布在梨城不同的空间,自然、本真、朴实、坚韧。

六月,是太阳与梨城狂欢的季节,沿着城市行走我看到了各种不一的石头，它们有的凸凹嶙峋、有的平滑耸立，有的狰狞恐怖、有的钟灵毓秀，姿态千奇百怪，不论它们以何种姿态存在，都以奇、妙、雅、美打破了人类的各类想象。无论它们是冲入云霄、还是群体而卧，历经岁月的磨洗，它们形态肆意，无不令人感到厚重雄阔、浑然天成。作为城市的一员，它们更多出现在风景带，守望在河的两岸苍劲粗粝、傲然不群，呈现出一种空寂凝滞的美感，令人沉醉于梨城的美好。

《幽梦影》里写道："梅边之石，宜古；松下之石，宜拙；竹旁之石，宜瘦；盆内之石，宜巧。"每一块石头都是一道风景，每一块石头都是大自然的巧夺天工和鬼斧神工。从一个地方走到另一个地方，每一块石头都背负着一个不为人知的故事。于是，石头有了各自的传奇，与一座城市、一片地域结下了千丝万缕的奇缘。不论石头矗立在楼群之中，还是隐匿于绿草中，它们精致巧妙、形态离奇，让一座城有了现代气息的饱满气蕴和纵横捭阖的宏大气象。

一座城市，因为有了石头便有了丰富的内涵和精神的高度。

不论是孔雀河群体而卧的石群，还是市政府大楼前的突峰兀立石柱。它们沉默，青山朝瞰；它们雄浑，正气凛然；它们坚韧，水火不惧。不论是特立独行，还是群体而拥，绵延、雄浑的气势油然而生。它们与城市如影相随，不仅仅预示着梨城人与自然的和谐共处，更象征一座城市顽强不屈、生生不息的精神力量。它们用坚硬的质地展现梨城人民的一种品质：淡泊、坚毅，刚强，永不言败。

这是梨城的石头，色泽古朴、返璞归真、自然、不添加任何修饰。当一块块石头以风霜的外表、内心的纯美、淳朴的本质，独特真实地呈现在我们眼前时，我们怎能不停留、不注视、不欣赏？

二

仰望苍天与星空，石头群体而卧波澜壮阔，个体独立卓尔不群。

我看过杜鹃河边一片长达二三十米，高至十几米的石头群，由数不清的石头组成，如同一场无主题的石头盛会，雄伟而又壮观，远远望去，似一座延绵起伏的山峦。它们由无数石块堆积而成,交错、补充、延伸,在某种看似混乱却又浑然一体中生成一幅壮丽的景观。走入其中,小桥流水、陡峭石壁、幽密山洞、错落石阶如同天然形成。它们经由人工从远方迁移到这里,大的形如巨型蘑菇、小的像静坐的老人,圆的如同一个张牙舞爪的魔兽……它们沉郁苍茫、奇特奔放,在这里它们呈现出生命的根、展现搏击与力度,体现人类无穷的智慧与无限的想象力。它们小则几十公斤,大则几吨,静立河边,犹如起伏延绵的山峦落入碧绿的苍穹,令人遐思不绝。

如此浩瀚的工程,竟由天然的石头与人工完成,真是匪夷所思。

梨城很大,一块石头的存在并不孤独。

仿佛一场名人的聚会,他们以这种方式,将熟悉的身影汇集与梨城。

一座几十米高的巨型人像巍然伫立在杜鹃河一端。只见他戴着眼镜、手拿放大镜,目光如炬、凝视远方,人们一眼辨认出他是我国著名的科学家——彭加木。一个致力于植物病毒研究的科学家,一位不惧艰险将生命置之度外的探索者,在中国近代史上第一次揭开了罗布泊的奥秘而神秘失踪于茫茫罗布泊。"沙漠之魂",石座上苍劲有力几个大字,是梨城人对科学家的崇敬、哀思和纪念。

一座石像催人奋进,一块石头经过人类之手赋予新的意义与价值,成为人们膜拜的艺术和生命。河水清澈、鱼儿戏水,阳光的照耀下,彭加木高高地眺望着梨城,他那智慧、不懈追求的精神,永远激励着梨城人努力、探索与奋进。

厚重的历史让一块石头铭记。王震老将军的石像,他即是新疆的建设者,又是兵团事业的开拓先锋。如今他一身戎装、肩背步枪、手握坎土曼高高屹立在铁门关路上,远远望去雄壮伟岸、气宇轩昂。在他的带领下,一场惊天地、泣鬼神的开荒壮举,重写了一个地域的历史。

一块石头,让一段青史源远流长,一块石头,成为几代人精神的皈依。

在梨城,历史与文化的弘扬和浸透无处不在。岑参,这座诗人的石像,它是文学与艺术的结合体。只见他脚下平实,目光如炬,眺望着另一座城的方向。这位赫赫有名的边塞诗人,梨城人将他的石像屹立在孔雀公园,不仅是对诗人的怀念,更是对文化的崇尚与敬仰。公元749年,岑参来到了远在西域的铁门关,挥笔写下"铁关天西涯,极目少行客。关门一小吏,终日对石壁。桥跨千仞危,路盘两崖窄。试登西楼望,一望头欲白。"的不朽诗句。梨城的石头是一种文化、一种气场。它所代表的绝不仅仅是一处风景、一个地理影像,它渗透与蔓延在城市之间,将历史与人物有机地联系起来,拓宽了城市的空间广度与历史深度,彰显出一座城与梨城人可感可忆的历史精神和文化情怀。

一座城,因石头而灵动;一块石头,因城市而生动。是生态、是城建、是民生,也是发展。

三

一块石头,将文化的元素与城市的发展紧密结合在一起,便有了属于这个时代的特殊密码。于是,荒凉中有了生命,沙漠中有了繁华。

石头在梨城自有它广阔的天地,是文化、是宗教、是诗文、是美景。"华夏第一州"彰显了一片西部疆域的辽阔与浩瀚。几个厚重的大字,向世人展示巴州的广漠与气势磅礴,一块石头将物质转化为人类的精神与意志,从现实的角度解释宽广的地貌,便有了地域之魂,城郭之魄。

梨城的石头同样还记录着历史与文明的进程。新市政府前,一块冲天的巨石屹立,石座上"魅力库尔勒"几个大字,成为城市一张不朽的名片。空军基地旁,石块上"军民鱼水情"一行字,带着温馨,传递着军民亲如一家的美好情感。天鹅河畔,一块雕刻有"库尔勒市民中心"的巨型石块,与科技馆、图书馆、博物馆相间,让人们充分感受到现代梨城的文化气息。"塞外明珠""湖滨风采""迎宾大道",在熙熙攘攘的人群中,这些石头带着标志性的语言与文字,为梨城打开一扇窗口,让世人走进和认知梨城。

石头因为有了文字便有了生命的宽度和视野,那些镌刻着"富强、民主、文明、和谐、自由、平等、公正、法治、爱国、敬业、诚信、友善"的石块,完整地将社会主义的价值观根植于梨城人心底。

我见过会长草的石头,远远望去如同一个巨大的盆景。季风将植物的种子和泥土带入石缝,经历一场雨,它们很快便生出一丛丛绿茵的茅草,一块长满植物的石头充满了勃勃生机。同样,一汪春水下,用不了多久一朵花会盛开在石头上,让世人联想到石缝里蹦出的花,它们娇巧迷人、雅致美丽。尽管花朵纤细柔弱,不知名的鸟类却愿意停留在它们的身上叽叽喳喳,自作聪明地告诉一些它并不知道的故事,仿佛安慰一个孤独的灵魂。

有人说,石头是无法唤醒的。徜徉在梨城的怀抱里,石头竟然有自己的语言,会唱歌的石头绝不是梨城的一个美妙传说。傍晚时分,夕阳将它最后的余晖涂抹在大地上,孔雀河边、居民小区里,人们会听到阵阵石头发出的美妙音乐,它快乐地呼吸着、吟唱着,温情脉脉,让人想起"会唱歌的石头"。会唱歌的石头,在梨城早已不是什么美丽的童话。无论在孔雀河边,还是在滨海公园的草丛里,许多石头被打造成为一种天然音响,这种超乎寻常的巧妙运用,增添梨城人无限乐趣。幽静的月光下,树与石头相伴,影子是空旷的,此时只有石头能听懂它的心跳。

我始终认为石头是有思想的。"一块孤独的石头坐满整个天空。"这是诗人海子自杀前,面对着西藏的吟咏,每当看到这段话,总让我泪流满面。

我欣赏石头,它几乎与我的心灵暗合。沉默、低调、不张扬,与世无争。它们的纯朴与本真,摒弃烦琐和奢华,无须修饰得纯朴简约,散发着无穷的魅力。

一块刻有"三生石"的石头,往往被披上了神秘的色彩,充满了诡异与玄机。据说三生石能预卜人的前生来世。人我一空,动静两忘,一块附着了远古精魂的石头,成为缥缈魂灵的寄慰,让生命几度轮回。

大智若愚,大巧若拙,石头附着人类的思想便有了深刻的哲理与寓意。

四

一块石头,让城市有了灵魂与脉络,一块石头,让城市有了风骨和品格。

它们是一群有生命的石头,它们的生命在大自然中悄然生长,据说一块石头的生存与死亡大约历经几亿年。相对于城市与人类而言,石头是坚毅旷久的。时间是个杀手,在它无情地埋葬各种生命的真迹时,石头屹立于万物之中从不退让和低头。大自然赋予它一种原始的力量和体温,面对大地的变数,在各种灾难的大潮退却后,唯独石头纹丝不动。每一个生命的存在与消失,都藏着大自然的秘密,石头的存在,本身就是一个秘密。

每一块石头都写满了大自然沧桑的故事,都蕴藏着一个沧海桑田的传说。石头,一个历经百年、千年、甚至亿年的精灵,它们具有永恒存在的价值,执着坚守的美德。从山谷走向人类文明,在它深层意识中埋藏着一个生命的图腾,用它永久的生命来连接一座城市的过去、现在与未来,来完成人类的思考。梨城的石头它们所凝聚的历史与使命,终将令我们探其一生。

还有什么比石头更不朽?它们拥有浩瀚的天地与宇宙,它们绝不是小我和独立的,在梨城,它们的理想宏大而久远。来到梨城,它们带着大自然的苍茫、高迥、旷野、古奥,来完成宇宙、时空、山河对一座城市的温暖、和平、自由与爱。它们是旷世的独步者,与人类信念、生死、情感交相呼应,将自然与人类紧紧系在一起,和谐共处。

它们是梨城的最好的见证者,见证着一座城市从贫穷落后的旧时代向繁荣富强波澜壮阔新时代。作为城市的一员,它们尽情享受着梨城的蓬勃发展与风云变幻。石头是一位沉思者,它们始终冷眼静观城市的百年巨变,沉默中隐匿着无数个自己观点,像是问道,更像对城市的一种探究与证实。石头又是梨城一个充满诗意、闲适的栖居者,在日出日落中,它们看着一座城市的腾飞,充满了自我隐秘的快乐。在滚滚红尘中,石头又是一位旁观者,它无法阻止时代的风起云涌和人类的沉沦,它眼睁睁地看着滚滚红尘里那些贪图享乐、纸醉金迷的人们浪费生命,怜悯着在红尘裹挟中成为迷失自我、随波逐流的平庸者。在万物中,石头更像是一位深邃的思想者,在无数个夜晚,它仰面苍迈辽阔的星空,俯视浩瀚的大地,静静思索着梨城的现在、过去与未来。

来到梨城,你会爱上这些石头,它们早已不是普通意义的石头,它们是梨城人民精神的图腾,是梨城人民精神的体现,象征着梨城人卓尔不群、超凡脱俗的人格;象征着梨城人顽强不屈、坚韧不拔的精神,象征着梨城人正直无私、永不退缩的品质。

它们是城市最忠实的守护者,它们横亘南北、横贯东西,与城市融为一体。

在太阳的西沉与季节变换中,它们以最忠诚、最坚毅的姿态,固守着梨城。以特立独行的姿态,无声地见证着一座现代化城市的发展、繁荣与昌盛。

万顷梨花　一颗红心

石春燕

每年清明前后,梨城库尔勒万顷梨园,千树万树梨花开,总惹得人心驰神往。

若是第一次来库尔勒的人问,应该去什么地方看梨花,每个库尔勒人都会说出一两个熟悉的地方,比如著名的梨香路、孔雀河北岸的梨香园,各个小区里也有梨花飘雪,甚至随手一指就是一树梨花。要是大街小巷看不到梨花,梨城怎么能叫得响呢?

库尔勒"半城梨花半城水",是名不虚传的。但要看万顷梨花盛景,我以为一是沙依东园艺场,一是库尔楚园艺场。有朋友约周末去库尔楚看梨花,我欣欣然一口就答应了。

库尔楚像库尔勒的兄弟,离库尔勒大约70公里,在库尔勒生活了20多年的我从不曾到过库尔楚。如果不是梨花牵动了我们相连的筋脉,怎么会全然无视这几日沙尘弥漫,不管不顾出门呢?

沙尘像一堵灰黄的山墙,在车外滚动。这个天气去看梨花,多少有些异常。从高速公路库尔楚出口下来,车子一溜烟就进入了"梨花千树雪"的仙境了。我们几位女士恨不能立即停车,跑进旁边的梨园一睹梨花初动的芳华。可是司机不管我们有多么急切,只听导航指挥,把车子开到了园艺场的门口。几路人马汇合,又顺原路绕了出去,眼睁睁地看见梨园近在咫尺却不得观赏。

园艺场的王书记做向导,舍近求远带我们一行人往库尔楚乡的正北方山区走,大约十公里处有20世纪五六十年代知青修的水渠和一孔清泉,将库尔楚河的水引至园艺场。开源拓土的岁月,流进了历史长河,唯有刻在一堵土墙上几个字迹被风蚀模糊了,但大家还是不约而同地读了出来两句诗:"为有牺牲多壮志,敢教日月换新天"。我能感受到他们团结开清泉,建设花果山的豪情壮志。他们住过的石头垒的房子空架子还在,可以想见当年艰苦的生活场景,他们开创乾坤的那段历史印迹令我们感慨万千:"问渠那得清如许?为有源头活水来。"这里是库尔楚园艺场的精神之根之源,滋养了今天库尔楚两万多亩的梨园和成千上万的职工家属。1500多年前的香梨树开枝散叶,在库尔楚繁育扩大,成为今日农户的摇钱树,是前人没有想到的吧。

从山野回来的路上,意外发现一户庭院"一枝红杏出墙来",如诗如画,自然成趣,不禁叫自由散漫的人们一时偏离了观赏梨花的主题方向。

在王书记的千呼万唤中,我们经过一片又一片美丽的梨园,终于找到了相约的地方。一声招呼我们就像一群花蝴蝶飞进了"梨花满枝雪围遍"的梨园,一会飞向这枝,一会飞向那枝,急急地寻找自己中意的那一枝千娇百媚的梨花。

哇,好漂亮!梨花初开,如小家碧玉般温润,袅娜娉婷动人,粉蕊簇新,如果不是沙尘天,这梨花不知道怎样地美丽了。如果有一场细雨,那场景是"细雨霏霏梨花白",或是"燕子梨花细雨愁",或是"梨花一枝春带雨";如果摘掉口罩应该是"冷艳全欺雪,余香乍入衣""白锦无纹香烂漫,玉树琼苞堆雪"。文人雅士不见"梨花暮雨",不见"寂寞梨花落",只见"梨花枝上层层雪",陶醉在梨园里,流连忘返,摄影留念。

王书记希望我们用笔为库尔楚书写一张精美的名片,不失时机地跟我们介绍园艺场自1959年建场以来的发展历程和今后打造绿色生产基地、库尔勒后花园、石油石化产业园后勤保障基地和乡村农乐园的发展规划。"我们现在推广有机肥。我们园艺场有品质最好的香梨,梨子掉地上变成一摊水。一亩园十亩田,我们这基本每家每户都有10亩果园,收入有保障。"园艺场没有建档立卡的贫困户,年轻人要么到外面打工,要么被王书记介绍到石油石化产业园,工资比他高。园艺场因历史原因,职工干部年龄结构老化，30岁以下的青年只有他一个。得知他的工资比产业园的保安还低不少，他却骄傲地侃侃而谈香梨的商品率和绿色种植，对发展香梨优势产业充满信心。"你们没发现我们这的风沙要小一些吗？每200亩梨园栽种一个防护林单元格，粗壮整齐的杨树防风林带发挥了大作用，连中央电视台都来园艺场拍摄无人机授粉了。"库尔楚美丽的梨花海洋将在全国掀起热潮。王书记微信头像上那两颗青翠欲滴的香梨，是库尔楚园艺场最靓的名片。

我们一日走马观花即将返程，王书记有些羡慕地说他一直忙，两个多月没有回家了。我问他家在哪里，他说库尔勒。我们过来的里程是70公里，一个小时的车程，他居然两个多月没回家，一门心思扑在园艺场。我突然发现他胸前党徽上红色的党旗在这万顷梨花丛中是如此鲜艳夺目，"为有牺牲多壮志，敢教日月换新天"的精神，在这枚耀眼的党徽上熠熠闪光。

我希望今年又是一个香梨丰收年。

香梨花开满城香

方承铸

我到过很多地方,领略过桃花的艳丽、杏花的芬芳、桂花的典雅。尽管它们姹紫嫣红,清新淡雅,被历代文人骚客所赞赏,但与库尔勒的香梨花相比,却少了几分端庄与淡雅。

香梨,维吾尔语叫"奶西姆提"。香梨树属于蔷薇科梨属,乔木,多年生落叶果树,它是在杜梨树上嫁接而成,也是梨城最为普通、最为常见的一个树种,易成活,只要有足够的水分,它就能在各种土壤里生根,且生长旺盛。

库尔勒香梨,至今已有 2000 年的栽培历史。公元 5 世纪的《西京杂记》中说:"瀚海梨,出瀚海北,耐寒而不枯。"历来为贵族家中的珍品。《西游记》中,猪八戒偷吃的人参果,传说就是库尔勒香梨。库尔勒因盛产香梨,又称梨城。

四月的梨城,最动人心魄的花莫过于香梨花。在这里,三月的嫩柳刚刚染绿枝头,四月的梨花就争先恐后地开放了,或开在院落里,或开在山坡上,抑或成片地开在农家的田亩里,着一身雪白飘一路芳香,置身充满浓郁的清香里,都会令人神清气爽。宋朝诗人苏轼对梨花情有独钟,梨花飘满在他的诗句里:"梨花淡白柳深青,柳絮飞时花满城。惆怅东栏一株雪,人生看得几清明!"

和煦的春风中,错落有致的梨树枝间,花絮成片,花团锦簇,洁白如玉,即无忸怩之态,亦不需要人工雕琢,时时彰显落落大方。梨花不似桃花,芬得有些妖艳;不似桂花,香得有些刺鼻,也不似荷花,孤芳自赏,令人难以接近；更不是温室里的兰花，经不起风吹雨打。梨花似乎天生就属于梨城人家，一点也不娇贵，质朴得如同世世代代在这片土地上生活的梨城人。

清晨，梨花蘸满晨露，晶莹得如同刚出浴的曼妙少女一般清纯淡雅，迎着春日的朝阳舒展亮丽的芳姿；中午，光斑点点，蜜蜂穿梭花间，梨花更加灿烂地开放在枝头，微风吹过，宛如孔雀河的清泉潺潺流淌，奔腾不息；又恰似蓝天上的白云，云卷云舒。傍晚，啼鸟归林，牛羊归圈，大地一片肃穆，偶有几声犬吠传来，划破原本寂静的夜空，随即又归于平静，只有梨花更显幽远多情，在茫茫的夜色中，淡淡地点缀着一户户农家小院，滋生出淡淡地、暖暖地惬意来。

在梨城，没有什么花能和梨花媲美的，即使成片的桃花和杏花，也只能是走近了才能感受到它的芬芳。而梨城的香梨花则不同，遍布大街小巷、田野村庄，它们遥相呼应，连成一片。只有登高望远，才能深切感受梨花那星罗棋布，蜿蜒不绝的气势和宏大。万亩梨花争奇斗艳，竞相开放。那醉人的白，白得透亮，白得无瑕，仿佛天上的白云飘落人间，那片片舒展开的花瓣，晶莹透骨如蝉翼般轻薄，透着光依稀可以看到丝丝纹路；又如少女洁白的面颊，吹弹即破。置身于梨花丛中，仿佛自己也变成一朵洁白的梨花，与梨花融为一体，相拥羞笑，香了白天，也甜了夜晚，就连晚上做梦，也有满满一屋子梨花香，让人如醉如痴，流连忘返。此时，你若静静地闭上眼睛，尽情地享受梨花带给你的那种温馨和醉意，一切烦忧和杂念，顷刻间便荡然无存，瞬间便升起满心的欢喜了。

陶醉中，忽然想起唐诗《左掖梨花》里的句子："冷艳全欺雪，余香乍入衣。"诗里说，梨花自然比白雪艳丽，清冷的样子也赛过雪花，它散发出的香气一下就侵入衣服里。千年梨花，飘香千年，今朝依然是透骨花香润春寒。又想起李白"柳色黄金嫩，梨花白雪香"的诗句。梨花没有鲜艳的颜色，纯粹以洁白如雪，清丽脱俗示人。徜徉在这优雅、宁静的海洋里，感受着那份纯洁与宁静，接收洁白世界的洗礼，疲倦的心灵瞬间得到了净化，灵魂随即便会得到升华！

短短几日,梨花却到了飘零的时节,梨花带着风的轻柔,风带着梨花的清香,洋洋洒洒地飘落大地。洁白的花瓣默默地化作一只只飞舞的精灵,落出一地温情,洒满一城清香,它们不争三月春光,不羡五月繁华;绽放时执着倾情,竞艳相依;凋谢时无怨无悔,安然落逝;似春蚕吐丝般燃尽生命回报春天的关怀,把芳香留给梨城人们……

　　梨城人正如香梨花那样,默默无闻,不图回报,纵然粉身碎骨,也会把美丽的一瞬间留给大地,留给属于这片热土的人们。让我们捧一缕清香,踏着你的脚步走来,带着你的深情厚谊,一同走向成熟的季节……

梨花盛开

兰天智

香梨是库尔勒的一张名片,梨花是这座城市的封面。

进入四月,梨花在春姑娘清脆的歌声中醒来,探头探脑,伸伸手、踢踢腿,摩拳擦掌,像是要参加一场隆重的盛会。过不了几天,梨树苍劲硬瘦的枝条上,一朵朵、一簇簇,举起洁净的花盏,好像是它们预约好的,一夜之间,东一片、西一块竞相绽放,呈现出"千树万树梨花开"的壮观场面。远远望去,仿佛是挂在半空中的云朵,飘飘袅袅,如梦似幻。

梨花一开,春天似乎更有底气了,气温日渐升高,春光越发明媚。而梨花似乎不负春光,成片成块灿烂绽放。孔雀河畔、香梨大道、梨香园内、天鹅河边……城市乡村、周边团场,都成了白色的海洋。河水和梨花,好像是老乡,借着明媚的春光,互相打着招呼,彼此懂得,又彼此欣赏。他们亲密合作,打造出"半城梨花半城水,枝条婆娑共云影"的迷人景象,生动而清晰地摇曳在和煦的春风中。

梨花盘虬枝,诗句满枝头。梨花盛开,花团锦簇,让库尔勒的春天多了几分诗意。那一盏盏洁净的花盏,就是一首首素雅而优美的诗句。盛开的梨花,洁白透亮。五瓣花朵,宛如洁白的婚纱舒展开来。花瓣的中央,吐出粉嘟嘟、嫩艳艳的头顶红色的小花蕊,玲珑剔透,在洁白花蒂的衬托下,恰似一位顶着盖头、披着洁白婚纱的新娘,羞答答地等待心上人去掀起红盖头。如果你凑近了闻一闻,有一股虚无缥缈的淡淡的芬芳,沁人心脾,令人陶醉。

我的屋前就有梨树。每天来来回回,我都会情不自禁地来到梨树下欣赏一会,寒暄几句。她似乎也懂我,让我痴迷,让我陶醉。一朵接一朵的梨花,生机盎然,展翅欲飞。抬头仰望,一层层,一叠叠的梨花,从树冠倾泻而下,堆砌成壮观的花帘,宛如飞流直下三千尺的飞瀑,呈现出一种激昂向上的生命力量。梨花盛开,引得蜜蜂、蝴蝶忙碌起来,仿佛飘动的精灵在枝头飞来舞去,嗡嗡嘤嘤,像是在举办一场音乐会的盛典。

梨花一开,梨农们也像蜜蜂一样忙活起来。瞧,他们在小心翼翼地为梨花牵线搭桥、传情递爱。有的还动用智能"蜜蜂"——无人机来授粉。梨花也不会辜负梨农,把梨农的希望和期待藏在心中,憋足了劲儿,茁壮成长。到了秋天,就会结出比小花朵大许多倍的香梨,酥香脆甜、浓醇爽口,总是以最忠心、最甜蜜的方式感恩和回报主人。

梨花盛开,乡村的梨园就热闹起来了。近年来,政府部门"借花引客",连续多年举办"梨花节",大力发展乡村旅游,让村民走上发家致富的路子。走进梨园,那洁净的一片,仿佛仙女散下的花朵挂在了枝头,亦真亦幻,恍如人间仙境。人们蜂拥着来到梨园,赏花,玩耍,感受"人在画中游"的独特魅力。穿戴一新的古丽们,在"白云"搭建的舞台上,载歌载舞,宛如仙女散花。还有的美女们,不失时机借着梨花提升颜值,在梨花丛中变换着姿势,一会儿拍美颜照,一会儿拍抖音,一会儿发快手,一会儿发视频……一时间,洁白的梨花开满了人们的朋友圈,开遍了全世界。然而,梨花向来很淡定,很低调,从来不以花开时的"网红"和对人们的贡献而骄傲,而是永远怀着一颗感恩的心回敬主人。

作为春天的代言人之一,梨花温婉、含蓄、内敛,像一位气质绝佳的美女。她不像杏花那样,在春寒料峭中就争先恐后地想出风头。杏花大大咧咧,无所顾忌,所以才有"红杏出墙"的说法。梨花也不像桃花一样,妖娆多情,浮花浪蕊。

所以,在杏花、梨花、桃花中,我更喜欢梨花。喜欢她清秀、典雅的品质;喜欢她素净、纯洁、本分的涵养;喜欢她永远懂得感恩的美德。

梨 花

胡 岚

东篱一株雪,人生几清明。清明时节,库尔勒的梨花就开了。梨花开得繁茂,一株株如云堆雪,堆堆叠叠,繁花似锦,白花也似锦,一派璀璨,满目春光。

库尔勒以香梨著名,所以又称梨城。"半城流水一城树,水边树下开园亭。夭桃才红柳初绿,梨花照水明如玉。"梨花开的时候,梨城最美的季节也到了。

城市街道两旁梨花开得洁白一片,冰洁雪白。梨花带雨,素缟纤柔,楚楚动人。梨花不带雨也美,白锦无纹,像世外仙子飘逸卓然。天空高远晴蓝,老树枝干遒劲,如剑似戟,枝枝伸向青空。一树树梨花,簇簇携风颔首,如风在野,况味堪比梵·高之枝上杏花开,有幽蓝深邃之静美。上万亩梨园,一树树一行行,花开得云霞灿烂,开出一派锦绣山河,风光明丽。云在青天,花在青天,灼灼耀目,日色灿烂,天上人间。

花在人间,人在花中穿梭。梨花琼枝堆雪,风姿玉绝,如玉树临风的女子,明眸善睐,顾盼生姿。一时间,不知该看哪一株花了。蜜蜂嗡嗡嗡地来了,这儿嗅嗅,那儿停停,蜜蜂采花忙。赏花的人也忙。倚在花枝上,低头嗅花,手拂花枝,巧笑嫣然。春衫丽人,似在与花争艳,春天赏花临花,花与人共春,欣欣然有生机。

老者携小儿,老妇着裙衫,或行或立,他们也在观花赏柳,看春天。春花年年,多少岁月风霜在他们眼底过去了,现时生活安乐,含饴弄孙,春天在他们眼里春意烂漫。老树皮一样的脸上挂着开怀知足的笑,笑倚春风可慰老怀矣。

一只纸鸢穿过树梢,直上云霄。一男子手执线盘仰天望去,一朵白云边,挂着一只红色的纸鸢。纸鸢远上青天,遥遥不知几万里。

"太高了啊!""要是有线,还能飞得再高些。"那人腿边站着一小儿,雀跃着,想要把纸鸢收回。

"会桃李之芳园,序天伦之乐事。"举家携口,赏春度春,展眉欢颜,乐在闲适。"开琼筵以坐花,飞羽觞而醉月。"梨园里,农家小院。有人围炉烧烤,有人围坐举杯。花前树下,悠扬的乐曲响起,有人歌舞,有人弹唱,风情迷人,风月无边,春色无边。

有人在低语,三二人倚在花下,畅叙幽情。趣味不同,静躁有别,欣然所遇,各有欢乐,人至中年更知包容。情随事迁,俯仰之间,一日将尽。春花短暂,春光易逝,一帧帧照片,且留住春光;一张张笑脸,且留住春光。

梨花的花期很短。叶子见风长,不几日花谢,叶子长起来,一树青碧。再几日,青果就挂在枝头了。刚出来的香梨如枣核大,施肥,灌水,松土。香梨见天长。

五月立夏,六月阳光好,七月八月日照长,九月半,香梨熟了。

香梨吸饱阳光,成熟的香梨,青绿的皮上泛着红晕,挂着一层蜡,玉润有光。一树树果,拳头大的梨满是的。空气里飘来果香和喜气。香梨大道,天鹅河景区,南库大道,鸿雁河边,几处梨园都挂满了香梨。来来去去的人,脸上扬着笑,拍照,小视频,朋友圈都是垂垂累累的香梨;来来去去的人,就只照照相,果园路旁,树上香梨并无人采摘。瓜果飘香的季节,满城喜气。梨城人陶醉在小城的收获季。他们用自己的方式爱这个城市,一幅幅照片从网上飞出,网络的便捷让他们及时把身边的喜悦和美,分享给远方的亲朋好友。

秋天声势浩大地来了,香梨下树。

梨园里香气鲜甜,果香逼人。一株株梨树硕果累累,枝头缀满香梨。杜甫的那句唐诗可以化为,黄四娘家梨满枝,千颗万颗压枝低。青碧的香梨被阳光涂上一抹羞红,像低头回眸的温婉女子,不胜凉风的娇羞。果园里，日子安泰，气息迷人。农人心头脸上笑容喜庆，香梨价格好，他们一年的辛苦有了回报。

香梨摘下来，要按个头分装，不同的等级售价不同。香梨采摘有技巧，皮不能有一点磕碰，一个梨烂了，会传染一箱梨。香梨千里远途出疆越海，需要小心呵护。有人在树上摘梨，有人蹲在地上分装。给一个个香梨套上白色的"羽衣"包装入箱，手中条理有序，唇间笑声喧然，并不耽误手中活计。

库尔勒香梨皮薄、汁多、肉质细而无渣。咬一口，汁水满溢，舌灿莲花，唇齿有香。再咬一口，蜜一样的汁水浸在舌尖，舌尖溢出的甜像一段好日子。香梨性温，滋阴润肺、止咳，老人和孩子尤其适合。南疆种植香梨多，尤以库尔勒的香梨品质最佳。适宜的地理纬度、温度和土壤，让其他地方的香梨望尘莫及。库尔勒香梨走出国门远销海外，赢得了四方美誉。